大森藤ノ
【イラスト】かかげ
【キャラクター原案】ヤスダスズヒト
「フィーナ、魔法を撃つ時だけ
目の色変わってない？
『魔力バカ』的な。
フヘへとか言って」
JN131960
「言いませんよ、
そんなこと！」
アルゴノゥト
フィーナ
アルゴノゥト
前章 道化行進
ARGONAUT
ダンジョンに出会いを求めるのは間違っているだろうか
英雄譚

Is It Wrong to Try to Pick Up Girls in a Dungeon?
ARGONAUT

CONTENTS

俺はまだ
十八だア!!
私はエルフ。
流離人ならぬ流離妖精
リュールゥ
エルミナ

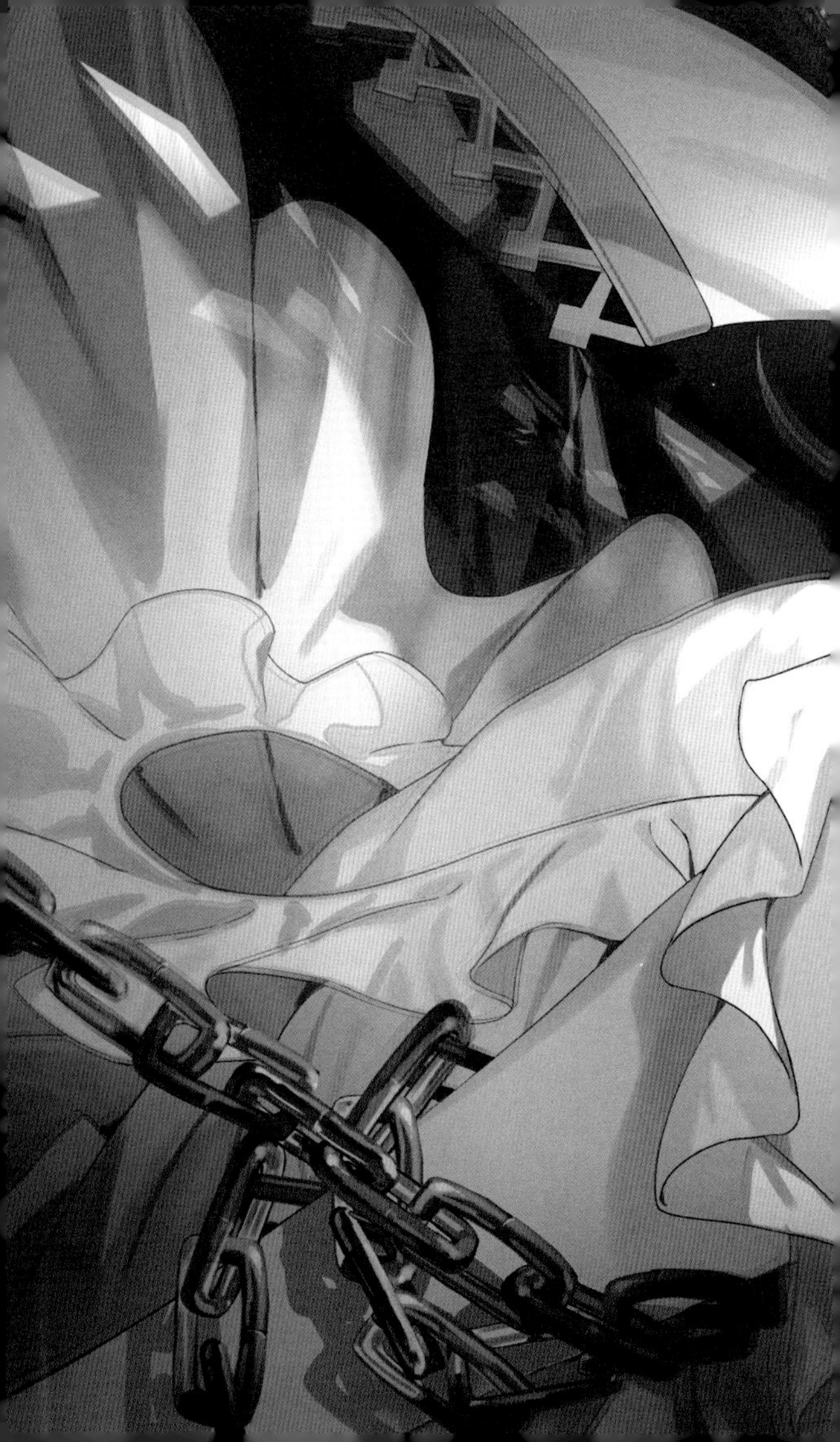

ダンジョンに出会いを求めるのは間違っているだろうか 英雄譚

アルゴノゥト

前章 道化行進

ARGONAUT

大森藤ノ

［イラスト］かかげ

［キャラクター原案］ヤスダスズヒト

Characters

フィーナ
半妖精(ハーフエルフ)の魔導士でありアルゴノゥトの妹。
16歳。
『彼女は誰よりも道化のお目付け役であり、
そして誰よりも彼の守り人であった』
アルゴノゥト
只人の青年にして道化。
17歳。
『彼は舞いを好み、歌を愛し、
何より滑稽を望んだ』
ガルムス
『英雄選定』の儀に参加する
屈強な土の民(ドワーフ)。18歳。
『戦士が殴れば人が喚く。
彼が殴れば大地が轟く』
ユーリ
冷静沈着にして義理堅い
狼人(ウェアウルフ)の青年。20歳。
『誇りと問われれば誰もが答える。
“それは『狼(ろう)』の彼である”と』

Characters

アリアドネ

王都ラクリオスでアルゴノゥトが出会った
金髪碧眼の少女。15歳。

『運命を呪う資格があるとするのなら、
それは彼女のものだ』

リュールゥ

竪琴を奏でる妖精（エルフ）の吟遊詩人。
87歳。

『聡き賢者は世の終わりを知っていた。
陽気な歌い手は希望の名を識（し）っていた』

エルミナ

『英雄選定』の儀に参加している
女戦士（アマゾネス）の暗殺者（アサシン）。24歳。

『闇には気を付けた方がいい。
夜が訪れたなら、もう諦めた方がいい』

オルナ

ラクリオス王国の客人で占い師の少女。
17歳。

『厭世主義者にして宿命論者。
ここまでくれば始末に負えない』

カバー・口絵・本文イラスト

かかげ

『アルゴノゥト』。

『神の恩恵』など存在しなかった、古代初期を舞台にした物語。
童話、戯曲、風刺。
今も数々の説話として受け継がれる、一人の男の英雄譚。
歴代の英雄の中でも、圧倒的にひ弱で、冴(さ)えない英雄。
実在したかも定かではなく、『道化』などとも呼ばれることがある。
しかし不思議なことに、彼を『始まりの英雄』と、そんな風に呼ぶ者もいる。
時代的観点から見れば、『始まり』という呼び名は相応(ふさわ)しくない。
事実、彼が世に現れる以前にも英雄は存在している。
では何故(なぜ)、アルゴノゥトは『始まりの英雄』などと呼ばれるのか？

生憎、語り部は神(オレ)じゃない。
相応しい人物がいる。
どうか教えてほしい。
彼の軌跡を。
偽らざる、彼の真の物語を。

ノウト

行進

アルゴ

前章　道化

これは、とある滑稽な男の話。

不相応な望みを持ち、幾多の思惑に翻弄(ほんろう)され、それでも愚者を貫いた一人の道化の物語。

どうか期待しないでほしい。

ここに綴(つづ)られているものはきっと貴方の望むものじゃない。

そして、どうか語り継がないでほしい。

ここにあるのは自己満足、語り部の気紛れ。

ただ誰かに覚えていてほしいという、私の我儘に過ぎないのだから。

さぁ、『喜劇』を始めましょう。

PROLOGUE

プロローグ

喜劇の幕開け

空は朱く染まっていた。

遥か峻厳な山脈の奥、天と大地の分かれ目はぞっとするほどに美しく、まるで物語が語る魔界の入り口のようだ。

この世界は、ゆっくりと滅びの道を歩んでいる。

誰もがそれを否定しない。

終末を誘う黄昏の空が、それを否定させてくれない。

だから、もし。

あの斜陽の輝きから魔物の波が溢れたなら、この寂れた小さな村など、いとも容易く呑み込まれてしまうだろう。

だから、そう。

彼曰く、『故に』。

そんな夕闇の侵略を前に、男は一人、立ち塞がるのだ。

「――風が哭いている」

それは、たった一人の青年だった。

ようやく少年の時代を終えた相貌は、しかしまだ若干の幼さを残しており、中性的な印象に一役を買っている。

静かに鳴く風に揺らされる髪の色は、白い。

老人を彷彿とさせる衰退の象徴ではなく、汚れを知らない純白の頭髪。

いっそ高貴のようで、あるいは物語の住人のようで、もしかしたなら神秘の代理人のように、気高さを備え持つ。

しかし、閉じていた瞼が一度開かれると、燃えるような深紅の瞳が雄々しさを解き放つ。

青年の横顔は険しく、凛々しかった。

「感じるぞ、忍び寄る破壊の足音が。聞こえるぞ、恐ろしい魔物の咆哮が！」

鋭き双眼が見据える先、人では到底出せぬ唸り声が響き渡る。

青年の眼が映すのは巨大な影。

一度前に傾くだけで、青年をあっさり圧殺してのける、見上げるほどの巨体だ。

「現れたな、大いなる魔物よ！　来るか、長き手を持つ巨悪の巨人よ！」

男の両手が持つのは、余りにも貧相な武器。

単なる木の棒に酷似した木剣は竜の鱗はおろか、巨人の山のごとき体躯を切り裂くことも難しい。

しかし侮るなかれ。

その眼差しは『決意』を秘めている。不敵につり上がる唇は悲劇など拒んでいる。

持っている武器は木剣に過ぎぬ。

けれども怯む理由などになりはせぬ。

　何故ならば、青年は『英雄』を名乗る者だった。

　彼の決然たる眼差しに応じるように、地の底から唸るがごとき叫喚が、影を纏う巨体から発せられる。

「その咆哮、ここで潰えると知れ！　村の平和は――このアルゴノゥトが守る！」

　青年、アルゴノゥトは、一振りの剣を天へ高々と掲げた。

「神々よ、ご照覧あれ！　英雄に至らんとする我が勇姿を！　行くぞぉぉ!!」

　華奢な足が地を蹴る。

　その身のこなしは素早く、まさに兎のごとくだ。

　見上げるほどの『巨人』の表面を蹴立てては三M上まで躍り出て、彼曰く『長き手』を滅多打ちにしていく。

　駆け抜けるは二閃三閃。

　響くのは「ちょあー！」「きょえー!!」なる裂帛のかけ声。

　そして十分後。

　激戦の末に打ち据えられた『巨人』は沈黙し、勝者の青年は高々と剣を掲げた。

「大いなる魔物の首、このアルゴノゥトが討ち取った！　ふはははははははははっ！　どうだ、見たか――!!」

　直後である。

「――このバカ兄さぁーーーーんっ!!」

「ぐフぁ!?」

高速で振り抜かれた怒りの鉄拳が、青年の頬（ほお）に叩（たた）き込まれたのは。

「なにが大いなる魔物ですか！　そんなものはいません！」

吹き飛び、回転し、砂埃（すなぼこり）を巻き上げながら地面に転がったアルゴノゥトを見下ろすのは、美しい少女だ。

結わえられ、肩の位置まで伸びた山吹色の髪が、少女の怒気を物語るように左右に揺れている。森の色を彷彿（ほうふつ）とさせる可憐（かれん）で円（つぶ）らな瞳は、今は眉（まゆ）と一緒に急角度に持ち上がっていた。

髪の間から突き出る細長い耳は、しかし妖精（ようせい）のそれよりも短く、彼女が只人（ただびと）と妖精（エルフ）の『半亜人（ハーフ）』であることを告げている。

妖精の血を継ぐ相貌を、しかし今は怒りで染め上げてカンカンになっている少女は、陸（おか）に打ち上げられた魚のようにピクピクと痙攣（けいれん）する青年を見下ろしながら、その指を『巨人』のもとへ向けた。

「あれは、風車です！」

破片となった木材に、引き裂かれた布。

アルゴノゥトが格闘したおかげで、すっかりボロボロとなった羽根車は、少女の言う通り紛うことなき『風車』だった。

『長い手を持った巨人』の正体とはつまりソレで、アルゴノゥトは滑稽な『道化』のごとく戦っていたのだ。

とどのつまり、夕闇の侵略とか終末とかは青年の痛々しい妄想であり、彼等が住み着いている村は今日も、魔物に蹂躙されない程度には平和なのである。

「羽根車をあんなにボロボロにして！　村のみんなに怒られちゃいますよ！」

「お、おお……我が愛しの妹、フィーナよ……お前の愛情表現は嬉しいが……ちょっと力強過ぎない？」

「愛情じゃありません！　折檻です！　どうするんですか、こんなことして！」

のろのろと起き上がる只人の兄に、妹の激しい追及は緩まない。

拳を叩き込まれた頬をさすりながらフラついていたアルゴノゥトは、だがすぐに笑みを纏った。

「ははははは！　そうかそうか、魔物の雄叫びだと思ったらそれは風の音で、巨人の手だと思っていたのは羽根車だったか！　実に私らしく、私ならではの顚末だ！」

そう言って取り出すのは、羽根ペンと一冊の本。

「ならば今日も綴ろう！　この『英雄日誌』に！」

インクが詰まった小瓶（こびん）を器用に指の間で挟みながら、羽根ペンを走らせる。


『魔物だと思ったら、正体は風車！

アルゴノゥトは大敗を喫する！　主に妹の手で！』


インクを乾かして、ぱたん、と。

本を閉じたアルゴノゥトは、一仕事を終えたように清々しく額を拭った。

「これでまた新たな一頁（ページ）が刻まれた……笑いあり涙ありの私の活躍は後世に受け継がれていくだろう！　イェイ☆」

「高価な本に何てくだらない落書きしてるんですか、バカ兄さぁーん！」

「ぐフオォ!?」

すかさず青年の頭頂部に叩き込まれる、妖精（エルフ）の杖（つえ）。

再度杖を振り上げるフィーナに、頭を両手で抱えながらアルゴノゥトは堪（たま）らず逃げ出した。

「まーたやってるぜ、あの兄妹」

「アルもフィーナも毎日こりもしねえで……まったく」

「「ははははっ！」」

追われ、追いかけ、一方的な喧嘩（けんか）を始める兄妹に、騒ぎを聞きつけた村人達から笑みが漏（も）れる。

斜陽の光に照らされ、寂れている筈の村は、しかし今日も愉快な笑声に包まれていた。

走り回る兄妹の影が伸びる。村人達の影も伸びる。

民家の影が、風車の影が、大樹の影が、様々な影が伸びて、伸びて、伸びて、伸びた先を渡り歩いた峻厳な山脈の彼方で、今日も一つの村が滅んだ。

散乱する屍の海で異形どもが顔を上げ、血肉の宴に喉を震わせる。

生を奪われた亡骸の瞳から、年端もない少女だったものから、赤い滴がこぼれ落ちた。

次なる悲劇の劇場はどことも知れず。

惨劇の順番はすぐそこに迫っているやもわからず。

しかし、それでも——今日も青年が歌い踊る村は、声を上げ、涙を拭い、喜劇のごとく笑うのだった。

大陸の最果てに存在する『大穴』より『魔物』が溢れ、世界は確実に滅びに向かっていた。

世を救う神々などおらず。

『英雄』も現れず。

『精霊』だけが存在を信じられていた、そんな闇の時代。

愚かな男は、そこにいた。

CHAPTER 1

一章

道化の旅立ち

茜(あかね)色の風を受け、風車が低く、ゆっくりと音を奏でている。

吹き寄せるのは西風。村がよく知る普段通りの風向き。

製粉用の塔型風車は方向舵(ほうこうだ)の操作も要らず、羽根車はのどかに、そしてどこか物知り顔で回転していた。それは毎日の延長で、それがこの日も続いたことを、畑仕事から帰ってきた村人は尊く思った。魔物の遠吠(とおぼ)えは、今日は聞こえない。

若者が少なく、寂(さび)れた村の中で、その風車達は立派な財産であり、ある種の誇りだ。

羽根車の音が途絶え、風車が消えてなくなった時が、この村が本当に死ぬ時だろう。

名もなき村の住人達はそう思っている。

そして、そんな大切な村の象徴を、フィーナはくたくたになりながら見上げた。

「はぁ～……ようやく風車の修理が終わりました……」

少女の疲れきった瞳(ひとみ)が仰(あお)ぐのは、お馬鹿(ばか)な兄が昨日、それはもう見事に羽根車をズタボロに変えてくれた、件(くだん)の一基だ。

丸一日費やして直した風車は見事に復活を果たしたものの、それはもう理不尽に量産された少女の不満と怒りといったら。

「壊した本人は直さないし！　妹の私が尻拭(しりぬぐ)いばっかり！　ついでに村長に怒られるのも私の仕事！　もぉ、馬鹿兄さぁ～ん！」

むきーっ！　と。

今にも地団駄を踏みそうな勢いで、フィーナは怒りの声を夕焼けの空に木霊させた。

妖精の装束を模して編まれた、朱色を基調とした衣装が溜息をつくように揺れる。

美しい所作で知られる妖精にあるまじき姿だったが、「私は半妖精ですから！」と言わんばかりの理論武装をもって、フィーナはしばらく不平不満を打ち上げていた。

「よぉ、フィーナ。昨日は災難だったなぁ」

「あ、みなさん……どうも」

仕事帰りの男達が姿を見せると、今更ながら羞恥を自覚するフィーナは、頬を少しばかり染めた。

　この村でもすっかり『苦労人』が板についている半妖精の少女に、村の男達はやはり笑みを漏らした。

「アルのやつ……まさか風車相手に戦うとはなぁ」

「その前は魔物の大群とか言って羊の群れに突っ込んで、その前の前は海の主釣りだとか言って、川に落ちたんだっけか？」

「ああ、ありゃあ傑作だった！　村の英雄だか何だか知らねえけど、よくやるぜ、あいつも！」

　思い出し笑いをする村人達から出るわ出るわ、兄の醜聞の数々が。

　妹である自分が最も赤っ恥をかく有様に、今も真っ赤になって縮こまるフィーナはアルゴノゥトをもう一度殴ろうと心に決めた。

必ずや、あの破天荒の極みを罰さなければならぬ。

「……みなさんが面白がるから、アル兄さんも調子に乗ってるところ、あると思います。前にいた村は厳しかったから、まだ大人しかったのに」

村認定で『アルゴノゥトの面倒係』と見なされているフィーナは、少し非難がましく唇を尖らせてしまう。

本人達も自覚はあるのか、男衆は苦笑を作った。

それと同時に、こうも言った。

「でもよ、壊れた残骸を片付けた友人の話じゃあ……羽根車、相当ガタがきてやがったみたいだぜ」

「……」

知っている。

先程まで羽根車を修理していたのは、フィーナだ。

アルゴノゥトが付けた傷と、そうではない別の損傷くらい、すぐにわかった。

「結局、遅かれ早かれ風車は修理することになってたさ」

「ああ。それにあのドケチの村長のことだから、素直にガタが来てるって伝えても『まだ使える!』なんて言ってケチったと思うぜ。それこそ、事故が起きるまで放っておいたんじゃねえか?」

黙りこくるフィーナの様子に気付かず、男達は口々に言う。

この村にとって、今も回り続ける風車は誇りだ。

それに何かあったら、彼等の顔は曇り、笑顔は灯らないだろう。

「アルがした馬鹿のおかげで、大事にはならなかった。それでいいじゃねえか」

フィーナは、兄の『こういうところ』が嫌いだった。

何でもかんでも滑稽な『喜劇』にしようとする姿勢が。

ちゃんと面と向かって説明してくれれば、理解だってしてあげられるのに。

そうすれば、昨日の折檻だって少しだけ、本当にちょっとだけ、手心を加えられたのに。

かっかっと快活に笑う只人（ただびと）の男達を前に、フィーナはそう思った。

そして嘆息した。

「……妹である私が言うのもなんですが、みなさんはいいんですか？　うちの兄さん、変なことばかりをして、迷惑をかけて……」

「ああいう馬鹿が一人くらいいてもいいんじゃないか？　まぁ、迷惑だけどよ」

「ああ。退屈しないで済むしな。まぁ、迷惑だが」

「やっぱり迷惑ではあるんですね……」

兄について尋ねてみたフィーナは、男達の返事にげんなりとする。

「それに……このご時世で『笑う』ことができるってのは、幸せなことなんだと思うぜ」

「！」

げんなりとしていたが、続いた言葉に、はっとした。

「いつ魔物が押し寄せて、この村ごと呑み込まれるか、わからねえ。なら、明日の分まで笑っとくさ」

「お前達がこの村に来てから、随分と賑やかになったんだぜ？　最初は、変なガキどもだって思ってたけどよ……」

「皆さん……」

先程とは異なり、どこか陰がある笑みには、切なさと諦念がある。

それは、この過酷な世界を生きる者達にとっての共通認識で、同一の『絶望』だ。

こちらに笑いかけてくれる村人達に、余所者だったフィーナは何も答えられず、目を伏せることしかできなかった。

「……そういえばフィーナ、聞いたか？　あの『王都』が、何でも『英雄』を募集しているらしいぞ」

「へっ？」

夕闇に呑まれそうになるそんな空気を嫌ったのか、村人の一人は空気を入れ替えるように話題を変えた。

そして聞き捨てならない『英雄』という単語に、フィーナはがばっと顔を上げた。

「『力ある戦士、聡き賢人、最後の楽園に集え。選ばれし者には相応しき褒美と真の英雄の称号を授けん！』……だとさ。村に来た行商が言ってたぜ」

「え……えええええええっ？　『英雄』の募集？　真の称号？　そ、それっ、兄さんに言いましたか⁉」

「『勿論！』」

「皆さんのバカー‼」

正確には嫌な予感しかしない『英雄』と『馬鹿兄さん』の組み合わせに、思わず跳び上がるような頭痛に襲われた。

イイ笑顔とともにグッ！　と親指を上げる村人達に背を向けて、半妖精の少女は慌てて駆け出すのだった。

◆

そこは見晴らしのいい崖の上だった。

高さこそ小高い丘程度しかないものの、とある兄妹が厄介になっている村がここからはよく見える。草木は生い茂り、切り立つ岩肌とともに夕日に照らされていた。

そんな崖に一人、アルゴノゥトはたたずんでいた。

「……『英雄』の誘致」

小さな呟きを落とす。

目を瞑り、耳にした言葉を唇に乗せ、反芻する。

「『王都』で功績を上げた人間を、真の『英雄』として認める……」

瞑目した青年の前髪が揺れる。

静かな風が白髪を梳いていった。

心の淵に沈むように、黙考の時に身を委ねる。

「兄さぁ～～～～～～～～ん!!」

そこへ、フィーナが姿を現す。

長年連れ添った兄のいる場所などお見通しなのか、慌てふためいた声と一緒に崖へと駆け込んできた。

目を開けて振り返ったアルゴノゥトの顔には、剽軽な笑みが戻っていた。

「おお、愛しき我が妹！　そんなに慌てて何があった？　鼻水が垂れてるヨ！」

「垂れてません!!　そんなことより、『王都』に行くつもりじゃありませんよね!?」

「無論、行くとも！　世界がこの眠れる獅子、アルゴノゥトを求めている！」

「あああああっ……！」

一瞬拳を繰り出しかけた妹は何とか己の右手を押さえ、詰め寄り、そしてドヤ顔の兄の返事に頭を抱えた。

　頭痛に全力で抗いながら、説得を試みる。

「やめてください馬鹿なことしないでください！　弱っちい兄さんが英雄になんかなれるわけ、ないじゃないですか！」

「――フィーナ」

「な、なんですか？　いきなり、あらたまって……」

と、不意に真顔になった兄に、妹は思わず気圧(けお)される。

　今にも告白でもしてきそうな顔付きにうろたえていると、

「確かに私は腕っぷしが最弱で、無知蒙昧(むちもうまい)に大言壮語、夢見がちに加えて妹に尻拭いを押しつける屑(クズ)かもしれない」

「自覚あったんですね……」

「だが、この英雄への想(おも)いだけは誰(だれ)にも負けないと自負している！　つまり――私は『英雄』になれる！」

「一瞬で飛躍しましたけど⁉」

「それにフィーナだって運動不足でお肉のたるみが気になる年頃だろう！　私と旅に出れば体型も元に戻るサ！」

　やはり押さえきれなかった妖精拳(ようせいけん)が兄の脇腹(わきばら)に突き刺さった。

「ゴぽォ⁉」

「怒りますよ？」

「殴ってるっ、殴ってるから……！　怒るを飛び越えて殴ってますからッ、フィーナさん……！」

氷点下の眼差しをそそぐフィーナに、腹を両手で押さえるアルゴノゥトは脂汗を流しながら後ずさる。

じりじりと謎の間合いの牽制が発生し、乾いた風が呆れたように兄妹の髪を揺らしていると、おもむろに。

アルゴノゥトは、姿勢を正した。

「フィーナ、私は『英雄』になりたい」

「……知ってますよ。ずっと前から、ずっと言ってるじゃないですか」

「そうだ、私は常に『英雄』を求めていた。いや、世界こそが『英雄』を求めている！」

兄の空気の豹変を悟ったのか、フィーナは嘆息の代わりに、目を伏せた。

せめてもの反抗で唇を尖らせてみるが、アルゴノゥトの舌は止まらない。

「風の噂を聞いたか？　西の国オルランドが落ちたらしい！　南のオアシスも竜の息吹によって枯れ果てた！　霊峰は燃え、妖精達は山を下りることを余儀なくされたと聞く！　フィーナ、お前の体に流れる半分の血が、今も泣き叫んでいる！」

「……っ」

「大地は蹂躙され、海は汚され、空さえも席巻された！　恐ろしい魔物によって、世界は支配されようとしている！」

まるで舞台役者のような芝居がかった振る舞いで、身振り手振り、表情から声色まで使って、止まらぬ悲劇を訴える。

全てが事実だった。

大陸の最果てより産み出される『無限の魔物』によって、人類の生存圏は今もなお侵食され、縮小していき、人の世は確実に滅亡へと近付いている。

語られる世界の惨状にフィーナは顔を悲しみに染めた。

そんな彼女に笑顔をもたらしたいがためのように、アルゴノゥトは鳥の翼のように両腕を広げ、口端を上げる。

「だからこそ、『英雄』が必要なんだ！　この世界を照らす、一筋の希望が！」

夕日を背負う青年の姿は眩しかった。

口にした言葉は誓いを捧げるかのごとくだった。

今だけは滑稽な様子が鳴りをひそめ、何も知らなければ真実『英雄』のように見えたかもしれない。

だけれど、フィーナは兄のことを誰よりも心配しているから、その決意に水を差す。

「……弱っちい兄さんがなる必要、ないじゃないですか」

「そうかもしれない！　けれど、それならそれで『王都』に集まる『英雄候補』の顔を拝みにいくのも有意義なものとなる！」

その正論にアルゴノゥトは反論しない。

彼は自分の発言に責任を持たない。

先程までの眩しい姿など放り出し、笑みを子供のようにくしゃくしゃにして、おどけた様子で騒ぎ散らす。

「それに『王都』の周辺には『精霊の祠』があるという伝説を聞いた！　そちらにもぜひ行ってみたい！」

「……ただの観光じゃないですか、それ……」

くすり、と。

フィーナはとうとう、釣られたように笑みをこぼした。

奇矯な振る舞いばかりする兄の思う壺と知りながら、それでも唇を曲げてしまう。

そんな彼女に破顔し、アルゴノゥトは右手を頭上へと掲げた。

「妹よ、今こそが旅立ちの日だ！　魔物から逃れ、老いて朽ち果てる日を待つのは止めにしよう！」

「‼」

「私達の故郷に誓うんだ！　栄えある未来を諦めないことを！」

人差し指が示す茜色の大空が、兄妹の意識を故郷へと導く。

在りし日の幸福を諦めてはならないと、兄の声が妹の心を揺さぶる。

驚きの表情を浮かべていたフィーナは、両手で杖をぎゅっと握った後、顔を綻ばせた。

「口だけは上手い兄さん。そうやって、私をいつも振り回す」

「優しい私の妹。そう言って、いつもお前は私を助けてくれる」

青年と少女は笑った。

兄と妹は笑みを交わし合った。

だから、もう言葉は要らなかった。

「――さぁ神々よ、見ていてくれ！　このアルゴノゥトの旅立ちを！　未来の英雄の偉大なる第一歩を！　ふははははっ！」

怖いものなども何もないとばかりに、にわかに有頂天となるアルゴノゥト。

ゲラゲラと笑い始める只人の青年は踊るようにステップを踏み、空を仰いでクルクルと回る。

クルクルと回り過ぎて、茂みによって隠れていた段差を見誤り――ズルゥ！　と。

盛大に足を滑らせ、切り立った崖に体を吸い込まれた。

「って、のぁあああああああああああ!?」

纏っているマントが虚しくはためき、崖下に姿を消す。

調子に乗った男の結末に、フィーナはこれだからと言わんばかりに嘆息した。

滑稽な道化の振る舞いを、次の言葉で評する。

「…………偉大なる一歩を、踏み外しました」

フィーナさーん、たすけてー、と崖の壁にしがみ付いている物体からの声を無視し、少女は帰路へとつくのだった。

◆

二日後。

決めれば即行動を起こすアルゴノゥトの手で速やかに荷造りは済まされ、二人の兄妹は拍子抜けする程度にはあっさりと村を発っていた。

「村との感動の別れも済ませた！　これで何も思い残すことなく出発できる！」

「村のみなさん、子供のお使いみたく軽く送り出してましたけどね……」

遥か後方ですっかり小さくなっている村に、フィーナは空笑いをする。

一方のアルゴノゥトは、碌に整備などされていない道の真ん中で、一冊の本と羽根ペンを取り出した。

「さぁ、綴るぞ『英雄日誌』！　このアルゴノゥトの記念すべき旅立ちを！」

走る羽根ペン。

記される文字。

無駄に流麗な筆跡で、その一文が男の手記に記録される。

『英雄アルゴノゥトは新たな伝説となるべく、その日、冒険へと旅立つのだった!』

「まだ『英雄』になってないじゃないですか……」

「細かいことは気にするな! 妹よ!」

ご丁寧に音読までしてくれる兄にフィーナが呆れた視線を向ける中、アルゴノゥトは纏っているマントを鳴らし、どこまでも続く荒野の道に向き直った。

「さぁ行こう、大いなる旅路へ!」

『いかなる時、いかなる場所を切り取ろうが、魔物が現れぬ安息の地など存在しない』。

この時代を象徴する言葉だ。

大陸の最果てより襲来した数多(あまた)の魔物は容易く人類の領域を食い破り、終わらぬ地獄を形作った。

最果て——西からやって来る魔物に対し、人々は東へ逃げた。

それでも足りずまだ逃げた。

妖精山脈を越え、更に東へ。

そして大陸を縦断する峻厳な妖精の山幕より西側は完全に魔物の領土と化し、人類の生存圏は大陸中央まで後退することとなる。

そしてそんな大陸中央以東でさえ、大地を犯し、海を渡り、空を蝕む魔物どもはどこからでも出没し、多くの国々や村を焦土に変えた。

故郷を捨てた者達は魔物の侵攻が届かない土地へと逃れ、息をひそめては身を小さくし、細々と生活を送るようになった。他ならぬアルゴノゥト達が身を寄せていた村もそうである。

魔物が大群となって攻め寄せる、ということこそないものの、散り散りとなった魔物の群れは狼や熊を始めとした獣に成り代わり、獲物を見つければ牙を剝くのだ。

『グオオオオオオオオオオ！』

よって。

アルゴノゥト達がまだ安全だろうと踏んでいた旅路の中で、恐ろしい異形が幾度となく現れることに何ら不思議はなかった。

「ぐへえええええええっ⁉　フィ、フィーナァァァァ！　お助けー⁉」

犬頭（いぬあたま）とも呼ばれる魔物『コボルト』の体当たり（タックル）を頂戴し、アルゴノゥトがゴロゴロと地面の上を転がる。

そのままシャカシャカと黒虫（ゴキブリ）のごとく素早く這（は）っては逃げ、みっともなく自分の名を呼ぶ兄の姿に堪（たま）らなく嫌そうな顔を浮かべるフィーナは、すぐに切り替えた。

「何やってるんですか、アル兄さん！　どいてください！」

敵の数は七。

犬頭（コボルト）に黒犬（ヘルハウンド）、そして厄介な虎の化物（ライガーファング）が一匹。

いつも通り情けない兄がやられ役となって、わかりやすいくらい敵が一箇所に集まっている。

「【契約に応（こた）えよ、森羅の風よ。我が命に従い敵対者を薙（な）げ】」

直（ただ）ちに唱えるのは詠唱。

過去、未来においても変わることのない、身が宿す魔力に着火し世界に革命の力をもたらす玲瓏（れいろう）な呪文（スペル・ワード）。

己に流れる妖精の血を燃焼させ、フィーナは右手に持った杖を突き出した。

「【ゲイル・ブラスト】！」

放たれるのは緑風の咆哮。

『吹き飛ばされる』ではなく『切り刻まれては圧し潰（つぶ）される』魔物どもは断末魔の悲鳴を上げ、胸部まで風の嘶（いなな）きに呑み込まれた瞬間、不思議なことに無数の『灰』となって消し飛んだ。

しかしそんな灰さえも、颶風の進撃は認めない。

魔物の爪牙や毛皮、塵さえも残さず、上空へとかき消す。

大地に刻まれるのは、『風の通り道』と言うには物騒過ぎる抉れた地面の痕跡だった。

「おお、妖精の『魔法』！　修得するのになんか色々大変な秘術を半妖精の身で使いこなすとは！　さすがフィーナ！」

「兄さんがヘナチョコ過ぎて覚えるしかなかったんですー!!　あと説明が雑です！」

素早く妹の側に戻ってきたアルゴノゥトがここぞと誉めそやすが、尻拭いを押し付けられるフィーナからしてみれば『誤魔化されるか』とばかりについ怒鳴ってしまう。

目を尖らせて一頻り兄を睨んだ後、視線を前に戻せば、同族の遠吠えと獲物の香りに釣られて集まってきた魔物が、フィーナの魔法の威力にすっかり怯えているところだった。

絶望を与える筈の加勢は今や、薄っすらと発光する杖の餌食でしかない。

「私より前に出ないでください！　全部吹き飛ばしますから！」

「はーい！」

妹の真後ろという名の定位置兼安全地帯にすかさず隠れるアルゴノゥトを他所に、フィーナの魔法が文字通り『火』を噴く。

火炎の息吹が生み出されたかと思えば次は氷柱の矢群、その次は雷の雨。

多くが本能のまま襲いかかる魔物どもには『詠唱を妨げる』という知性が存在しない。ましてや戦意も食欲も手放して逃げようとするならば、後は魔法種族(マジックユーザー)の独壇場だ。

怯えて逃げ惑う魔物達の背へ、フィーナは遠慮なく魔法を撃ち込んだ。

純血の妖精(エルフ)でさえも目を見張ってしまうほどの威力が炸裂(さくれつ)すること数度。

空へ吸い込まれる砲撃音が、地鳴りとも異なる余韻を生み、やがて周囲に静寂を連れ戻す。

アルゴノゥト達の視界には、魔物の影など一匹たりとて残っていなかった。

「ふぅ……あらかた片付きましたね」

「爆殺、凍結、感電死……フィーナ、魔法を撃つ時だけ目の色変わってない？　『魔力バカ』的な。フへへとか言って」

「言いませんよ、そんなこと！」

大仰な仕草で二の腕を抱きしめ、全く似ていない物真似を披露(ひろう)するアルゴノゥトに、フィーナは顔を赤らめ抗議した。

まぁ少しやり過ぎたか、と形が少々変わってしまった景色に思わないでもなかったが、もともと手付かずで荒れ果てていた荒野だ。旅人の往来で踏み固められた交通路さえ無事なら問題ないだろう、と心の中で弁明する。なにせこちらは魔物に襲われたのだ！

地味に『魔力バカ』なる言葉を引きずって耳先を火照(ほて)らせるフィーナを他所に、アルゴノゥトは道化のようにフラフラ歩いて、あっちへ行ったりこっちへ行ったり。

地形を破壊したフィーナの魔砲跡に、ほんの僅(わず)かに残っていた魔物の『牙』や『爪(つめ)』を目敏く見つけ、ひょいひょいと素早く懐にしまうと、何事もなかったように戻ってきた。

「いいなぁー、フィーナは『魔法』が使えてー。嗚呼、天より見守る神々が私にも『魔法』を授けてくれないだろうか！」

「そんなこと、あるわけないじゃないですか。それにしても……」

胡散臭い演技で嘆いてみせる兄に溜息をついていたフィーナは、そこであらためて周囲を見回した。

「……魔物がこんなところにまで現れるなんて。以前は、ここも安全だったのに」

村を発ってから、そこまで日は経っていない。

魔物の出現範囲から外れていたからこそ、フィーナ達はここ周辺の人里に身を寄せていたのだ。しかし、その安全も崩れ去ろうとしている。

確実に忍び寄りつつある怪物達の魔の手に、半妖精の少女は顔を曇らせた。

「どこもかしこも魔物の支配が迫っている。野猿みたいな傭兵でもいないとおちおち旅もできない。……フィーナみたいな」

「私はゴリラでも傭兵でもありませーんっ！　いい加減にしないと怒りますよ‼」

「あ、待ってて っ、暴力はんたーい！」

両目を瞑り神妙な顔で喩えてくるアルゴノゥトに、フィーナは哀しみなどブン投げて怒鳴った。

戯言を口にしていないと死んでしまう病気にでもかかっているのか、『私の深刻を返せ！』

と杖を振り上げ撲殺の構えを取る妹に、兄は頭上で両腕を交差し世界平和を訴える。

「いやあああああああああああああああ！」

「えっ……？　悲鳴⁉」

　その時だった。

　堆い岩石の丘の先から、甲高い悲鳴が上がったのは。

「行くぞ、フィーナ！」

「は、はい！」

　アルゴノゥトの動きは迅速だった。

　既に前方を走ってる背中に出遅れる形で、フィーナも後を追う。

　土煙を蹴立て、砂を巻き上げながら、岩石の丘を直ちに迂回する。

「来ないでぇ……！」

『グルルウウゥ！』

　悲鳴の主は、アルゴノゥト達がいた場所とは別の村娘。

　そんな彼女を取り囲むのは、凶悪な魔物の群れ。

「女の人⁉　それに、魔物があんなに⁉」

　それは奇しくもフィーナの悲観が実際の危機となって現れた瞬間だった。

　籠を脇に落としている女性は薬草を摘みにでも出かけていたのか。しかし、以前は安全だった筈の道も魔物どもの影が跋扈する危険地帯になってしまっている。

　フィーナは地を蹴った。

「兄さん、下がってっ――」

「うおおおおお！　待っていてください、美しい人！　女性の味方、このアルゴノゥトが助けに行きまーーーーーすっ！」

「って、ちょっとー⁉　一人で突っ込んでどうするんですかーーー‼」

　そしてそんな妹より、兄の方が速かった。

　雌兎を見つけて瞳を輝かせる雄兎のごとく、一陣の風となるアルゴノゥトにフィーナのツッコミも追いつかない。というか、足が速過ぎて追いつけない。

　そこからはもう滅茶苦茶である。

　唯一の取り柄と言っていい敏捷さを駆使して突っ込んだ挙句、女性への迸るほどの熱情を叫びまくるアルゴノゥトに、魔物どもはうざったそうに振り向き『面倒くせぇ』と言わんばかりに爪や尾を薙いだ。「ぶげらっ⁉」と吹っ飛ばされるアルゴノゥトは、しかし壊れた玩具のように何度でも立ち上がり、再三突っ込んで再三ブッ飛ばされた。一回の突撃が失敗するごとに流血と生傷が増えていく。そして突破口のとの字も作れない。道化である。

　そうこうしているうちにフィーナが詠唱を終わらせ、魔法で全てを吹き飛ばした。然もありなんである。

「大丈夫ですか、美しい人！　魔物はこのアルゴノゥトが追い払いました！」

「ち、血だらけで笑ってる……あと目が怖い……！　こ、来ないでっ！」

「怯えさせてどうするんですか！　あと兄さん、囮になってただけですから！　倒したのは私ですから！」

魔物が消えるなり、ズザザーッ！　と滑走張りに地面を膝で削って村娘の手を取るアルゴノゥト。無駄に美青年な笑みと声で白い歯を輝かせてみせるが、こめかみからダクダクと流れる血液に本気で怯えられ、汚物を振り払うように手を弾かれた。

背後から律儀にツッコミと苦情を入れるフィーナは、溜息をついた。

先程の戦闘よりよっぽど疲労を感じつつ、とりあえず兄の後頭部に折檻しようと杖を準備して、彼等のもとに足を向ける。

「まったく、いつも女性の前では格好をつけようとして……――――!?　兄さん、危ない！」

だが、足が彼等のもとに辿り着く前に、半妖精の瞳が異変を察知した。

「グオオオオオオオオオオオオオ!!」

「!?」

獣頭人体の矮軀。

犬頭とは異なり狼の頭部を持つ凶悪な魔物――『村殺し』が崖の上から怒号を放ち、アルゴノゥト達の頭上目がけ、跳躍するところだった。

その名の通り多くの村々を滅ぼす危険種は、近辺の魔物を率いる親玉で、まさにこの周辺一帯に化物どもが現れるようになった原因である。

崖から『獲物の収穫』を眺めていたが、子分がやられていく様に、とうとう堪忍袋(かんにんぶくろ)の緒が切れたのだろう。

その鋭利な爪牙が向かう先は当然、白髪の青年。

「くっ――!!」

「兄さぁん⁉」

一三〇C(セルチ)程度の体格でありながら、隆々の筋骨を有する村殺し(ルー・ガルー)は並の力自慢など虐殺する。

フィーナでさえ手こずる。道化(アルゴノゥト)などでは話にならない。

アルゴノゥトが村娘より前に出る。

武器も抜けず両腕を広げる。

それで終わり。

迫りくる五爪に、青年の顔が引き裂かれる。

『グギャアアアアアアアア⁉』

が、それよりも先に、異なる『爪』が魔物の顔面を斬断した。

「……えっ？」

「……！」

フィーナの唇から呟きが落ち、アルゴノゥトの目が見開かれる。

人と魔物の間に割って入ったのは、一つの『影』だった。

顔面を引き裂かれ、仰向けに転がり、もがき苦しむ村殺しの鋼のように分厚い胸部を、持ち上げられた片足が踏み潰す。

魔物を貫いて大地を踏み砕いた一撃に、胸部の『核』を失った村殺しは無数の灰となって消し飛んだ。

「君は……」

『影』の正体は、『男』だった。

半妖精のフィーナより遥かに俊敏で、只人のアルゴノゥトの目が追うのもやっとな、『獣』の輪郭を持つ男。

顔の横にはない耳は頭上に備わり、灰の髪から覗いている。

腰から伸びる同色の尾。誇り高き『狼』のそれだ。

身に纏うのは毛皮を備えた薄手の衣。袖はなく、前が開いた上衣は鍛えられたありのままの肉体と、両腕に彫られた刺青を晒す。下半身には腰布と金属めいた鉱石で覆われた装靴。

そして、両手には長い『鉤爪』。

「女を捨てず、盾となったのは認めてやるが……詰めが甘い」

武装した『獣』の戦士は、呆然（ぼうぜん）とするアルゴノゥトに一瞥（いちべつ）を投げた。

「私がいなければ命が二つ、大地に還った。無力をひけらかすなよ、只人（ただびと）。……虫唾（むしず）が走る」

その声は静かで、冷えていた。

弱者を嫌う強者の眼差しが、白髪の青年を唾棄する。

「獣人……？　狼人（ウェアウルフ）？　只人（ただびと）の領域で会うなんて…………って、さっきから何なんですか！　兄さんを侮辱して！　確かに兄さんは口だけで見栄っ張りで女の人にはだらしなくて、逃げ足くらいしか取り柄がない最弱も最弱ですけど、向こう見ずな行動がたまにいい方向に転ぶこともあるんです!!」

「フィーナさん！　微妙に庇（かば）っているようでモロに死体蹴りしているキミの方が私の心をザクザク削ってる!!」

思いもよらぬ出会いに唖然（あぜん）としていたフィーナだったが、兄を見下されて語気を強めた。

そしてその反論は長文となってアルゴノゥトをタコ殴りにした。

飛び交う叫喚と悲鳴に、獣人の男は「ふんっ……」とくだらなそうに鼻を鳴らし、兄妹に背を向けようとする。

「待ってくれ！」

それを呼び止めたのは、他ならないアルゴノゥトだった。

「私に君の名前を教えてほしい！」

「知る意味がない。貴様のような只人と、もはや縁が交わることもないだろう」

「いいや、意味はある！　私は助けてくれた君に礼を言いたい！　真の礼を伝えるには、その者の真名を知らなくては！」

アルゴノゥトと男の視線が交ざり合う。

笑みを伴う深紅の瞳は伊達や酔狂ではなく、真理を見透かしており、琥珀色の双眼がその道理に細まる。

「……口だけは達者のようだな」

男は足を止め、アルゴノゥト達に向き直った。

「──ユーリだ。北方の地の『狼』の部族、族長ロウガの長子。貴様は？」

民族的な衣装を揺らす狼人の青年、ユーリに、アルゴノゥトは笑みを弾けさせる。

「私はアルゴノゥト！　『英雄』になる男だ！」

「『英雄』……？　では貴様も『王都』を目指す者か？」

「えっ……それじゃあ、まさか貴方も？」

ユーリの呟きに反応したのはフィーナ。

全てが繋がったような顔を浮かべ、問い返そうとしたが、今まで呆けていた女性が、意を決したように立ち上がった。

「……あ、あのっ！」

「おっと！　申し訳ない、麗しき人！　お怪我はありませんでしたか？　さぁお手を！」

自分が華麗に救った（と思ってる）村娘の存在を思い出し、アルゴノゥトは無駄に白い歯を再び輝かせた。

優雅に差し出された手を──華麗に無視して、村娘は一も二もなくユーリのもとへ急いだ。

「た、助けて頂いてありがとうございます！　どうかお礼を……！」

「必要ない。戦えない女は我々部族の中でも蔑視の対象。すぐに巣へ戻れ。目障りだ」

「そ、そんな……」

「……が、つい今しがた、先立つものが尽きた。お前を里まで送る代わり、食料と交換してもらう。相応の物々交換だ。いいな？」

「は、はいぃ！　ありがとうございます！　ふわぁぁぁ……」

明らかに一目惚れしている村娘は、狼人に冷たく接されるも、その後の神対応に神速で惚れ直す。

頬を上気させ、潤んだ瞳で彼女がユーリの背を追いかけた後、その場に残るのは石像と化す道化のみであった。

「…………………」

身長が高く、獣の耳まで備えた野性的な美男子。

腕っぷしは言うに及ばず、雄としてアルゴノゥトに勝てる要素は、悲しいかな何一つとして存在しない。

旅は出会い、そして世は無情。

引きつった三枚目の笑みが、荒れ果てた山道によく映えている。

「兄さん……格好悪い」

物悲しそうな妹の呟きが、虚しく宙に響くのだった。


中天に差しかかった太陽が西に迎え入れられれば、空を儚く焼く夕刻が訪れ、東より宵闇が迫り、やがては夜の帳が下りきる。

上空が闇に包まれる中、地上では赤い焚き火が火の粉とともに踊っていた。

「美しき人も村まで送り届けた！　これで心置きなく旅を再開できる！」

一仕事を終えたように額を拭うのはアルゴノゥト。

暖かな焚き火を宝のように扱い、捕まえた蜥蜴の串焼きなど、今晩のごちそうを我が物顔で用意する。

「……なぜ当然のように、私の野営に加わっている？」

そんな男を睨みつけるのはユーリ。

彼自身が準備した焚き火をちゃっかり利用するたわけ者を、侮蔑と怒りの中間でせめぎ合っているような眼差しで貫く。

「まだお礼を言ってないからネ！」

「……早く言え。そしてすぐ失せろ」

「あ、この干し肉、もらっていい？　最近穀物ばっかりでねー」

「聞け……!!」

「大丈夫だ、この蜥蜴と交換条件といこう！」

非難めいた視線に怯まないどころか食料をガサゴソと漁る様に、獣人のこめかみが青筋を生む。そして貴重な香辛料を刷り込んだ干し肉と蜥蜴の雑な丸焼きではつり合いが取れない。

今にも蹴りが跳んできそうなユーリの気配にアルゴノゥトはやっと姿勢を正し、畳んだ膝を揃えながら、神へそうするように拝んだ。

「旅は道連れ世の情け、ここで巡り合ったのも何かの縁！　というか私達だけでは不安なのでご同行させてくださいお願いします！」

「すいません。兄さん、こんな性格なので……ここで追い払っても、ずっと纏わりつくと思います……」

フィーナは肩身が狭そうに謝った。

目を瞑りながら、薬草（ハーブ）を混ぜた乾パンを両手で持ち、はむはむと食べながら。

その姿からは誰よりも諦念が滲（にじ）んでいる。

ユーリは舌を弾いた。

「ちッ……道化め」

「ハハ、よく言われます」

危うく拳が道化の頬にめり込みかける場面がありつつ、各々は食事を済ませていった。

獣人は肉を、半妖精（ハーフ・エルフ）は木の実など森の恵みを、只人（ただびと）は蜥蜴や乾燥豆など雑食で。

口にするものも違えば、文化も異なる異種族達の夜は何とも奇妙だった。

ユーリが設ける明らかな境界線に静寂が場を支配するかと思えば、アルゴノゥトが肉が美味いだの例の村娘さんは可愛（かわい）らしかっただのベラベラと喋（しゃべ）り、陽気で軽快な無駄話が絶えない。

吟遊詩人の歌にも届（とど）かぬ、詩曲の底抜けの明るさと言ったら。

ユーリは苛立（いらだ）っていたが、フィーナはこうなることがわかっていたように苦笑する。

空の真ん中には雲の橋がかかり、月が見えない。

代わりに夜の大河が星のきらめきを落とし、地上に焚かれた灯火とともに、三人の男と女を照らしていた。

「あの……どうしてユーリさんは『王都』へ?」

食事も終わり、後は寝るのを待つのみとなった頃。

ぱちっ、と焚き火が弾ける中、フィーナはおずおずと尋ねた。

「貴方も兄さんみたいに、『英雄』を目指しているんですか？」

「……何も知らないのか」

「えっ？」

向けられるのは、少々の呆れを含んだ視線。

きょとんとするフィーナに、ユーリは吐き出す溜息を惜しむかのように、説明した。

「『英雄』の称号など、ただの名ばかりの栄誉。真の餌は王が授ける褒美の方だ」

「えっ？　餌？　それに、褒美……？」

「『選定の儀』を抜け、王の配下に下った者に与えられる特権。王都はそれを約束している。無論、功績と引き換えにはなるだろうが」

それは村人の伝聞から王都のお触れを知ったフィーナが、摑(つか)んでいなかった情報だった。

だがユーリの話を聞いて、すぐに腑(ふ)に落ちたのも事実だった。

人の命が明日も確約されないこの時代、多くの者が欲するのは顕示欲を満たす名誉ではなく、少しでも人生を豊かにできる実利の方だ。

酷(ひど)く納得してしまうフィーナの隣で、アルゴノゥトは何も言わなかった。

まるであらかじめ察していたかのように、焚き火を絶やさぬよう黙々と枝を放っている。

「己(おの)が望むものを手に入れる。英雄誘致に応える者のほとんどは、それが目的だ」

「王の褒賞が本命……。なら、貴方は何を求めるつもりなんですか？」

「何故（なぜ）、会って間もない貴様等に教えなければならない？」

「あぅ……ご、ごめんなさい……」

疑問の解消と同時に新たな興味が生まれたフィーナが、ついそれを尋ねてしまうと、返ってくるのは冷淡な反応だった。

懐に踏み入ってくることを明らかに嫌っているユーリに、ばつが悪そうに謝っていると、

「私の誇りに踏み入るなよ、『半端者（はんぱ）』。只人（ただびと）と交わった結果、妖精（ようせい）の理知さえ手放したか」

「……っ！」

その『混血（ハーフ）の蔑称』に、心に小さな罅（ひび）が走った。

少女が逃れられない宿命の一つ。

中途半端（ちゅうとはんぱ）に長い耳が、侮蔑の眼差しに穿（うが）たれる。

フィーナが傷を負った胸を思わず押さえようとした、その時。

「――私は『英雄』になりたい！」

妹が苦しむより早く、更なる傷が生まれるより先に、アルゴノゥトが飛びきり明るい声を上げた。

「それが私の『王都』に行く理由！　たとえ『おまけ』に過ぎずとも、人々に認められる栄光を手にしたい！」

「……？」

ユーリが眉を怪訝の形に曲げ、フィーナでさえも不思議そうな表情を浮かべる。

聞いてもいないのにべらべらと自分語りを始めるアルゴノゥトは目を瞑り、唇に笑みを添えながら、自身の展望を話した。

「だが、それ以上に、『英雄』のようにありたい！　己より強い者に屈することなく、大切なものを守れる存在に！」

そこで。

未来の自分に誓いを立てるように。

男の声音が、陽気な音色から覆り、一点の冷気を帯びた。

「フィーナの耳は、人と妖精が歩み寄った尊い証。――取り消せ、先程の侮辱」

瞼が開いた時、その深紅の瞳に、道化の影はなかった。

笑みも消えている。

ただ、何も表情を浮かべていない相貌は、瞋恚の矛を獣人へと突き付けていた。

「に、兄さん……」

アルゴノゥトが見せることのない『怒気』に、フィーナでさえ呆然とする。

「…………」

そしてユーリは、青年の豹変に瞳を見開いた。

間もなく、目を伏せる。

火の音が戒めるように鳴り散ることしばらく、自省の時間を抜けて、フィーナに顔を向ける。

「……フィーナと言ったな。非礼を詫びよう。誇りを踏みにじったのは、私の方のようだ」

「い、いえっ！　そんな！　私は、混血ですから……差別されるのは慣れています」

ユーリは、誇り高い狼人だった。

他者にも、そして己にも誇りを求める。

故に彼はアルゴノゥトの呵責を受け入れ、過ちを認め、謝罪することのできる獣人だった。

「私が負わせた傷を癒せるとは思えないが、代わりに、お前が望んだものを教えてやる」

彼の誇りとは己の信念に基づくものだ。

だからフィーナに刻んだ傷の代償として、自身の『悲願』と『傷』を曝け出す。

「私が求める褒美は……我が部族の『王都』への移住」

「『王都』への移住……？　獣人の部族を丸ごと……？」

「ああ。最近になって、再び魔物どもの動きが活発になってきた。種族問わず、亜人達の生存領域が立て続けに陥落している」

「……！」

只人の領域に暮らしていた自分達では知りえなかった情報に、フィーナは息を呑んだ。

やはり人の世は終わりに近付いていると、齢十六の少女をして予見してしまうほどに。

「最後の『楽園』は只人（ただびと）の都（みやこ）、『王都』以外に存在しない。……それが燃えつきようとする、人類の残り火だったとしても」

「っ……」

「王の褒美を頂戴し、都への移住権を要求する。父上……我等の長（おさ）がそれを決めた」

ユーリの声音も悲嘆に取り憑（つ）かれている。

その横顔にも陰が差した。

しかし、それも一瞬。

フィーナが同情することも労わることもできない中、戦士として仮面を纏い、責務と意志を告げる。

「故に、部族一の戦士である私が来た。名ばかりの『英雄』となるために」

「……君はそれでいいのか？　話を聞く限り、『狼（ろう）』の部族とは誇り高き戦士達だと察するが」

「獣の矜持（きょうじ）などとうに捨てた。たった一人の妹も守れず、魔物どもに食い殺された、あの時に……」

黙って話を聞いていたアルゴノゥトが尋ねれば、ユーリは視線を自分の右手へ落とした。

傷だらけの手だ。

そして無力の烙印（らくいん）を刻まれた、怒りに打ち震える拳だ。

風化できずにいる無念と自責、憎悪を言葉の端々に滲（にじ）ませるユーリに、フィーナは沈痛な面持ちを浮かべることしかできなかった。

「部族が生き長らえるためなら、私は何でもしよう。それこそ只人の体のいい使い走りにも」

「……只人の王が、亜人である私達の存在を許すでしょうか？　妖精はもとより、人類は他種族の垣根を未だに越えられてはいません……」

「それを承知の上での今回の誘致だろう。魔物に脅かされているのは『王都』も例外ではない」

部族全体の命運を担う悲壮な決意を聞き届けた後、二の腕を握りしめていたフィーナが、やっとの思いで疑問を口にする。

それに対するユーリの答えは推測に基づく確信と、唾棄だった。

「魔物以外にも、『王都』は他国・他種族の侵略を受けていると聞く。限りある資源を奪い合ってな」

「そんな……こんな時になっても、人同士の争いを止められないなんて……」

その愚かしさこそが人類たる所以なのだろう、と。

ユーリはそう呟き返した。

「『王都』も領土を守るため戦力を欲している。裏を返せば、手段を選んでいられない状況に陥っているという意味でもある」

「………………」

「……人の世は滅びるだろう。神に見放されたこの大地は、いずれ、必ず」

三人の会話はそこで途切れた。

予定調和の終焉(しゅうえん)を確信し終えて。希望は存在しない。

それが今の、世界と現実と情勢。

破滅に近付く世界の星空は寒く、澄んでいて、どこか空虚だった。

呻(うめ)くように焚き火の勢いが弱まり、赤々とした光が小さくなっていく中、アルゴノゥトだけは頭上を仰いだ。

「……神に見放された大地、か」

彼の呟きに答える神(もの)は、いなかった。

しかし肯定も、否定もなかった。

故に『道化』の目は、ここではないどこかを見据え続けていた。

◆

夜が明け、日が昇る。

どれだけ魔物の侵略に脅かされていても、その世界の摂理だけは変わらない。

一人に付いていく二人の旅はそれからも続いた。

精強な獣人に助けられること十七回。

その背に隠れて難を逃れることはもはや数えきれず。

フィーナの強力な魔法に巻き込まれることは二度あった。

旅の中でユーリの苛立ちが哀れみに変わった後も、他力本願の化身であるアルゴノゥトはどこまで行ってもアルゴノゥトで、フィーナの溜息が枯れることはなかった。

山道で足を滑らせ必死に岸壁にしがみ付いては助けを求める道化を見下ろし、二人はそろそろ無視して先に進むべきかと検討も始めた。

襲いかかってくる魔物、特に大群との戦いで俄然存在感を放つのはフィーナの魔法で、強力な火力はユーリも感心するほどだった。彼女という旅の助けがいなければ獣人の戦士は本気でアルゴノゥトを見捨てていたかもしれない。

景色は移ろう。

荒野から魔物に喰いつくされた禿山、滅んだ人里。

瓦礫の山程度は可愛いもので、辺り一帯に人骨が散らばる夕暮れの原野に辿り着いた時、フィーナは西日に照らされる横顔を悲しみに染めた。墓を作り始めてしまえば、この先何度旅の妨げになるかもわからない。だからせめて、母から伝え聞いた妖精の礼をもって少女は死者の冥福を祈った。普段はやかましいアルゴノゥトも、足手纏いを厭うユーリも、その時ばかりは何も言わなかった。

——人の世は滅びるだろう。

――神に見放されたこの大地は、いずれ、必ず。

狼人（ウェアウルフ）の言葉を暗に肯定する旅路を、一行は延々と進んでいった。


「はぁ、はぁ～～っ……！　愛しのフィーナよ、まだ『王都』にはつかないのか……！」

すっかり息を切らすアルゴノゥトは、体を引きずりながら尋ねた。

どこから拾ったのか木の枝を杖代わりにする、その姿といったら、まだ十七のくせに老人のように情けない。

先を行く（ゆ）フィーナは呆れながら振り返る。

「『王都』へ行くって張り切ってた兄さんが、真っ先にへばってどうするんですか……。まだ一ヵ月しか経ってませんよ？」

「くそぅ、この汗と苦痛、忘れてなるものか！　綴るぞ、『英雄日誌』！」

『アルゴノゥトは苦難の道程に耐え、王都を目指した！』

杖に寄りかかりながら器用に日誌を綴る兄に溜息をつきながら、半妖精（ハーフ）の少女は警戒も兼ねて辺りを見回す。

場所はこれまでの行程で何度も見たものと同じ、荒れ果てた荒野。

三人はそこを横断中だった。

「真っ直ぐ都を目指したら、魔物の群れにやられてしまいます。ユーリさんが調べてくれたおかげで、安全な道を進めているんです。ユーリさんとご一緒させてもらえなかったら、今頃どうなってたか……」

それでも今日まで魔物に襲われた回数は三人の指の数を足しても足りない。

それを『安全な道』と呼べる程度にはフィーナの魔法は優れ、ユーリの戦技は並外れていた。お荷物のアルゴノゥトを差し引いてもなおだ。

戦闘の面でも活躍するユーリだったが、特に彼が秀でていたのは、獣人という種族の特色とも言える『五感』、中でも『嗅覚』だ。

魔物の群れの移動があったと嗅ぎつけると、ユーリは予定していた進路を素早く変更した。時には悪路を進むこともあったが、魔物の物量と引き換えというなら、この時代の者ならば誰もが前者を選択するだろう。

時には斥候も行って、限りなく接敵を減らしていたユーリこそ、この旅の殊勲者と言えた。アルゴノゥトとフィーナの兄妹はまさにおんぶにだっこだ。

「私からしてみれば、なぜ有能な魔法種族が役立たずに付き従ってるのか、理解に苦しむ……」

フィーナより更に前、先頭を歩むユーリが辟易しながら言った。

彼は足を止め、背後に一瞥を投げる。

「お前達、血を分けた兄妹ではないだろう。容姿も、素質もあまりにも似ていない」

「……！」

白い髪に山吹の髪。

深紅の瞳に森色の双眸。

ぱっと見ただけでも二人の兄妹に類似点は少ない。いや、ないと言ってもいい。

只人と半妖精と言うだけで、血縁関係は異父あるいは異母兄妹のどちらかに絞られる。

そこに顔立ちも全く似てないとなれば、実の血の繋がりを見出すのは無理というものだろう。

「わ、私と兄さんは……」

立ち止まり、両手で杖をぎゅっと抱きながら、口ごもるフィーナだったが、

「……詮索するつもりは毛頭ない。他者の事情など、抱えるだけ煩わしくなるだけだ」

ユーリはその姿を見て、視線をあっさりと前に戻し、歩みを再開させた。

フィーナはきょとんとして、遠ざかっていく背中を眺める。

「……兄さん、兄さん。ユーリさんって冷たいですけど、優しいですよね？」

「ああ。見た目より、ずっと面倒見のいい好漢のようだ。頼れるアンチャンと呼ぼう」

「それはさすがに失礼ですっ。でも、確かに気を配れる方ですよね……顔は怖いですけど」

追いついてきたアルゴノゥトに、フィーナはこそっと肩を寄せる。

今のやり取りだけでなく、これまでの旅路の中での彼の立ち振る舞いも振り返りながら、兄

妹が小声で話し合っていると、

「……聞こえているぞ」

「えっ⁉　あ、そ、そのっ……耳がいいんですね⁉」

「獣人の五感は只人や妖精のそれを凌駕する。内密の話は今後、私のいないところでしろ。お前達兄妹の会話は酷く耳障りだ」

前方でいつの間にか足を止めていたユーリが、今度こそ剣呑な眼差しでフィーナ達を貫いていた。

肩を跳ねさせるフィーナは、懇切丁寧に説明してくれる獣人にダラダラと冷や汗をかいた末に、話を変えるという苦しい策に出た。

「そ、そうだ、ずっと聞きたかったんですけど！　『王都』はどうして平和を保っているんですか⁉　この時代に、『楽園』とまで謳われるなんて！」

ぱたぱたと小走りでユーリに追いつくフィーナに、アルゴノゥトもひぃこら言いながら続く。

ユーリの変わらぬ冷たい視線に下策を悟りつつ、苦し紛れを延長させる。

「えーと、そのですね、だからー……ど、どうやって魔物の侵攻を退けているのかなー、って」

「……本当に何も知らないのか、お前達は」

ややあって、ユーリが返したのは皮肉や罵倒ではなく、嘆息だった。

「『王都』があらゆる侵略をはねのけているのは、その軍事力はもとより、一人の男が君臨しているからだ」

「一人の男……？」

「『常勝将軍ミノス』」

告げられるのは、一人の傑物の名。

「『王都』最強の男であり、その武勇は大陸中に轟いている。巨大な鎖を振り回し、人も魔物も引き千切るその光景、まさに迅雷のごとし……そこで付いた渾名が『雷公』」

『狼』の部族はおろか、他種族の生存圏にまで轟き渡る雷名にして偉烈を、ユーリは語る。

圧倒的劣勢を強いられ、敗退と喪失を繰り返す人類の中でも、その男はただ一人、名の由来の通り勝利を重ね続けている。

あらゆる魔物を蹴散らし、あらゆる侵略をはね返す。

あらゆる厄災から『王都』を護り続けている盾にして鎖。

それが『常勝将軍ミノス』。

まさに『英傑』と呼ばれるに相応しい武勇を誇る。

「人の軍勢も魔物もことごとく退けてきた王の忠臣だ。奴がいる限り、『王都』は安全と言われている」

「そんな一角の武人が、『王都』にいるなんて……」

ユーリの説明に、フィーナは驚きを隠さなかった。

その情報が作り話や誇張された喧伝でなければ、凄まじい戦果だ。

この時代にそれだけの活躍を果たせる者が、一体どれだけいるだろうか。ましてや戦士団など組織単位ではなく、たった一人でなど。

正直フィーナは全てが本当だとは思わなかった。

こんな暗黒の時代だからこそ、小さな勝利が風の噂となって駆ける過程で脚色され、派手な粉飾を纏い、何も知らない人々のもとに大勝という情報になって届くのはよくあることだ。誰もが希望を夢見たいがために、小さな嘘をつけ加えて朗報に仕立ててしまうのである。フィーナやアルゴノゥトはそんな連勝の話を幾つも聞き、そのまま滅び去っていった国や都の残骸を何度も見てきた。

故に、『常勝将軍』の雷名も多少は誇張されたものではないか――。

そんな思いをつい視線に乗せてしまったフィーナを、ユーリは咎めなかったし、不機嫌になるなんてこともなかった。

ただ――『行けばわかる』、と。

『王都』がどれほどの都なのか、それさえ目にすれば、『楽園の守護者』の存在も証明できようと、狼人の目はそう語っていた。

彼の瞳を見上げていたフィーナも、神妙な顔で頷きを返す。

「はいはーい！　『王都』には武人以外にも美女・美少女はいるのだろうか⁉」

そして、そんな空気をブチ壊す一人の道化。

少し休んで回復したのか、勢いよく片手を上げるアルゴノゥトに、ユーリがゴミを見る目を向ける。

「……たった一人いる王女は、傾国の美姫とは聞くが」

「胸が熱くなるネ!!」

「もぉー!!　バカ兄さん!!」

「ぐはぁー!?」

ユーリの返答に俄然興奮し始めるアルゴノゥトへ、すかさず妹から痛烈なツッコミが与えられた。

杖で殴打され吹き飛ぶ只人にもう委細関知せず、ユーリは一人、先へと足を進める。

「騒がしい連中め。…………おい、それより、ついたようだぞ」

「「！」」

丘を上った彼の言葉に、はっとアルゴノゥトとフィーナは顔を上げた。

急いでユーリの後を追い、一足飛びで丘を上りきると——視界に広がった光景に、兄妹揃って目を見開いた。

「おお……！」

「すごい、あれが……！」

『緑』が見える。

『町』が見える。

この長い旅路の中で目にしてきたのは荒野や山々のみ。しかし、その景色には青々としていた緑の原野が広がっていた。吹き寄せる風に乗るのは草の香り。どこからか聞こえてくるのは小鳥達の囀りだ。

この時代でなお死していない肥沃の大地に囲まれるのは、城壁と堅牢な門、更に数えきれない建築群。

歴とした『城下町』である。

遠目からでもわかる石造りの建物が、栄光を象徴するように栄えている。

そして、その繁栄の景色の中でも殊更目を引くのは、丘の上に立つ『王城』。

大神殿と見紛う巨大な城が、悠然とそびえている。

「人類最後の楽園。そして今は『英雄』を求める国……………『王都ラクリオス』」

雲は割れ、空は晴れ、日の光を浴びるその都は、まさに『楽園』の名が相応しい。

ユーリの呟きを耳にしながら、アルゴノゥトとフィーナからは感嘆の息がつきることはなかった。

CHAPTER 2 二章

出会いと選定

陸、海、空、あらゆる領域に魔物が跋扈する今の時代、旅人とは常に死と隣り合わせであり、人里と人里の間を進むだけでも相応の対価を強要される。

そんな彼等が長い旅路の末、この光景を目にした時、何と口にするか。

そこまで考えたアルゴノゥトは、それは確かに『理想郷』という言葉だろう、と『王都ラクリオス』を眺めながら納得する思いだった。

「すごいな。あれほどの都、お目にかかったことがない」

「綺麗……他の大地は魔物に蝕まれ、荒れ果てているのに……」

素直な感想を漏らすアルゴノゥトの隣で、フィーナも無意識のうちに頰を興奮の色で染め、見惚れていた。

遠方に望む『王都』の美しさ、荘厳さと言ったら、この過酷な時代の中にあって格別なものだ。部族の命運を担うユーリがこの地を目指したのも理解できてしまう。

それほど視線の先の都の外観は、別世界と言っていい。

「まるで、あそこだけ天に祝福されているような……」

灰色の空ではなく、抜けるような蒼穹に包まれているのは、そもそも瘴気を放つ魔物が都の近辺に棲息していないからか。

呟きを落としたフィーナは胸を片手で押さえ、自然と笑みをこぼしていた。

「旅もこれで終わり。後は好きにしろ。私はもう行く」

「えっ……わ、別れてしまうんですか？　せっかくですし、ここまで来たら一緒に……」

しばらく目を奪われていたフィーナだったが、隣から発せられた声に、意識を戻さなければならなかった。

平原に生きる獣人の部族らしく、無力な民を守る『砦』以上の意味を王都に見出していないユーリは、平然と旅の終わりを告げる。フィーナが寂しい思いを隠さず訴えるものの、狼人は愚問だと言わんばかりに耳を貸さなかった。

「私も、そこの道化も、限られた席を争う『英雄候補』。王都に辿り着いた今、これ以上馴れ合うつもりはない」

琥珀色の瞳が向かう先は白髪の青年だ。

視線を返すアルゴノゥトは、まさに歌劇役者のように自分達の運命を嘆いてみせた。

「そんなっ、我々は戦う運命だと言うのか！　友よ！」

「誰が友だ」

「君にはまだ、お礼も言っていないのに！」

「ならば今言え。速やかに言え。お前が纏わりつく口実を即刻断ち切れ」

「……うん、もったいないし、もうちょっと引っ張ろうかナ！」

「この道化がァ!!」

「二人とも～！　喧嘩は止めてくださ～い！　兄さんが一方的に死んでしまいます！」

アルゴノゥトの胸ぐらを掴むユーリの衣の裾を、フィーナが後ろから必死に引っ張る。

付き合いきれぬとばかりにユーリは手を振り払い、アルゴノゥト達に背を向けた。

「ちッ……時間の無駄だ。行かせてもらう」

「さらばだ、我が盟友！　しかし私達は再び巡り会うだろう！　そう、運命という絆に引き寄せられて！」

「目的地は同じなのだから当たり前だろうが。……本当に、ふざけた道化め」

芝居がかったアルゴノゥトの別れの言葉に一瞥を向け、獣人の青年は丘を下っていく。

王都へと真っ直ぐ向かっていく影がすっかり小さくなった頃、アルゴノゥトは妹に笑みを向けた。

「では私達も行くか、フィーナ！」

「はい！」


目的地を視界に捉え、それまでの疲労を忘れたかのように元気を取り戻したアルゴノゥトではあったが、無論すぐ王都に到着するわけではない。

都の全貌が大きい分、錯覚しがちだが、丘からもまだ随分と距離があった。

よって再びひぃこら言う兄を引っ張る妹という図式ができあがる。

とはいえ、アルゴノゥト曰く『頼れるアンチャン』ことユーリが進路上の魔物を全て片付けてくれていたので、その点は楽の一言につきた。風に巻かれる灰に、顔を腕で隠しながら進めば、やがては青空の祝福を受ける。

緑の原野を縦断すれば、ようやく城壁のもとへ。

槍や鎧など、物々しい装備を纏った門衛は明らかにアルゴノゥト達を威圧してきたが、英雄招致に応じた旅人だということを伝えると、面倒な手続き——素性の確認は勿論、宿泊する宿などこと細かに指定された——を行い、おまけに入都料も取られた。

この時代、国家間の貿易は絶え絶えとなり、貨幣経済はほぼ機能していないと言っていい。よって料金は金銀など目に見える貴金属や宝石、あるいは各種族の価値ある特産物を求められたが……そこは舌先三寸のアルゴノゥト。

門衛達にフィーナの妖精の杖を奪われそうになったところ、

「おやおや、貴方がたにはこの銅貨の価値がわからないのだろうか？」

「これは今や亡き大国で作られた銅貨だ。製法には何と、あのドワーフが関わっている！」

「土の民の間で彼の国の黄銅は金よりも価値があると言われている。もしドワーフの旅人に見せれば、有り金身ぐるみ全て叩いてでも交換を申し出てくるほどの代物で——」

などなど、あることないこと吹き込んで、たった銅貨三枚で門をくぐることができた。

無論、亡国の銅貨にそんな価値はない。アルゴノゥトと旅をしていればこんな光景は日常茶飯事なので――事実、風車村で身を落ち着ける前はこんな風に旅を続けていたので――フィーナは内心げんなりしつつも、道化じみた兄の手腕に甘えさせてもらった。

兄にできない荒事をこなすのが妹で、妹ができない交渉の類を行うのが兄の役目だ。

この兄妹はそれでいいのだ。

普通、役割が逆ではないかとフィーナは思わなくもないが。

増設を重ねた城壁の内側は、更に城壁が存在しており、そこには段々畑――麦畑が広がっていた。魔物の襲撃を恐れず、かつ都が安全に食料の自主生産をするには城壁で囲うしかない。アルゴノゥトがくぐった城壁は後付けのものだ。そして、これほどの領土を都に内包しては守る力を、『王都』はやはり持っている。

そして、働く農民達を横目に歩くことしばらく。

長い年月をうかがわせる、古く、けれど巨大な城門をくぐると、アルゴノゥト達の視界に美しい街並みが現れた。

「わぁ、素敵！　城下町もこんな美しいなんて！」

真っ先にはしゃいだのはフィーナだった。

外から眺めた都の全景も驚嘆に尽きるものだったが、このいわゆる『城下町』の景色の豊かさと言ったらない。石造りの建物に石畳で舗装された通りは見事の一言で、目抜き通りの左右に並ぶ建物は神殿めいた造りのものが多く、石工達による建築技術の高さが窺える。一方でところどころに植えられた樹木、甕に活けられた花々は街角を優しく、そして華やかに彩っていた。視界の片隅に見える箱型の建物は、まさか『工場』だろうか。

あとは何より、噴水が多い。

王都ラクリオスは水源に恵まれているのか、フィーナがぱっと見つけただけでも三つはある。他所の村では水の確保さえままならない地域がある中――身も蓋もないことを言ってしまえば『水の無駄遣い』でもある中――装飾的設備が充実している点で、既に他の共同体と一線を画していると言っても過言ではないだろう。まさにこの噴水こそが、『王都』の治安と生活の豊かさを証明する象徴でもある。

破滅忍び寄る時代にあって『世のオアシス』を謳う光景。

『楽園』と呼ばれる所以の一端を、フィーナは正しく理解した。

「ほら、見てください兄さん！　市場に並ぶ作物は新鮮で、道行く人もみんな笑っています！」

フィーナの指が示す通り、屋台が並べる青果の瑞々しさと言ったら。

外側の城壁をくぐった際に見た田畑の賜物だろう。王都内で流通している貨幣が存在しているのか、道行く者も気軽に購入している。

物々交換にはない公正さと速度は、秩序の裏付けでもある。魔物の侵略が始まり、今や世界中で衰退しつつある『文明』の面影が都の随所には存在した。

「兄さんの世迷言(よまいごと)に付き合わされて始まった旅でしたけど……この都に来れただけでも良かったかも」

久しく感じていなかった『異国情緒』にフィーナが興奮し、ぴくぴくと細長い耳を揺らしていると、

「…………」

「……兄さん？　どうしたんですか？」

アルゴノゥトが、これ以上なく真剣な目付きで、通りを見回していた。

フィーナは知っていた。

兄がこのような瞳を見せる時、それは必ず重大な意味を持つと。

「……視界に映る景色の中だけでも、器量の良い女性ばかり！　さすが王都！　これは運命の出会いの予感(よかぁあん)!!」

「クズ兄さん……」

嘘(うそ)だった。

ただの屑(くず)だった。

美女を吟味して瞳を輝かせているだけのアルゴノゥトに、フィーナは汚物を見る目付きと一緒に軽蔑(けいべつ)を投げる。道化への損傷(ダメージ)はゼロである。

「待っていてくれ、まだ見ぬ乙女達！　貴方達の英雄、アルゴノゥトが今(いま)行きまーす！」

その時だ。

アルゴノゥトが意気揚々と走り出したのとほぼ同じく、路地裏に繋がる横道から、突如として影が現れたのは。

「どぅは⁉」

「あっ……！」

アルゴノゥトの視界に過ったのは、金の輝き。

鼻腔を一瞬くすぐったのは、花の香り。

影と見事に衝突を果たしたアルゴノゥトは、その影の正体を『少女』と察するや否や、当然の摂理のように自分の体を緩衝材に変えた。

左肩から地面に吸い寄せられる中、影なる人物だけは抱きとめて守り抜く。

それがアルゴノゥトの精一杯。

無様に地面に倒れ込んで、仰向けの体勢になりながら、ばたりと両腕を投げ出して大の字となる。

「あいたたた……。すみません、お嬢さん。大丈夫ですか――」

痛みに顔をしかめつつ、瞼を開いて、身を起こしかけた、その瞬間。

アルゴノゥトは言葉の続きを失った。

（美しい――）

青空と一緒に視界に映ったのは、金髪碧眼（へきがん）の少女だった。

王都（ラクリオス）の織物なのか、いかにもといった街娘の衣装に身を包まれた体は華奢（きゃしゃ）な印象だが、それでも彼女の美しさが損なわれることはない。細い肢体は瑞々しく、柔そうな肌は剝き出しの果実のように滑らかで、抱きしめてしまえばすぐに滑り抜けていきそうだった。

肩の前で二つに結わえられた髪は砂金そのものを糸束（たば）に変えたように煌（きら）びやかで、眩（まぶ）しく、透いた碧眼はまるで青碧石（ターコイズ）のようだった。

（儚（はかな）い瞳に、銀細工のように整った容姿……こんな女性がいるなんて）

少女に見惚れていたことを自覚するアルゴノゥトは、手折れる花のように儚さを孕（はら）んでいるからこその美しさでもあると、頭の片隅で感じ取った。

（街娘でこの標準……ええい、王都の女性は化物か！）

そしてすぐに王都の女性の美貌に打ち震えた。

滑稽な道化は真面目（まじめ）が長続きしない悪癖がある。

「……ごめんなさい」

青年に跨（また）がり、下敷きの格好にしていた少女は、間もなく退（ど）いた。

アルゴノゥトも「おっと！」と言って、素早く立ち上がる。

「私としたことが惚（ほう）けてしまうなんて！　お怪我（けが）はありませんか、お嬢さん？」

無駄に色男の笑みで白い歯を輝かせ、目を瞑（つむ）りながら、恭しく手を差し伸べる。

「ここで会ったのも何かの縁！　いや運命！　どうでしょう、一緒に昼食でも――」

「もういませんよ、バカ兄さん」

「…………」

フィーナの言葉通り、台詞の一言目から横を通り抜けていった少女は既にいない。

妹の白い目に串刺しにされる中、しばらく動きを止めていたアルゴノゥトは、「ぎゃふん！」と言って、一応引っくり返っておいた。

フィーナはもはやツッコむこともせず、兄を置き去りにして歩き出していた。

嗚呼、道化の末路。


「おい、いつまで待たせんだ！」

「ブチ殺されてえのか！」

野太い怒声が絶えない。

声を発するのは大柄な只人であったり、鋭い目付きの獣人であった。

彼等彼女等に共通していることは、剣や斧など使い込まれた武装を手にした『腕自慢』だということだ。

「王城につきましたけど……すごい人ですね」

「ああ、壮観とはこのこと！　誰も彼も強き威風を纏っている！」

城下町を抜け、巨城の門前に辿(たど)り着いたアルゴノゥト達は、兵士の誘導でこの広大な中庭に通されていた。

植栽もそこそこに粘土板(タイル)を敷き詰められた正方形の中庭には、今や所狭しと歴戦の戦士達が集っている。これら全員、王都の『英雄招致』に応(こた)えてやって来た『英雄候補』というわけだ。

ざっと眺めただけでも『上品な者』は少ない。傭兵崩れも多いのだろう、とにかく柄の悪さが際立(きわだ)つ。その熱気といい、荒々しさといい、今にも乱闘が始まりそうですらあった。

そんな英雄候補達の空気に呑(の)まれかけつつ、フィーナは辺りを見回した。

「獣人、女戦士(アマゾネス)……すごい、土の民(ドワーフ)まで。他種族がこんなにも同じ場所に集うなんて。あ、ユーリさんもいますね」

「へーい、そこの狼人(ウェアウルフ)ー！　久しぶりー！　半刻振りだネー!!　──あ、無視された」

巨大な戦鎚(せんつい)を持った土の民(ドワーフ)、顔の下半分を黒の面布(ヴェール)で隠した女戦士(アマゾネス)。只人(ただびと)の領域では滅多にお目にかからない亜人達だ。

種族の中でも弱小と見なされている小人族(パルゥム)は流石(さすが)に姿が見えない。

手をブンブンと振るアルゴノゥトに対し、体ごと向きを変えて全力で視界に入れないユーリに空笑いしながら、フィーナは呟(つぶや)きを落とした。

「皆さん、全員『英雄』になるためにここへ……。一体、どれだけの人数がいるんでしょうか？」

その疑問は別段、誰に尋ねるわけでもなく口にしたものだった。

しかしその問いに、律儀に答える者が一人いた。

「貴方達で五百と二人目ですよ、お嬢さん」

「えっ――？」

振り向く。

果たしてそこに立っていたのは、『耳長の種族』だった。

「貴方は……エ、エルフ？」

「ええ、私はエルフ。流離人（さすらいびと）ならぬ流離妖精（ようせい）。名前はリュールゥと申します」

長い緑髪に、同じ色の帽子と旅人の服。

そしてその手が持つのは、妖精の樹で作られた一風変わった竪琴（リラ）。

確かめずとも、『吟遊詩人』だとわかる風采である。

にこやかにリュールゥと名乗った相手は、軽い調子で羽根付き帽子を上げた。

「初めまして、愉快そうな只人（ただびと）の御仁。そして、同じ血を分けた同胞の人」

「……！」

その言葉に、フィーナは衝撃を受けた。

彼女はフィーナより耳が長い。

半妖精ではなく、純正な妖精だ。

そんな存在が自分に笑みを浮かべて接するなど、到底信じられない光景だったのである。

「貴方はエルフなのに……私を見て、その……『半端者』と蔑まないんですか？」

「はは、くだらないくだらない！　私には『混ざった』からといって、血を蔑むことが理解できません」

恐る恐る尋ねてしまうフィーナに、リュールゥがしたことといえば、カラカラと笑い飛ばすことだった。

「ハーフとは神の思し召し。でなければ、あらゆる種族と愛を為せる只人……貴方のお兄さんのような存在を誕生させる理由がない」

「ぁ……」

そうでしょう？　と。

茶目っ気すら含んで微笑みかけてくる妖精に、フィーナはこの時、確かに救われた。

この時代、半端者とは蔑視の対象。

半妖精に限らず、混ざってしまえば誰も彼も迫害を受ける。

その笑みによって、世界そのものが変わったわけではない。

だが世界の中で一人だけでも自分を差別しないという事実が、少女の心を救った。

それこそ、たった一人の兄（アルゴノゥト）と同じように。

「……驚いた。妖精（エルフ）だけはここにはいないと思っていたが」

「全ての妖精（エルフ）が気難しく、鼻持ちならないというわけではございません。私のような変わり種もおりますとも」

目を見張って、少しだけ、ほんの少しだけ涙ぐむフィーナの顔を、そっと隠すようにアルゴノゥトが前に出る。

リュールゥはやはり朗らかに受け答えた。

「……えっと、ここにいるということは、リュールゥさんも英雄になるために？」

「いえいえ、私はしがない吟遊詩人。英雄なんてとてもとても」

「じゃあ、どうしてここに？」

慌てて目尻を拭い、フィーナが問いを重ねる。

リュールゥは細い指で、竪琴（リラ）の表面をさらりと撫（な）でながら、視界を横に広げた。

「欲望、大願、そして『英雄の座』を求めんとする未来の傑物達。それをこの目に収め、詩（うた）を歌うためですよ」

妖精（エルフ）が瞳に映すのは、数多（あまた）の『英雄候補』達。

「少しばかりの先立つものと引き換えに、遠く離れた地へ貴方がたの勇姿を運ぶのです」

「勇姿を、運ぶ……？」

視線を戻したリュールゥの言葉に、フィーナは小首を傾げた。

言っていることは理解できる。

各地から物語やその種を集めては時に面白おかしく、時に厳かに、あるいは脚色しては歌って、客から路銀を受け取るのが吟遊詩人だ。魔物が跋扈するこの時代に珍しいとはいえ、物語の運び手を名乗るのは決して間違いではない。

けれど、リュールゥの物言いは、それだけにとどまらないような気がした。

「では！　このアルゴノゥトの詩も頼む！　絶世の美男子による痛快爽快大喝采の英雄譚を!!」

「アル兄さん！　空気を読んでください！」

考え込むフィーナの横で、アルゴノゥトが水を得た魚のように自己主張を始める。

結局フィーナの思考は断ち切られ、注意を余儀なくされた。

「ははははは！　やはり面白い御仁だ！　私の目に止まりますれば、ぜひぜひ」

リュールゥは笑い声を上げる。

そして、その深緑の瞳を細めた。

「ですが、貴方には英雄譚ではなく、『喜劇』の方が似合いそうだ」

「……！」

目を剝いたのは、アルゴノゥトただ一人。

「それでは失礼。ご健闘をお祈りします。――どうかこれより、貴方達の物語が始まらんことを」

竪琴（リラ）の弦を撫でるように爪弾き、妖精（エルフ）の吟遊詩人は立ち去った。

人垣の奥へと消えていく背中を、アルゴノゥトはしばし眺め続ける。

「色々な方がいるみたいですね……」

「……ああ、そのようだ」

いつまでそうしていたのかは定かではない。

ただ、呟かれたフィーナの感想に、アルゴノゥトの顔は珍しく真剣な顔で頷（うなず）いていた。

空は依然、快晴。

集う『英雄候補』達を、輝く陽（ひ）の光が見下ろしていた。

「くだらない……」

そして、そんな『英雄候補』達を見下ろすのが、もう一人。

中庭を眼下に置く王城の四階。

広い廊下の一角で、柱に身を寄せるのは、褐色の肌の少女だった。

「『英雄』なんて偽りの記号を求め、踊らされる愚者達……こんな『楽園』に縋（すが）る価値など、ないというのに……」

少女の囁（ささや）きは唾棄に包まれていた。

それと同時に、憐憫と悲観にも染まっていた。

中庭での会話など与り知らないし、興味もない彼女は、道化も、吟遊詩人をもまるで嘲笑うように、その言葉を落とす。

「こんな世界、救う価値なんて……」


「それでは、『英雄選定』の儀を始める！」

半刻後。

これ以上の参加者の到着を許さぬように、城の分厚い門扉が音を立てて閉じられる。

重厚な鎧に身を包んだ騎士長の男は、中庭に並ぶ戦士達の迫力に怯みもせず、始まりの鐘となる号令をかけた。

「もはや今、この『楽園』たる『王都』にも魔物や蛮族どもの魔の手が迫っている！　我々が求めるのは勇士のみ！　よって、今より力を示してもらう！」

上等だ！

やってやろうじゃねえか！

そんな野次にも似た雄叫びが轟く中、騎士長の男は何も知らされていない『英雄候補』達に向けて次の言葉を投げかけた。

「己（おのれ）以外の者、全てを蹴（け）散らせ！　戦いの果てに、この中庭に立っていた十名を『英雄候補』と認める！」

途端、『英雄候補』達が殺気を帯びる。

隣に立つ者を、目の前で背の鞘（さや）から剣を引き抜く者を睨（ね）めつけ、自らも得物へと手にかけた。

「武器、魔法、戦術！　手段は何も問わない！　戦士ならば武をもって、賢人ならば智をもってくぐり抜けたし！」

騎士長が簡素な決まりを説明する間にも、戦意が張り詰めていく。

今にも飛びかかりそうな『英雄候補』達の姿は、引き絞られた弦（つる）と同義だ。

矢は既に番（つが）えられ、鏃（やじり）が飛び立つのを待つばかり。

灰髪の誇り高き狼人（ウェアウルフ）が静かに鉤爪（かぎづめ）を身に着けた。

髭（ひげ）を蓄えた土の民（ドワーフ）の戦士が丸太のごとく太い首に手を添え、音を鳴らした。

恐ろしいほど美しい女戦士（アマゾネス）は無言のまま、構えさえ取らない。

最後に妖精（エルフ）の吟遊詩人は両目を閉じ、唇には笑みを添え、竪琴（リラ）に指を這（は）わせる。

そして、引き絞られた矢を持つ騎士長は、大声とともに弦を解き放った。

「玉座より見守られている王に、相応しき勇姿を見せるのだ！　それでは、始めええええエエエエエ!!」

宣言がなされると同時、裂帛の咆哮が打ち上がる。

「ウオオオオオオオオオオオオオオオオオオオオオオッ!!」

たちまち交わされる剣戟。

近くにいた者達が手当たり次第に攻撃し、剣が、槍が、斧が、鎚が、爪が、拳が、蹴りが、繰り出されては行き交い、物騒な快音と鈍重音が中庭を満たしつくす。

「は、始まりましたよ、兄さん！」

「おお、なんという気炎、なんという猛り！　肌が震え、血潮が迸る！」

人垣の最後尾に陣取り、騎士長の話を聞くなりこっそりフィーナともども中庭の隅へ移動していたアルゴノゥトは、しっかり安全地帯を確保しながら両腕を広げた。

「綴らずにはいられない！　『英雄日誌』！」

『この日、未来の英雄達が一堂に会したのだった！』

本を取り出し、熱い筆跡で書き記される一文。

会心の笑みを浮かべるアルゴノゥトに対し、フィーナが上げるのは無論、苦情の声だ。

「こんな時に書いている場合ですかー!!」

「ふははははは！　それでは、行くぞ！」

戦いを逃れている兄妹などすぐに捕捉される。

剣を振り上げ、こちらに向かって襲いかかってくる戦士達を前に、アルゴノゥトも銀のナイフを引き抜き、飛びかかるのだった。

選定の戦いは、議論の余地なく激化の一途を辿る。

十名という限られた椅子(いす)、自分以外が敵となることは必定であり、大乱戦の様相を呈する。

中には結託する者もいたが、徒党を組む者はそれだけで椅子を圧迫すると同義であり、他の『英雄候補』達に率先して狙(ねら)われた。時間が経(た)たないうちに仲間同士で同士討ちが起こるのもざらだ。

生き残れるのはよほど運が良い者か、狡賢(ずるがしこ)い者だった。

そしてアルゴノゥトとフィーナは、その内の一組だった。

「うおおおおおおおおおおおおおおお！」

「ぐへぇぇぇぇぇぇ⁉」

肩から突っ込んできた只人(ただびと)の戦士に、アルゴノゥトが豪快に吹っ飛ばされる。

もしかしなくとも道化の男は、この中庭の『英雄候補』達の誰よりも弱い。最弱である。

情けない悲鳴とともに床をごろごろと転がるアルゴノゥトに、只人(ただびと)の戦士は困惑した。

「弱(よわ)っ……。なんだ、こいつ……」

「がはぁ！　数多の戦いをくぐり抜け、綴るぞ『英雄日誌』……！　『アルゴノゥトの冒険、ここで潰える』！　がくっ！」

寿命の尽きた蟬(シカーダ)のように転がったアルゴノゥトは、深い損傷(ダメージ)のため日誌も取り出さず、口だけで言って力を失った。

やっぱり酷(ひど)く戸惑う戦士が何とも言えない顔を浮かべていると、

「兄さーん!?　このー！」

「ぐっはあああああああああああ!?」

フィーナが準備していた魔法が火を噴いた。

ドカーン!!　と中庭の一角から響き渡る嘘(うそ)のような爆発(ばくはつ)音、そして生まれる爆炎。他の『英雄候補』達はおろか監視役の兵士達もぎょっとなり、弾かれたように振り向いた。道連れ旅の中で少女の火力を嫌と言うほど知っている狼人(ウェアウルフ)だけは鼻を鳴らし、動きを止めた者達を粛々と狩っていく。

「ふ、ふははははー！　私達は二人で一つ！　故にフィーナが倒したなら私も自動的に繰り上がりだー！」

「いい加減クズの所業だって気付いてください！　クズ兄さん!!」

妹が敵討ちを果たすなり、がばっと起き上がるアルゴノゥト。

ちなみに頑張って勝ち誇っているが、損傷(ダメージ)は健在であり、足にキている。

「さっきから私が騙(だま)し討ちしてばっかりじゃないですか！　私におんぶされて恥ずかしくないんですか⁉」

「全然？」

「このドクズ兄さーん‼」

無邪気の子供のように笑う兄に、妹の愛と怒りと悲しみの叫びが木霊(こだま)した。

(クズだ……)

(めっちゃクズ……)

(なんかあっちにクズがいる……)

一部始終を目にしていた英雄候補達も心の声を一つにした。

そして彼等の遠い眼差(まなざ)しに何と思われているか察するフィーナは涙ぐむ。兄の尻拭(しりぬぐ)いのために魔法をボカンボカンと放ちながら。

「頑張れフィーナ！　やるんだフィーナ！　私が英雄になるためにー‼」

そして、ゲスを謳歌(おうか)するアルゴノゥトが応援に精を出していた、その時。

「――何やら性根の腐った輩(やから)がいるようだな」

「‼」

道化の背後から、声が投げかけられる。

「戦場に決まりごとはないとはいえ、あまりにも惨(みじ)めな他力本願……見ているだけで不愉快よぉ!!」

「のわぁああああああああああ!?」

アルゴノゥトが振り向くとともに繰り出されたのは、大鎚の一撃だった。

眼前に迫りくる大鉄塊に、アルゴノゥトは骨のない軟体動物のごとき気持ち悪い動きで間一髪、これを回避する。

「兄さん!?」

次いで生じるのは途方もない衝撃。

空振りに終わった大鎚はしかし、道化が一瞬前までいた地面に炸裂(さくれつ)し、中庭全体を轟然(ごうぜん)と震わせた。無数の粘土板(タイル)を割って、隠れていた大地が露出し、まるで局所的な噴火が巻き起こったように勢いよく砂塵が舞い上がる。

フィーナが悲鳴を上げると、煙の奥からごろごろと転がりながら、アルゴノゥトが飛び出してくる。

「く、砕けるところだった……というか、地面が本当に木(こ)っ端微塵(ぱみじん)になっている……!?」

フィーナという安全地帯のもと、怯える兎(うさぎ)のように素早く立ち上がるアルゴノゥトは、視線の先の光景に冷や汗を流す。周囲も酷い有様だ。桁違(けたちが)いの衝撃に圧(お)され、及び腰になっている英雄候補達もいるほどだった。

薄れていく煙の先を見据えるアルゴノゥトは、もはや推察など必要ないように、その答えを口にする。

「常人を遥かに上回るこの怪力……もしかしなくとも、土の民（ドワーフ）！」

煙のカーテンを払って歩み出る巨体と、肩に担（かつ）がれた巨大な戦鎚が、アルゴノゥトの答えを肯定する。

重厚な鎧に、それに恥じぬ隆々とした肉体。

短い手足に一五〇C（セルチ）ほどの矮躯（わいく）でありながら、岩のような筋肉の塊という矛盾した姿は、この世界を生きる人類ならば誰でも知っている。

魔法を司る妖精（エルフ）とは対極、その怪力をもって全て打ち砕く大地の化身。

土の民（ドワーフ）である。

「ふん、逃がしたか……俺（おれ）の一撃を躱（かわ）したというのなら、いかなる屑（クズ）でもその名を聞いておかねばなるまい」

たっぷりと蓄えた髭（ひげ）を鉄輪（リング）でまとめる土の民（ドワーフ）の男は、鷹揚（おうよう）に口を開いた。

「名乗っておけ、ヒューマン。肉塊になる前にな」

「肉塊になる前提⁉」

「我が名はガルムス。戦士の風上にもおけぬ貴様は、俺の得物で叩き潰（つぶ）してくれよう！」

「わ、私はアルゴノゥト！　戦鎚（ハンマー）で叩き潰されたくないアルゴノゥトだッ⁉」

日の光をギラリと鈍く反射する大戦鎚に、猛烈な引け腰となって猛然と怯えるアルゴノゥト。

しかし彼の訴え虚（むな）しく、ドワーフの戦士は得物同様、ギラリと眼光を輝かせた。

「ならば散り際のその時まで、正々堂々戦っておけ！　うおおおおおおおおおおお！」

「あ、ダメだ、ドワーフの筋肉言語苦手ー⁉　というわけでフィーナさん助けてえええええええええ⁉」

「結局こうなるんですかー⁉」

振り落とされる大戦鎚が合図だった。

眼前への肉薄と同時に迫りくる鋼鉄の塊に、アルゴノゥトが全力で背を向け、美しいと言える姿勢（フォーム）で逃走。再び地面を砕く余波に彼の体が吹き飛ばされ、咄嗟（とっさ）に回避したフィーナの悲鳴が散る。

只人（ただびと）と妖精（エルフ）、土の民（ドワーフ）の戦いが幕を開ける。

二対一。数の差は有利。

だが道化は碌（ろく）に戦えない。

実質妖精（エルフ）と土の民（ドワーフ）の、火力と怪力勝負。

だからアルゴノゥトは逃げた。とにかく逃げた。

「んなぁぁぁぁぁぁぁぁぁ⁉」とか「お助けぇえええええええええええええ⁉」とか情けない

悲鳴を上げて逃走し続ける青年に、ガルムスの苛立ちは一層募る。

もとより標的をアルゴノゥトに固定している彼は、大戦鎚を振り回しながら追いかけ叩き潰そうとする。

しかし捕まらない。全く捕まらない。

弱い筈のくせに、アルゴノゥトは悪運まで手繰り寄せて、ドワーフの猛攻から逃れ続けた。

そしてそこへフィーナが『魔法』を撃ち込む。

「【フレア・バーン】！」

ガルムスの照準が兄に向いている隙に、詠唱を一気に完成させ、必殺と呼べる火炎の『魔法』をお見舞いしたのだ。

再び大量の火の粉と獰猛な熱気に包まれる中庭。

再起不能に陥る火力だ。

「っ……!?」

だが、敵はそれを凌いでいた。

火炎の奥へ目を凝らしていたフィーナの肩が揺れる。

「なるほど。逃げ足だけは速い兄が囮となって、妹が魔法をもって仕留める……同じ男としてどうかと思うが、理には適っている」

大戦鎚を一薙ぎ。

まるで木の棒のように片手で軽々と扱い、炎の海を左右へ退けながら、大地の戦士は悠々と歩み出てきた。

「だが、俺には通用せんぞ！」

フィーナが慌てて次弾の風魔法を用意し、放つものの、砲弾のごとく突っ込んでくるガルムスには通用しなかった。

進攻の速度を緩めるのが精々で、妖精の魔法を歯牙にもかけない鋼の肉体は掠り傷程度しか負わない。少女の森色の瞳があらん限りに見張られる。

「なっ……!?　そんなっ、止められない！　頑丈すぎる！」

堪らず地面を蹴り、後退を重ねるフィーナは悲鳴を上げた。

中庭の広さを計算しながら円のように動き、一定の距離を保とうとするが、相手の進撃の方が速い。

ガルムスはしゃらくさいとばかりに間合いを埋めてきた。

「駄目です、兄さん！　この人、強い！」

「くっ、さすが歴戦の土の民……！　その年を食った老け顔は伊達ではないということか！」

兄妹の浅知恵など容易くひねり潰してくる『本物の戦士』に、フィーナは汗を流し、囮役に徹していたアルゴノゥトは急いで彼女のもとへ合流した。

囮が駄目ならせめて盾になるしかないと、苦渋の決断をもってフィーナを背に庇った、その時。

　あと一歩で戦鎚の射程圏内というところまで迫ったガルムスが、ぴたりと、突如として動きを止めた。

「年を食った？　老け顔⁉　ふざけるなぁ！」

　ガルムスは怒っていた。

　アルゴノゥト達が無数の疑問を頭上に浮かべるほど怒っていた。

　彼は得物の石突きを足もとに叩きつけ、カッと目を見開き、言い放った。

「俺はまだ十八だァ‼」

　兄妹は雷(いかづち)の幻想を見た。

「「えええええええええっ⁉　うそぉぉぉーーーーーーーーーーーーーーーー⁉」」

　アルゴノゥトとフィーナは吠えた。

　目をかっ開き、胡乱を通り越した驚倒に襲われ、兄妹揃(そろ)って叫喚をあげた。

　その心の雄叫び曰く『お前のような十八歳児がいるか』。

「貴様等ァー‼」

　ガルムスが激怒するのは当然の帰結である。

顔を真っ赤にした突撃。勢いは先程より増し、振り回される鎚が足もとを割り、壁際の柱をひしゃげさせ、もはや冗談のような破壊の渦と化す。

悲鳴を上げるアルゴノゥトとフィーナは当然、逃げた。

歩く破城槌のごとき光景に、全力で背を向けて逃げ惑った。

命の危機を通り越した粉微塵の危険に、兄妹揃って叫び散らす。

「いやぁあああああああああああああ⁉　死ぬっ、死んじゃうー⁉　兄さんっ、体がバラバラにされちゃいますー⁉」

「よしフィーナ、囮作戦だ！　フィーナは餌に！　私は逃げる‼」

「このドクズ兄さぁーーーーーーーーーーーんっ‼」

大粒の汗を垂れ流していち早く加速する外道兄に、妹の怒りはとうとう噴火した。

『ここで死んだら来世でも延々と追い回してやる‼』という呪いを込めて、可憐な半妖精が怒声をまき散らす。英雄候補や兵士達が『『うわぁ……』』とドン引きの声を漏らすくらいには、その光景は熾烈だった。

「茶番も大概にしろォ‼」

「ぐうっ⁉」

「兄さん！」

そんな滑稽な喜劇を一撃で黙らせるのは、やはりガルムスの一鎚。

直撃こそしなかったものの纏っているマントの裾を巻き込まれたアルゴノゥトは、遅れて来た凄まじい衝撃に殴り飛ばされた。

フィーナの悲鳴を彼方に飛ばし、中庭の中央まで転がる。

「終いだぁああああああああああっ――!!」

止めの一撃を振り被り、ガルムスが迫る。

アルゴノゥトは、倒れなかった。

どれだけ地面の上を転がろうが、すぐさま体勢を立て直した。

意地でも立ち上がった。

周囲に素早く視線を走らせ、決して膝を大地に落とさなかった。

相対する格好で真っ向から見据えてくる只人に、その意気や良し、と土の民が渾身の一撃をもって散り際を与えようとした。


「――それまで!!」


しかし。

裂帛たる声が鳴り渡り、中庭にいた者全ての動きを止めた。

「!?」

ガルムスとフィーナが揃って驚愕する。

弾かれたように振り向くと、中庭北側の回廊前で、鎧で全身を包んだ騎士長が『終幕』を告げるところであった。

「たった今、この中庭に立つ者が十名となった！　これにて『英雄選定』の儀は終了とする！」

その宣言に、フィーナもガルムスも唖然とする。

「じ、『時間切れ』……？」

「まさか……最初からこれを狙っていたのか？」

ゆっくりと戦鎚を下ろすガルムスは驚愕をそのまま、理解の色を顔に広げていく。

「俺に敵わないと悟った瞬間、他の脱落者が出るまで時を稼いだ……？　挑発までして、判断力を奪うのもその一環……」

（あ、ゴメンナサイ……あれは素でした……）

土の民の真剣な横顔に半妖精の少女が汗を垂らすものの、その推理は当たっていた。

だからアルゴノゥトは倒れなかったのだ。

中庭を見回し、残る英雄候補が十二を切ったことを認め、ガルムスの戦鎚が自分を砕くまで、二本の足で立ってみせた。

それが戦う力など残っていない虚勢だったとしても、自身が定める『勝利条件』を手にするために。

「これが『試合』ではなく『戦闘』だったら、どうしようもなく貴方の勝ちだった……などと、格好をつけた強がりを言わせてもらおう。柄にもなく！」

ふぅ～、と大きく息を吐き出し、アルゴノゥトは笑ってみせた。

これ以上のない決め顔であったが、土の民（ドワーフ）の戦士はもう怒り狂うことはなく、その青年をじっと見つめる。

「……ふんっ。戦士としては失格だが、狡（ずる）さだけは持っているようだな」

「戦鎚（ハンマー）で叩き潰さない程度には、認めてもらえただろうか？　凄（すさ）まじい土の民（ドワーフ）の戦士」

「認めるわけなかろう。……が、それが命を繋ぐための知恵だということは、知っている」

ガルムスは拒絶の声を一つ。

しかし先程までの侮蔑を取り下げ、アルゴノゥト達に背を向ける。

「一杯食わされた。今回ばかりは、お前の勝ちよ。道化め」

何人も横たわった戦士達の海を、のっしのっしと渡り、残る『七人』の英雄候補達のもとへ向かう。

傷一つ負っていない狼人（ウェアウルフ）が。

目を瞑り飄々（ひょうひょう）と竪琴（リラ）を爪弾く妖精（エルフ）が。

不気味なまでに沈黙を保つ女戦士（アマゾネス）が。

青空から降りそそぐ祝福の光を浴びていた。

「『英雄候補』は力を示した汝等(なんじら)、十名の勇士達とする！」

勝ち残った只人(ただびと)の傭兵達が野太い雄叫びを上げる。

それまで立ち呆けていたフィーナは、遅れてやって来た実感とともに口を開いた。

「残っちゃいました……本当に、『英雄候補』に……」

「ハハハハハハッ！　計算通り！　このアルゴノゥトは知略にも富んでゲホァ!?」

「兄さん、もう体ボロボロじゃないですか……なんで生きてるんですか？」

「私は死なないィ……！　英雄になるまでは……！　あとフィーナさァん、その言い草酷いィ……！」

偉ぶる途中で吐血し、今度こそ倒れたアルゴノゥトにフィーナは白い目を向ける。

生ける屍(しかばね)のごとく気持ち悪い動きをする兄にうんざりした後——『英雄』になるという夢を一歩叶(かな)えた青年に微笑を浮かべ、手を差し伸べるのだった。

「残った者達には王への拝謁を許可する！　付いてこい！」

アルゴノゥトが立ち上がるのを他所に、騎士長が身を翻(ひるがえ)す。

王城の中へ進む『英雄候補』の列に、アルゴノゥト達も加わるのだった。

「よっしゃあ、勝ち残ってやったぜ！」

「ここまで来れば、俺達も……！」

広く、長い王城の廊下。

騎士長を先頭に大所帯が行く中、選定を越えた只人(ただびと)の傭兵達が喜びの声を上げる。

恐らくは旧知の仲なのだろう、四人固まって互いを称(たた)え合う彼等を横目に、フィーナは小走りである人物のもとへ近付いた。

「ユーリさん！　貴方も勝ち抜けたんですね、良かった！」

「当然だ。この程度で振るい落とされるものか」

散々世話になった狼人(ウェアウルフ)の青年は無傷の体をもって、強者の威風を示す。

前を向いて歩いていたユーリはくだらなそうに答えたかと思うと、隣に並ぶフィーナを見やった。

「お前達も、悪運だけは強いようだな」

「あははは……自分でも、よく残れたなって……」

思わず苦笑するフィーナは、そこであらためて、きょろきょろと辺りを見回す。

「他の『英雄候補』の皆さん、すごく強そうな方々ばかりですよね」

ユーリやガルムス達を除けば、他の『英雄候補』達の素性や特徴はまるで知れない。

先程の只人(ただびと)達など、その体付きはフィーナやアルゴノゥトと比べるべくもない。素直な感想を口にしていると、ユーリはやはりくだらなそうに告げた。

「その目は節穴か。半分はただ運が良かっただけの只人。お前の兄と似たり寄ったりの雑種だ。それ以外は……」

そこで初めて、瞳を他の者に向ける。

「あの土の民は言うまでもない。あの妖精は……よくわからん」

前方をのっしのっしと歩くガルムス、次は左斜めを進むリュールゥ。

中庭の戦いの中で最も派手な立ち回りをしたガルムスの怪力は既にみなが知るところであるが、持つのは竪琴のみで武装すらしていないリュールゥが何故『選定の儀』をくぐり抜けられたのか、首を傾げる者は多い。大方、道化と同じく碌に戦いもせず逃げ回っていたのだろうというのがユーリの予想だが、それはそれでただ者ではないのは事実だ。

それこそアルゴノゥトはフィーナと協力していなければ勝ち残れなかったことを加味すると、少なくともリュールゥは風のような『身のこなし』と戦場を見極める『優れた眼』を持っていることとなる。

こちらの視線に気付き、にこやかに手を振ってくる妖精に、フィーナは驚き半分の意味も兼ねて苦笑してしまった。

「だが――あの女戦士。あれには注意しろ」

そこで。

ユーリは警戒を孕んだ硬い声音（こわね）で、そう訴えた。

「えっ？」

「音がしない。足運びはおろか、挙動の予備動作でさえ。我が部族の中でも『あんなもの』などいるものか」

険しい表情を浮かべるユーリが鋭い一瞥を投げるのは、最後方を歩いている一人の女戦士（アマゾネス）だった。

肩の辺りまで伸びた黒の髪。

表情はなく、瞳は何を見ているのかもわからぬほど冷え冷えとしている。

肩、腕の防具を除けば、身に纏うのはまさに女戦士（アマゾネス）が好みそうな露出の多い漆黒の衣装だ。

むしろ漆黒の帯（おび）を巻きつけただけ、と言っても間違いではない。

四肢はしなやかで、腰は細く、そのくせ胸は豊満。男ならば垂涎（すいぜん）の肢体を持つ女は、しかし誰も決して手を出そうとはしない。触れれば八つ裂きにされるとわかっていながら、『獣』に手を出す愚か者などいないからだ。

「いかなる業（わざ）を極めれば、剛胆な女戦士（アマゾネス）があぁまで変貌するのか……あれは正（ただ）しく『異端』だ」

「い、異端……？」

「戦士の類（たぐい）ではなく、『闇（やみ）』に浸かっている側の人種ということだ」

忌々しそうに吐き捨てるユーリは、今この状況においても、あの『異端者』相手に背を晒（さら）したくない、そう言わんばかりだった。

目を白黒させてしまうフィーナに視線を戻し、念を押すように告げる。

「不用意に近付くな。それだけだ」

「えっと、ありがとうございます？　いつも忠告をくださって……」

「……ふんっ」

戸惑いつつ、フィーナが礼を口にすると、狼人（ウェアウルフ）の青年は勘違いするなとばかりに、不機嫌そうに鼻を鳴らした。

『頼れるアンチャン』なんて言っていた兄の言葉もあながち間違いではないと、フィーナは苦笑とも異なる笑みをこぼしそうになった。

「……おい、それより奴（やつ）はどうした？」

「奴？」

「やかましいことこの上ない、あの道化のことだ」

「え……？」

と、胡乱な顔で尋ねられ、小首を傾げたフィーナは、はたと気付く。

側にいればいつだって喧（かまびす）しい兄が、いない。

「に、兄さん……？　どこへ行ったんですか⁉」

「私としたことが……」

物音一つしない長大な廊下で、瞑目(めいもく)するアルゴノゥトは無駄に真剣(シリアス)な顔で呟いた。

「城内に興味を持って見学していたら、迷子になるこの体たらく……これは綴るしかない！『英雄日誌』！」

身に起きた出来事さえ全て文章に変える作家のごとく、懐(ふところ)から本を取り出す。

『子供のように無垢(むく)な心を持つ英雄アルゴノゥトは、王城で道に迷ってしまうのだった！』

「ふっ、また私の英雄譚に新たな一頁を刻んでしまった……」

パタンと本を閉じて笑(え)む青年に突っ込む者は誰もいない。

フィーナが不在の場合、アルゴノゥトは議論の余地なく奇人の類であった。

「——何をしているの？」

「！」

その時。

道化に呆(あき)れる声の代わりに、酷く、冷たい声が投げかけられた。

「君は……」

静かな足音を鳴らし、振り返ったアルゴノゥトの前に現れるのは、一人の少女だった。

褐色の肌に、やや黒ずんだ黄褐色の瞳。

黒く長い髪は背中で結わえられていた。

ほっそりとした肢体には幾重もの布が飾り付けられており、かと思えば切れ目(スリット)が刻まれて肌を露出していたりと、どこかちぐはぐだった。扇情的、というよりは何か儀式的な意味合いが含まれているように見える。

それこそ『巫女』や、『神官』といったような。

その肌と髪の色の組み合わせから女戦士(アマゾネス)かとアルゴノゥトは思った。

だが、彼(か)の種族に似つかわしくないほど浮世離れしている少女であった。

「ここはラクリオスの王城。貴方のような人間が歩き回っていい場所ではないわ」

「……そういう君は？　兵士や王の家臣には見えないが」

両の肘を両の手で支える少女は、冷たい瞳のまま。

アルゴノゥトは注意深く、それでいて相手を不快にしない程度に観察し、問い返した。

「私はこの城に招かれている客人。……しがない占い師というやつよ」

「そうか。では名前は？」

「知る必要がある？」

「あるとも！　君のような可憐な少女、ぜひ名前を知っておきたい！」

「私は言いたくないわ」

無愛想で冷淡。

取り付く島もない。

しかし、そんなものは全て無視して、アルゴノゥトは笑みを見せた。

「では、こちらから名乗ろう！　私はアルゴノゥト！」

押して駄目なら更に押してみろと言わんばかりに、求められてもいないのに名を告げる。

「今はただのアルゴノゥトだが、いずれ『英雄』になる男だ！」

その名乗りに。

少女は初めて感情らしい感情を見せた。

「『英雄』……くだらない」

それは『唾棄』であった。

吐き捨てられた呟きに、アルゴノゥトは一度、口を閉ざす。

「……ええ、知っているわ。見ていたもの。貴方が『選定の儀』を勝ち抜くところを」

「おお、さすが私！　有名人待ったなし！」

「目立っていた。妹におんぶされていただけの愚かな兄」

「おふぅ！」

有頂天からの笑い声から、腹部に膝を打ち込まれたような奇声を発しても、少女のアルゴノゥトを見る目は変わらなかった。

「そう、アルゴノゥト……覚えておいてあげる。忘れなければね」

気紛れにそう告げて、目の前へと近付いてくる。

少女は美しかった。近付けば魔女のように惑わす美貌を持っていた。

しかしアルゴノゥトは、その美しさに引き込まれるよりも、氷のような眼差しと、光のない双眸に、不覚にも息を呑んでしまった。

うっすらと開いた唇が、目と鼻の先に迫る。

「早く、ここから去りなさい」

耳朶を掠めるか否かの場所で、それだけ言い残し、少女はすぐ隣を抜けていく。

アルゴノゥトは振り返り、その背を呼び止めていた。

「待ってくれ！　君の名前は！」

「……オルナよ」

一度立ち止まり、一瞥のみを投げる。

靴音は今度こそ遠ざかっていった。

王城の奥へと消えていくその時まで、アルゴノゥトは少女の後ろ姿を見つめ続けた。

「オルナ……この城の客人……」

少女から聞き出した事柄を唇の上で転がす。

「……あんなに笑わない少女、初めて見た」

どこまでも冷たかった瞳を思い出す。

「……嫌だな。ああ、嫌だ。あんなのは――許せない」

英雄はおろか、道化ですらない。

心の淵（ふち）からこぼれた、ありのままのアルゴノゥトの呟きを、廊下に落とす。

「兄さん、こんなところにいて！　さぁ、戻りますよ！」

探しに来たフィーナが来て、かんかんに怒る彼女を振り返る頃には、青年の顔には普段の笑みが戻っていた。

耳を引っ張っていく妹に必死に言い訳をしながら、それでも少女の眼差しと声だけは、その胸に残り続けるのだった。

◆

「これより陛下の御前である。選ばれし英雄候補達よ、粗相なきように！」

アルゴノゥトが合流してからは、早かった。

迷子となって散々待たせてくれた只人（ただびと）に他の英雄候補達から非難の視線が殺到したが、当の本人は「メンゴ！」と片手を上げた清々しい笑みを一つ。すかさず妹にしばき倒されユーリ達の溜飲が下がったところで、王城の最上階、巨大な両開きの扉の前に辿り着いた。

騎士長の警告の後、左右に控えていた兵士の手で、扉が音を立てて開かれていく。

「ここが王の間……」

視界に広がるのは一国の城主に相応しい、玉座の間である。

床は磨き抜かれた大理石に華美な絨毯(じゅうたん)、壁や柱には匠(たくみ)の手で彫られたであろう様々な彫刻。

この時代によくも贅(ぜい)を尽くせたものだと、平原の部族出身のユーリは今にも鼻を鳴らしそうだったが、フィーナやアルゴノゥトの感想は違った。

色が寒色でまとめられ、どこか重々しい。外は青空に囲まれているというのに窓は厚い帳(とばり)によって塞(ふさ)がれ、間(ま)の空気は一歩間違えれば陰鬱(いんうつ)ですらあった。豪奢(ごうしゃ)な燭台(しょくだい)の上に灯る蠟燭(ろうそく)の火が今も揺れている。

整列している兵士達は王の近衛(このえ)隊か、中庭や道中で見かけた兵士達より遥(はる)かに練度が高く、覇気が窺(うかが)えた。全身を鎧に包んだ彼等のせいもあって、圧迫感もある。

『楽園』の名に少々相応しからぬ玉座。

フィーナ達の感想はそれだった。

「そして、あれが……」

ガルムスの視線が向く先は、正面。

この広間の中でも最も豪奢に作られた玉座、そこに座る年老いた人物である。

「良く来た、選ばれし勇士達よ。──私がラクリオス王である」

痩せこけた頬に禿頭。

瞳は落ちくぼんでおり、長い髭を伸ばした相貌は王のそれというより、禁忌に手を染めた賢者の成れの果てと言われた方がしっくり来る。長い法衣を纏っているが、その下には大した肉も残っていない皮と骨があるだろうことは想像に難くない。

かつては長身を誇っていただろう痩躯は、老衰を物語るように折れ曲がっていた。

（あれがラクリオス王……）

（『楽園』を統治する者として、巷では『賢王』という噂を耳にしていましたが……）

（不気味かつ、陰湿。あれが人の上に立つ者の目か……？）

無礼という言葉を知らずじろじろと見つめるガルムスが、微笑を絶やさないリュールゥが、思わず眉をひそめてしまうユーリが、異なる種族でありながら同種の感想を抱いてしまう。

（外見で判断してはいけないけど……何だろう、怖い。あんな人、初めて見た……）

フィーナも同じだった。

物珍しさや好奇心、ましてや好色とも異なる暗く冷えた眼差しで、こちらを眺めているラクリオス王に、肌寒いものを感じてしまう。

（ユーリさん達も口を噤んでる……　何かを聞ける雰囲気じゃない……）

醸し出される昏い王威に、フィーナ達が口を閉ざしていると、

「すいませーん、オルナさんってどういう人なんですかー？」

「って兄さぁーーーーーーーん⁉」

これっっっっぽっちも普段と変わらない笑みで口を開いて質問をぶちかます兄に、妹は思わず突っ込んでしまっていた。

「何でそんな軽々しく質問してるんですか⁉　空気を読んでください！」

「えっ、空気？　吸うものであって読むものじゃなくない？」

「あぁー、もぉー！　もぉぉーー‼」

満面の笑みで答えるアルゴノゥトに、フィーナは頭を抱え込んで唸った。半妖精なのに獣のごとく唸った。ユーリやガルムス達『英雄候補』はおろか、整列している近衛兵達からも呆れ果てた視線が殺到する。

そんな白けた空気の中で、針のように瞳を細める人物がいた。

ラクリオス王である。

「……ほぉ。オルナ殿に会ったのか？」

口を開く王に、アルゴノゥトは相変わらずの笑みで、そして不敬とも取れる気安い態度で答える。

「ええ。客人、それも占い師と聞きました」

「左様。彼女は女戦士であるが、戦いの才のない変わり種。同族の者には蔑まれていたと聞く。……が、彼女には別の才があった。星を読む目だ」

そんな青年をラクリオス王は別段咎(とが)めなかった。

その代わり、ここにはいない少女の身の上を代弁者として嘆いてやるように、『王都の客人』について語る。

「この王都は彼女に行く末を占ってもらい、助言を頂くことで、ことごとく破滅の危機を回避してきたのだ」

「ほぉ、星を見上げ国の舵(かじ)を握るなど、興味がそそられますなぁ。ぜひとも会って話を聞いてみたい」

少女の占星術に吟遊詩人のリュールゥが興味を持つ。

他の英雄候補達が黙って話を聞く中、瞑目しながら語っていたラクリオス王は目を開け、再びアルゴノゥトを見た。

「今では、我が忠臣『将軍(ミノス)』と並んで王都には不可欠な存在よ。……して、それがどうした？」

「いえ、ただの興味です！」

そしてアルゴノゥトもまた、やはり笑い返した。

「とても綺麗(きれい)であるのに、ちっとも笑わない。笑えば、より美しくなるのにもったいない……その程度の興味です」

「……彼女は客人。くれぐれも機嫌を損なわぬように。彼女次第で国が倒れてしまう」

女性の味方を吹いて回る道化に、王はまるで祟(たた)りをもたらす呪術師のそれのように言い含める。

何を考えているのかアルゴノゥトが依然にこにこと笑みを浮かべ、気が気ではないフィーナがだらだらと汗を流していると、老王(ろうおう)は眼差しを『英雄候補』一同に向けた。

「話が逸れたな。それで、ああ、何だったか……おお、そうだ、お前達『英雄候補』の処遇だ」

中庭で勝ち抜いた『選定の儀(あれ)』のみで終わりではあるまいと察していたユーリ達は、大小あれど緊張感を纏い直す。

「未(いま)だ『英雄』ではない勇士達よ。次の試験だが……」

下される王命を、身構えるようにして待っていると、告げられたのは次の言葉だった。

「……姫が逃げ出してしまったのだ」

「えっ？」

「この王城から、たった一人の王女が。それを捕えよ。追え。逃がすな」

粗相も忘れ思わず呟いてしまったフィーナを歯牙にもかけず、王は淡々と、それでいて声音(こわね)の奥に粘着めいたものを宿しながら、命じた。

その瞳には、はっきりと『執着』が宿っていた。

「姫を連れ戻した者を、次の試練の通過者と認めよう」

「なっ……待てっ。そんなくだらないことが選定などと――」

「二度は言わぬ。行け」

「……っ！」

「この王が言ったのだ。ならばそれが唯一の決定よ。わからぬか？　わかる筈だ。わからなければおかしい」

思わず身を乗り出すユーリに、昏く高圧的な言葉を向け、獣の喚き声など封ずる。

「故に、従え。『英雄』の座を求める者達よ。これは王命である」

「……ちッ」

もうユーリも不服を隠さなかった。

舌を弾きながら踵を返す。玉座の間を後にする彼の背に、他の英雄候補達も続く。

左右に整列し、一言も発さない近衛兵達は不気味な沈黙を保ったまま。

「…………」

姿を消す英雄候補達を、王は最後まで値踏みするかのように、眺め続けていた。

◆

「わけのわからぬ不気味な王め……姫を見つけたら『英雄』だと？　なんだそれは！」

吹き抜けの廊下で、ユーリはとうとう怒声を散らしていた。

彼の後に続くリュールゥやガルムス達も、言葉や態度は違えど同じ思いだった。

「妖精(エルフ)ならば歌で、土の民(ドワーフ)ならば拳で語れば互いを理解できるものですが……いやはや、只人(ただびと)の王のお考えはわかりませんなぁ」

笑みとともに呑気(のんき)に言いながら、吟遊詩人は愛用の竪琴(リラ)を鳴らす。

「ですが、やるのでしょう？　王命と言われてしまえば、確かにそれまで」

「……腹立たしくはあるが、致し方あるまい。部族の明日(あす)が手に入るなら、人探し程度こなしてくれる」

リュールゥの問いに、ユーリは苛立ちを収めながら首肯した。

しかし、彼の怒りは再燃することとなる。

自身より遥かに身長が高い彼を見上げながら、ガルムスが笑ったのだ。

「鼻を鳴らして犬らしく、か？　ハッ、群れ合う獣人にはお似合いだ！　いっそ首輪でも付けてもらうがいい！」

「――貴様、我が部族を侮辱するか？」

「土の民(ドワーフ)は戦士に敬意を払いはすれど、獣とは馴れ合わん」

場が一気に険悪となる。

それは突然のことではなく、最初から潜在していた種族間に存在する悪感情が原因だ。

魔物に脅かされる今となっても、只人(ただびと)はもとより亜人同士も未だ手を取り合うことはできていない。むしろ迫る危機から逃れるため、己の種族を優先するあまり衝突することもざらである。

殺気を漲らせるユーリと睨み返すガルムスのように、こうならない方がむしろ稀だ。そもそも妖精と土の民が同じ場に居合わせているにもかかわらず即刻諍いが起きない方が奇跡と言えた。これはリュールゥが変わり種ということが多分に関わっているが。

今にも戦いが始まりそうな雰囲気に、他種族の血を受け継ぐ唯一の半妖精であるフィーナは、どうすることもできず右往左往した。

「あぁっ、他種族同士が顔を合わせれば、こうなることは決まってるのに……！　早く止めなきゃっ。兄さん、手を貸してください！」

険悪な場を治められないなら劇物をもってより混沌にするしかないと、妹でありながらさらっと酷いことを考えるフィーナは、最終兵器道化を投入しようとした。

煙に巻いたり有耶無耶にするのはそれこそ彼女の兄の得意分野だ。

しかし当のアルゴノゥトはというと、両腕を組み、目を瞑って、何か考え込んでいた。

「…………」

「……兄さん？」

「──よし！　麗しの王女を見つけるのはこの私、アルゴノゥト！　競争相手が喧嘩しているうちに、出し抜かせてもらう！」

「え」とフィーナが呆けている間に、アルゴノゥトは疾走！

「は？」とユーリとガルムスが固まっている間も、道化は激走快走爆走（ラン・ラン・ラン）！

「待っていてください、まだ見ぬ姫君ぃぃぃぃぃぃぃ！　貴方の英雄が誰よりも早く、貴方を見つけまァァァァーーーーす!!」

「ちょ、ちょっとー!?　待ってください、兄さぁーん！」

　フィーナが慌てて追いかける。

　後に残るのは、唖然とした静けさ。

「はっはっはっ。本当に空気を読まない御方だ。王とは打って変わって、アル殿は愉快な只人（ただびと）のようですなぁ」

「「…………」」

「さて、彼は先に行ってしまわれましたが……どうしますか、ご両人？」

　リュールゥの呑気な笑い声が響き、一触即発だった筈のユーリとガルムスは立ちつくす。

　吟遊詩人の問いかけに答えはなく、代わりに咆哮が打ち上がる。

「「……ま、待てコラァ!?」」

　出し抜かれたと気付かれた『英雄候補』達は弾かれたように駆け出した。

　獣人も土の民（ドワーフ）も猛追の風となる。

　道化の策略か否かはさておき、結果的に、他種族の不和なんてものは有耶無耶になるのだった。

「……エルミナ」

ラクリオス王は、決して大きくない声で、その名を呼んだ。

他種族の戦士達が退出した後の『玉座の間』。

圧迫感を与える王城の広間は、人払いが行われていた。王を護る近衛兵達でさえ今は一人もいない。

重い静寂が横たわる中、まるで闇から生まれるように、呼びかけに応える声があった。

「ここに」

双眸(そうぼう)から感情という名の光を取り払った、一人の妙齢の女だった。

アルゴノゥト達とともに『選定の儀』を勝ち抜いた、女戦士(アマゾネス)である。

それまで静寂と同居するほど気配を断ち切っていた彼女、エルミナは、王の前に現れた今もなおその存在感が希薄だった。いっそ影の国の住人のように不気味な女戦士(アマゾネス)に、ラクリオス王は顔色一つ変えず問いただした。

「『選定の儀』に潜り込んだお前の所見を聞きたい。どうだ、『英雄候補』どもの力量は？」

「半分は木っ端、しかしもう半分は砂金……」

エルミナもまた、面布(ヴェール)の下の表情を微動だにせず答える。

「魔法に長けた半妖精(ハーフ)に、強暴な狼人(ウェアウルフ)、力自慢の土の民(ドワーフ)。ふざけた吟遊詩人もいるが、身のこなしは凡夫のそれではなく」

「お前がそこまで言うのならば、使えるか」

交わされる言葉は賢者と戦士の会話には程遠い。

淀(よど)んだ目で値踏みする老王(ろうおう)と感情を風化させた女戦士(アマゾネス)は、まるで武器の数を数えるように、いっそ無機的な報告を続けた。

「ただ……」

「ただ？」

そこで。

終始冷然としていたエルミナが、ほんの僅(わず)かに眉をひそめるように、疑問めいた声音を発する。

「……わけのわからぬ道化が一人、交じっている」

「さぁ、いざ行かん！　迷える姫(ひめ)探しに！」

その頃、わけのわからぬ道化は城下町を爆走していた。

王城を飛び出したアルゴノゥトは目抜き通りを突っ切り、王都の住民がぎょっとするほど西へ東へ、北へ南へと移動を重ねていく。

「いずこですかー！　まだ見ぬ愛しの姫君ー！　貴方のアルゴノゥトがやってまいりました一！」

「はぁ、はぁ……！　もうっ、本当に足だけは速いんだから！」

貧乏くじを引かされるのはフィーナだ。

突飛な行動は今更とはいえ、兄の型破りな振る舞いに振り回される妹は、絶賛その背中を追っている最中だった。

「待ってください、兄さん！」

直後、ぴたりとその背中が立ち止まる。

「あいたぁ!?」

そして見事に顔面が背中に突っ込んだフィーナは、顔を両手で押さえながら、二歩三歩とよろめいた。ちなみにアルゴノゥトは吹っ飛んで地面に倒れ伏していた。

鼻の辺りを押さえながら涙目となるフィーナは地面と抱擁(ほうよう)を交わすアルゴノゥトへお冠となる。

「ちょっと、兄さん！　待てとは言いましたけど、いきなり止まらないでください！」

「……フィーナ」

「な、なんですか？　いきなり畏まって……」

地面と熱い接吻を交わしていようが、兄の表情を察する少女は鍛えられ過ぎた妹の鑑だった。

そんなフィーナを背に、ゆっくりと四つん這いになるアルゴノゥトは、真面目な顔で告げる。

「……そういえば私、姫の人相知らない」

「バカ兄さぁーーーーーんっ!!」

尻に杖を叩き込まれた道化は見事に悶絶した。

肛門を打ち据えた一撃に地獄の芋虫のごとく気持ち悪い動きで蠢くことしばらく。

肩で息をする妹の前で、プルプル震えながら何とか立ち上がる。

「お姫様の顔も知らないで、どうやって探すつもりだったんですか！」

「いやぁ……勢い？」

「馬鹿なんですか⁉」

「案ずることはない、フィーナよ！　他の英雄候補には姫の情報は伝わってる筈！　彼等に教えてもらおう！」

唾を飛ばす勢いで身を乗り出すフィーナに、アルゴノゥトは尻を押さえていた両手を広げ、まるで救世主になったかのように勝ち誇る。イラァと妹の怒気が募る。

そんな時、アルゴノゥト達に遅れて城下町を捜索しにきた『英雄候補』達が通りかかる。

ユーリ達とは別の只人の傭兵だ。

「噂をすればだ。おーい！　君達ぃー！」

「あぁん？」

「姫にまつわる情報を教えてくれないか！　早とちりするあまり、聞きそびれてしまった！」

友好的に笑いかける『滑稽な道化』に、四名の只人は顔を見合わせ、唇を曲げた。

それはもう嫌らしく。

「よし、教えてやろう。どうやら王女は幼女らしい。絶世の美姫という噂はガセだそうだ！」

「外見は、この国では珍しい黒い髪を二つに結わえて……」

「更に巨乳‼」

「とどめに自分のことを『ボク』などと呼ぶ変わった特徴を持つ！」

「幼女で黒髪で巨乳でボクっ娘……⁉　どれだけ属性を積み重ねれば気が済むんだ……！」

衝撃の事実にアルゴノゥトは打ち震えた。それはもうワナワナと。

そんな女性がいるとすれば、遥か天上の世界に存在している女神くらいしかいないだろうと思うくらいには——事実フィーナが顔を引きつらせる程度には——眉唾物の情報だったが、

「しかし、心得た！　ありがとう、同じ英雄候補達よ！」

アルゴノゥトは信じた。

それはもう満面の笑みで。

善は急げとばかりに再び駆け出し、フィーナが慌てて後を追う。

「兄さん！　ちょっと待ってください、絶対に騙されてます！　幼女で黒髪で巨乳でボクっ娘なんてワケのワカらない珍奇な女の子、いるわけないじゃないですか！」

「いいや、いる！　私の心の中に！　少なくとも私の好みではある!!」

「なに言ってるんですかー!!」

もはや欲望丸出しの願望にも聞こえる兄の熱情（パトス）に、妹の怒声が轟くが、

「おぉい、アルゴノゥト！　あっちに姫がいたらしいぞー！」

「なんだってー！」

「あぁ、もうー！」

唇を曲げる『英雄候補』達の呼びかけに素直に応じ、進路を転ずる。

「やっぱり西の区画らしいぞー！」

「いいや南の区画だ！」

「そっちに困ってるやつがいる！　助けてやってくれ！」

「はぁ、はぁ……！　ま、任せてくれ〜！」

そこからは縦横無尽、東奔西走とばかりにアルゴノゥトは王都を走り回った。

ゲラゲラと笑う『英雄候補』達の情報に騙され、次第に人助けも押し付けられ、しかし見捨ててはおけぬと会う人（ひと）会う人（ひと）に手を貸しては、その汗だくで疲労困憊（こんぱい）な姿を周囲の者達から失

笑されてしまう始末。

王に利用され、人に騙され。

それでも道化は滑稽な振る舞いを止めず、多くの者達から笑われる。

まるで喜劇のように。

『楽園』と謳われる王都は今日、一風変わった賑わいに満ちた。

「兄さん、アル兄さん！　お願いですから、止まってください！」

それを良しとしないのはフィーナ。

アルゴノゥトの奇天烈（きてれつ）っぷりと三枚目振りは今に始まったことではないが、彼は兄なのだ。

フィーナが世話を焼いては目が離せない家族なのだ。

恥ずかしいという思いは当然ある。

けれどそれ以上に、叫び出したい衝動があった。

大切な兄が指をさされて笑われることは、本人がどう思っていようが、フィーナは苦手だったし、嫌だった。

「絶対に、ぜっ〜ったいに騙されてます！　あの人達はきっと手柄を独り占めするために、兄さんを……！」

「ゼェ、ハァ……妹よ、知っていたか？　騙されていることに気付いていないくらいが、ちょうどいいんだ！」

「それは愚図とか愚鈍って言うんですー！　もうっ！」

ようやく追いついた目抜き通りから、一本外れた横道。

人の気も知らないで、汗まみれになって笑うアルゴノゥトに、フィーナは両目を瞑って身を乗り出し、心なし普段よりも大きく怒鳴ってしまった。

アルゴノゥトは珍しく苦笑を浮かべ、けれど誇らしげに自分の隣にいる人物を示す。

「それに、ほら。姫は見つからなかったが、困ってる人は見つかった」

「お兄ちゃん、ありがとう！　お守りを見つけてくれて！」

少女もまた只人(ただびと)だった。

母親からもらった大切な魔除け(タリスマン)――死した父親の形見を落としてしまい、涙を堪(こら)えながら探していたところを、アルゴノゥトが手伝ってくれたという。

無事に見つかって喜ぶ少女の顔には、無垢な笑みが咲いていた。

「ああ。次からは落とさないように、しっかり紐(ひも)で結んでおくといい。この未来の英雄、アルゴノゥトとの約束だ！」

「うん！　じゃあね、英雄のお兄ちゃん！」

片手を振って駆けていく少女に、アルゴノゥトは両手をブンブン振って見送った。

それこそ彼女に負けないくらいの、子供のような笑みで。

その様子を眺めながら、黙っていたフィーナは、時間をかけて口を開いた。

「……人助けなんて、最初の趣旨とズレてます。人を引っかき回すくせに、変なところでお人好しなんだから……」

つっけんどんな言い草で、小言の中に微笑を隠すのが、少女の精一杯だった。

「……とにかく！　兄さんは騙されてます。間違いありません」

「ははっ、そうか！　私は騙されていたか！　ならば綴ろう『英雄日誌』！」

『人に何度も騙されたアルゴノゥトは、沢山の者に指をさされ笑われた！』

「そんなこと記録に残さないでください！　まったく……」

日誌を取り出しスラスラと滑稽な記録を残す兄に、フィーナはすっかり疲れながら怒鳴った。

そして、このままでは埒が明かないと悟ってか、来た道へとつま先を向ける。

「私はユーリさん達を探して、お姫様の情報を聞いてきます。兄さんはここで待っていてくださいね！」

「心得た！」

しっかりと言い含めた後、フィーナが王城へ続く通りを引き返していく。

お任せあれと言わんばかりに右拳で胸を叩くアルゴノゥトだったが、

「おーい、便利屋のアルゴノゥト！　あっちにまた困ってるヤツがいるぞ！　ハハハハ！」

「などと言ってる側から！」

『英雄候補』の只人達から笑い声が投じられる。

「フィーナには騙されてると言われたが……もしかしたら本当に困ってる人がいるかもしれない――」

アルゴノゥトは困った。

両腕を組んで目を瞑って考えるくらいには困った。

アルゴノゥトは愚かではあるが、決して馬鹿ではない。フィーナの言っていることはわかるし自分を笑う英雄候補達の発言も『きっとそうなのだろう』と理解している。

だが騙されていたとしても、騙されていなかったとしても。

そこに『笑顔』が咲くのならば。

「――それならば、やはり私は愚図で愚鈍な道化でいい。困っている人を見過ごすより、私が笑いものになる方がずっといい！」

アルゴノゥトは『道化』を選ぶ。

それが彼の心情にして、信念。

道化のアルゴノゥトは今日も滑稽な振る舞いをして、叶いもしない『英雄』を目指し、歌っては踊って舞台を織りなす。

「待っていろ、迷える子羊！　このアルゴノゥトが今から行く！」

故に。

『喜劇』はそこから始まるのだ。

「うわっ！」

「きゃあ！」

走り出し、裏道の曲がり角を折れた先、か細い体とぶつかった。

「すまない！　怪我は……！」

尻もちをついたアルゴノゥトは、すぐに立ち上がる。

そして手を差し伸べて、動きを止めた。

「ぁ……」

こちらを見上げる青碧石（ターコイズ）の瞳。

砂金を彷彿させる金の長髪。

彼女と同じように、アルゴノゥトもまた目を見開いた。

「君は……」

運命の糸を手繰り寄せるように、金髪碧眼の少女と道化は、再会を果たした。

「貴方は……今朝、私とガッチンコした美少女！」

虚空でさまよう少女の手を自ら、そして優しく取って立ち上がらせたアルゴノゥトは、興奮した面持ちではしゃいだ。

まだ一日どころか半日も経っていない正午頃。

王都に足を踏み入れた直後にもぶつかった金髪碧眼の少女に、両手で胸を押さえ、かと思えば両腕を広げて喜びに打ち震える。

「まさか再び会えるなんて……！　これも神の思し召しか！　私達の運命力ヤバくない⁉」

歌劇のごとく大仰に、そして滑稽に振る舞うアルゴノゥトに、少女は――ただただ空虚な眼差しだけをそそいだ。

「……！」

酷く冷然とした相貌。

何より温度のない瞳。

きっと石像の方が、よっぽど愛嬌を備えている。

『とある記憶』と重なる少女の姿に、全く笑わない唇に、アルゴノゥトは笑みを消して息を呑んでしまった。

「追えっ、追えー！　逃がすんじゃない！」

「っ！」

青年の口が開くより先に響いたのは、野太い声。

肩を揺らした少女は走り出し、アルゴノゥトの真横を抜いて去っていく。

「どけっ、邪魔だ！」

「ぐへぇ⁉」

そしてアルゴノゥトははね飛ばされた。

鎧に身を包んだ複数の男達に。

裏通りの脇に、べしゃりと蛙のように倒れた道化は「いてて……」と、頭を擦りながら身を起こす。

「あれは王城の兵士たち……？　彼女を追ってるのか？」

見覚えのある鎧は、王城の中で何度も見てきた真鍮製の甲冑だった。

真剣な顔付きで思考を巡らせていたアルゴノゥトは、そこでふと、憂いに取り憑かれたように眉を曲げる。

「……あの女の子、とても冷たい顔をしていた。笑ったことなんてないみたいに……」

脳裏に再びちらつくのは、『とある記憶』。

王城で出会った占い師の少女、オルナの冷たい相貌だった。

「……くそっ。この都の女性は、何で笑わない者ばかりなんだ！」

やりきれない感情を抱えながら、アルゴノゥトは駆け出した。

笑わない少女を腹を抱えて倒れてしまうくらい、笑わせてやるために。

「はっ、はっ、はっ……！」

息を切らし、金髪碧眼の少女は走り続ける。

開放的で華やかな大通りと異なって、城下町の裏通りは雑然としていた。樽(たる)や木箱が乱雑に摘まれ、植物が腐ったような変な臭いもする。通りの形に切り取られた空は細く、日の光もここには届かない。薄暗く入り組んだ道の連なりは迷宮のようであり、土地勘のない少女では、出口も見つけられず延々と迷い込んでしまうのが定めであった。

「そっちへ行ったぞ！　囲め！」

「……！」

そんな迷子の逃亡者を見失うほど、王城の兵士達は愚かではない。

背後に迫っていた兵士長が指示を出せば、横道から回り込んでいた兵士達があっさりと少女の前に立ちはだかった。

「おいたが過ぎますぞ。さぁ、こちらへ」

「いやっ……！」

前後から挟まれる格好となる少女は、伸ばされた兵士長の手から身をよじる。

仔猫(こねこ)が爪で引っかくように両腕を突き出し、隊長の腕を押して、精一杯の反撃をする。

だが悲しいかな、これまで暴力とは無縁だったことを物語る細い腕では突き飛ばすこともできず、男の怒りを買った。

「子供のような我儘を！　駄々をこねるようなら強引にでもっ――」

男の腕が振り上げられ、少女がぎゅっと瞼を瞑った、その時。

兵士達の隙間を縫って、飛び込んだ影が、なんと少女の体を攫っていた。

「きゃっ⁉」

「なっ⁉」

少女と兵士長の驚きが重なる。

唖然とする兵士達の反応も置き去りにし、彼等の間隙を再び縫って、その影は――アルゴノゥトは、少女を閉じ込めていた鎧の檻からさっさと脱出してのけた。

「さぁ、逃げましょう！」

「えっ……？」

「追われている訳ありの少女を救う！　これぞ英雄譚の王道！」

右手を引っ張られながら走る少女の目が、愛おしいくらい丸くなる。

何が起きてるのか理解が追いついていない彼女を他所に、アルゴノゥトは瞬く間に情緒を上昇させ、のたまった。

「ここで走らずして何が男か！　綴るぞ、我が『英雄日誌』！」

一度手を放し、走りながら日誌にペンを走らせる。

『アルゴノゥトは運命の導きにより、麗しの少女を助けた！　フォー!!』

（……この人、気持ち悪い……）

そんな青年の後ろ姿を追う少女は素直に悪寒を感じ、そっと離れようとしたが、にゅっと伸びた手が再び少女の手を摑み、二人だけの逃避行を続行する。

ひっ、と漏れた小さな悲鳴を華麗に無視し、アルゴノゥトは加速した。

「ふはははははー！　このアルゴノゥト、逃げ足だけには自信がある！　裏山の野良兎の異名は伊達ではない！」

よっ！　とかけ声を一つ。

驚く少女の膝下に素早く手を入れ、横抱きの体勢で疾走する。

自身の非力な筋肉で抱えられるか心配だったが、少女は綿毛のように軽かった。これが妹ならきっとフラついた末に転倒していただろう！　と本人が聞いていれば焼却処分されるようなことを思いつつ、裏通りを一気に駆け抜けていく。

「は、速え！」

「なんだアイツは！」

「兵士長、追いつけませぇぇぇん!!」

「くそっ、追えぇぇ！　逃がすんじゃない!!」

アルゴノゥトの快走に兵士達が口々に驚きの声を上げる。

全員が甲冑に身を包んでいることを差し引いても青年の逃げ足は異常であり、見る見るうちに引き離されていく。曲がり角に姿を消す青年と少女に、兵士長は堪らず怒号を上げた。

見失った道化を追いかけ、兵隊が走り去っていく。

――ややあって、物陰に隠れていたアルゴノゥトは、ひょこ、と顔を出した。

「ふぅ、行ったか……。このアルゴノゥト、妹から逃れるため隠れ身の術にも自信がある！」

雑然としている裏通りに放置された、木箱や樽。

それが作り出す死角から現れたアルゴノゥトは、聞かれてもいないのに己の機転と技術を無駄に熱く語った。

「それで……お怪我はないですか、お嬢さん？」

「……はい。ありがとう、ございます……。助けてくれて」

すぐ後ろでおずおずと立ち上がる少女に、笑顔を浮かべて振り返る。

少女はまだ困惑しており、どう接していいかわからないような様子だった。

だからアルゴノゥトは、いつも通りに空気を読まない。

『アルゴノゥトらしく』接する。

「なに、女性を救うのは男子の務め！　どうか気になさらず！　その代わりに、今度こそ貴方の名前を教えてもらえませんか？」

「…………………」

返ってくるのは、しばしの沈黙だった。

小さな迷いの末、少女は静かに名乗る。

「……アリア」

その名前に、アルゴノゥトは噛みしめるように何度も頷く。

「アリア……いい名前だ！　私はアルゴノゥト！　親しい者からはアルと呼ばれています！」

返すのは威勢のいい声だ。

しれっと愛称まで売り込むアルゴノゥトの勢いに、アリアと名乗った少女はうろたえながら反芻する。

「アルゴノゥト……アル？」

「ええ、貴方にはぜひそう呼んでほしい！　優しく！　真心をこめて！　恋人に囁くように！」

すかさず離れる距離。

身を乗り出してくる普通に気持ち悪いアルゴノゥトから、反発する磁石のごとく一定の間合いが保たれる。

「……善処します」

そこまで口にして、はっと。

アリアは肩を揺らした。

「あ、いえっ…………頑張って、みます」

「……？」

その様子に疑問を抱かないアルゴノゥトではなかったが、今は先に聞いておかなければならないことがあった。彼女自身に関わることだ。

「それで、どうして王都の兵士に？　彼等も死に物狂いのようでしたが、何があったんですか？」

「それは……」

彼女はアルゴノゥトが『選定の儀』を受ける前、朝の城下町でも何かから逃れるように急いでいた。あれもきっと王城の兵士達に追われていたのだろう。

アルゴノゥトの質問に、アリアは目を伏せ、言い淀むのみだった。

少女の胸にかけられた錠はまだ解けないと見て、ならばと言わんばかりに、アルゴノゥトはぺらぺらと自分語りを行う。

「では、私の方から自己紹介といきましょう！　といっても事情と呼べるほどのものはありませんが！　私は辺境の村からこの王都に来た人間！　何を隠そう、『英雄』になるためです！」

「……！　『英雄』？」

「ええ、そして選定の儀をくぐり抜け『英雄候補』になったばかり！　今も王命により、麗しの姫を探す崇高な使命の真っ最中で――」

自力でくぐり抜けたどころか九割妹の力に依存していただけの屑の所業なのだが、アルゴノゥトがさも自分の偉業とばかりに誇示していると、

「英雄候補……王命……」

アリアはその瞳の中に驚きを宿し、呟いた。

「っ……！」

「――って、あれ⁉　どこへ⁉」

かと思えば、詐欺師を前にするように睨み、勢いよく背を向ける。

いきなり立ち去ろうとする少女の姿に、さしものアルゴノゥトも慌てた。

「待ってください！　どうしたんですか、急に⁉」

「付いてこないで！」

「私がなにかやらかしましたか⁉　妹にド突かれるのは幾らでもいいんですが、貴方のような人に嫌われるのは――」

「『英雄』なんて！」

激しく拒絶してくる少女の肩に、手を伸ばそうとしたが、

「‼」

「『英雄』なんて……！　そんなものはいない！」

立ち止まって叫ぶ、少女の声に込められた念──『悲痛さ』に、思わず時を止めてしまう。

「いるのは富と名声を貪るケダモノ……私の『破滅』！　お父様のように！」

目尻にうっすらと滴を溜めた碧眼。

なぜ少女がそんな顔をするのかアルゴノゥトにはわからない。

今のアルゴノゥトでは理解してやることができない。

「破滅……？　お父様……？」

それでも少女が発した単語を拾い、『まさか』という推測に手を伸ばす。

だがアルゴノゥトが推測を確信に変えるより先に、アリアは勢いよく、走り出した。

「……！　ダメだ、そっちは──!!」

遠ざかる背に手を伸ばしたが、間に合わなかった。

アルゴノゥトの呼びかけ虚しく、不用意に飛び出したアリアは兵士達に捕捉されてしまう。

「いたぞぉ、こっちだ！」

「っ⁉」

「くっ──！」

生まれた行動は三者三様。

兵士達は獲物を見つけた狩人のごとく殺到し、少女は被虐者のように竦み上がり、青年は更なる道化になることを望んだ。

疾走し、割り込んで、少女のもとへ押し寄せる兵士達の腕を払いのける。

勢いあまって顔を殴られた挙句、鼻血を流す醜態を晒しながら、いまいち締まらないながらもアリアの救出を成功させる。

「早くこっちへ！」

「ぁ……！」

兵士達の怒号が背中を叩く。それでも走る。少女の手を引っ張って。

既に路地裏の構造は把握している。正確には把握している範囲へと引き返している。自分の舞台へと兵士達を招いたアルゴノゥトは滑稽に踊った。積まれた木箱や樽を手当たり次第に蹴り飛ばし、追手の行く手を遮っては転倒させる。喧噪を置き去りにした後は脳裏が描く逃走経路に身を捻じ込ませ、土地勘のある者達の予想をことごとく裏切る道を選択した。時には横道を折れ曲がり、時には空き家の中を堂々と横断する。ぐんぐんとぐんぐんと兵士達の気配が遠ざかっていく。

あまりの逃げっぷりに、追従するアリアさえ翻弄されるほどだった。

「おい、アルゴノゥト！」

そこへ、投げかけられる乱暴な声。

後方ではなく前から届いたそれに、目を見張ったアルゴノゥトは咄嗟にアリアを建物の陰に隠した。

垂れ流す汗は放置し、乱れる呼吸を整えることだけに集中し、さも『今の今まで貴方達の言う通り人助けを続けていましたよ』なんて風を装う。

「おお、私と同じ英雄候補の諸君！　道に迷った哀れな可愛い子ちゃんは今しがた救った！　このアルゴノゥトの助けが必要な民はまだいるか！」

「うるせーよ、ボケ」

「質問すんのはこっちだ」

アルゴノゥトを騙されていることにも気付かない愚人としか見なしていない四人組の只人は、舌打ち交じりに問いただしてきた。

「兵士どもが騒いでやがる……ここに女は来なかったか？」

「金の髪に、碧い目の……思わず生唾を飲み込んじまうほどの女だ」

アルゴノゥトの斜め後ろ、男達と僅かも離れていない建物の陰で、話し声を聞くアリアは息を呑んだ。口を両手で覆い、必死に気配を殺す。

そんな少女の震える息遣いを背中で感じるアルゴノゥトは──笑った。

「いいや、これっぽっちも！」

何を言っているのか皆目見当もつかない子供のような、それでいて飛びっきりの詐欺師の笑みを浮かべ、何かを思い出したようにぽんっと左手に右拳を落とす。

「そういえば、東の区画で絶世の美女が歩いていたと町の者が！」

「ちっ、東か……おい、行くぞ！」

アルゴノゥトの虚偽の情報に、只人の一人は舌を弾き、残る三人を率いた。

目の前から離れていく彼等から「やはり王女は兵士から逃げて――」「手分けしよう。何だったら兵士どもから情報を――」という話し声がかすかに聞こえてくる。愛想良く手を振っていたアルゴノゥトは英雄候補達が見えなくなったのを確認すると、すっと真顔に戻った。

それに合わせて、背後からアリアが口を噤み、歩み出てくる。

「……どうして、私を助けたの？」

迂闊な真似をしてアルゴノゥトに迷惑をかけてしまった負い目もあるのだろう。

だが、それ以上に、二人の間ではもう『公然の秘密』となっている事柄に言及する。

「もう、私の正体に気付いて――」

金の髪に、碧い目の、思わず見惚れてしまうほどの容姿――それこそ『王女』の美貌を持つ少女がそこまで言いかけると、

「素性がちっともわからない、謎めいたお嬢さん！」

アルゴノゥトは、暗い空気なんて吹き飛ばす明るい声で、続く言葉を遮った。

「えっ？」

驚くただの『アリア』に向かって、裏なんて何もない、飛びっきりの笑顔を浮かべ、次の言

葉を贈るのだった。

「私と町を回りましょう！」

CHAPTER
三章

王都の休日

ざわざわとした喧噪が都に流れている。

魔物が跋扈するこの時代、老若男女誰もが生きるために働かなければならず、暇や道楽に現を抜かす者など市井にはいないと言っていい。『楽園』と謳われる王都ラクリオスも例外ではなく、多くの者が城壁内の田畑に出払っており、通りの往来は閑散とまでは言わなくとも疎らだった。

それでも穏やかに感じるのは都の随所に設置された噴水のおかげで、太陽の光にきらめく清らかな水の重奏が人の心を和ませ、小鳥達を呼び寄せるからだろう。ラクリオスの住民は水の音を聞き、水の恩恵に感謝し、道行く人に水を分けては笑い合うのだ。

広い王都と言えど、ほとんどが顔馴染み。

みなが家族と言わずとも隣人程度には気心が知れている。

だから、『今まで目にしたことのない顔』が視界に飛び込んでくれば、籠に沢山の洗濯ものを抱えた女子供も、作物を隣の区画に運ぶ飛脚も、欠けた階段の補修を行う石工達も、物珍し気に眺めては噂話の喧噪を奏でるというものだった。

ましてや、それが目を見張るような美少女と、珍しい白い髪の青年の組み合わせとなれば。

「ま、待って！　町を回るなんて、どうしていきなり……！」

「貴方のような美しい人に、そんな悲しげな顔は似合わない！　私は貴方を笑顔にしたい！」

必死に呼び止めるアリアに、アルゴノゥトは自身の欲望を包み隠さず我が道を行く。

大通りの真ん中を堂々と進み、とうに目立っているというのに一切気にしない。

兵士達に追われていたアリアからすれば、今すぐにでも見つかってしまうのではとハラハラとした心境に違いなかったが、

「それに、大丈夫。町中を駆け巡って、王都の地理はもう摑みました」

「！」

「兵士達は北へ、英雄候補達は東へ。この西側に今、追手はいない」

背後にいるアリアに顔だけを向け、アルゴノゥトはあたかも喇叭で家畜を誘導する呑気な羊飼いのように笑い、少女の不安を取り除く。

アルゴノゥトがよく行う手だった。初めての土地、初めての共同体に足を運んだ時、とにかく探検する。一体どんな人がいるか、どんな景色があるか、どんな文化が存在するのか。旅を『偉大な冒険』だと言ってはばからない道化は英雄気取りで未知たる道を進み、見たもの聞いたものを日誌に書き込んで、冒険活劇なんて嘯くのだ。

この王都では図らずも、『姫探し』だなんて言ってフィーナともども散々駆けずり回った際に、ざっとだが情報収集は済ませている。英雄候補達にいいように扱われ、人助けをしつつ、アルゴノゥトはちゃっかり王都の構造を把握していた。

「貴方は……」

アルゴノゥトのことを、変な人、と思っていたアリアが驚きを宿す。

その赤い瞳（ひとみ）の中に『聡さ』を見出し、うろたえながら、何故（なぜ）そうまでして、なんて言葉が出かかっていると、

「貴方を助ける理由は聞かないでください。だって、困っている女の子を助けるのに理由なんて必要ないのだから！」

アルゴノゥトはやはり笑い飛ばすのだった。

自分は『アルゴノゥト』なのだから何ら不思議なことはないのだと、そう言わんばかりに。

「…………私は、わからない」

そんな青年を前に、アリアは戸惑いを重ねる。

「どうして私をそんなで目で見るのか、そんなに優しいのか……私は、貴方がわからない……」

「わからないのなら、わかり合えるまで互いを知りましょう！　それはきっとありふれていて、素晴らしいことだから！」

心の中の思いを素直に吐露する少女に、アルゴノゥトはそれが『出会い』なのだと説いた。

わからないことは何も恥ずかしいことではなく、只人（ただびと）も亜人も繰り返してきた人々の歴史であり、その積み重ねの果てに今、貴方と自分が出会えた奇跡が生まれたのだと。

故に自分達も先人に倣（なら）うべきであると、アルゴノゥトはイイ笑みを浮かべる。

「というわけで、デートです！」

「デッ……!?」

アリアは驚きとともに初めての表情を見せた。

顔を赤らめたのである。

「おや、どうしましたか？」

「デ……デートなのっ？」

「デートでしょう？」

「町を回るだけなのに？」

「デートじゃないですか！」

「ふ、二人でいるだけじゃあ……」

「デートですねぇ！」

あたふたと、赤面しながら何度も問う少女に、アルゴノゥトは今にも親指を立てそうな勢いで二人の現状を断言した。確信犯である。

一方のアリアは羞恥心と戦っているのか、見ていて可愛いくらいに挙動不審となる。

「わ、私っ、そんなことしたことがなくてっ……い、いえっ！　そもそも、この町のこともよく知らなくて……」

その表情は、不意に曇った。

「この地で生まれたくせに、何があるのか、誰がいるのか……何もわからない……」

「ご安心を！　このアルゴノゥトにお任せあれ！」

けれど、そんな少女の憂いもアルゴノゥトには効かない。

曇ることなど知らない青空のように笑い続け、右手で胸を叩いてみせる。

「私は確かに田舎者、お上りを自覚するところですが、なんと以前は都会に住んでいた身！　都の遊びには慣れています！」

「……『イルコス』？　うそ、確か、あそこは……」

「――おっと私としたことが！　嘘をつくならもっと上手い嘘をつけばいいものを！　その通り大嘘です許してくださいお願いします!!」

とある都の名を耳にしたアリアが驚きを見せると、アルゴノゥトは口を滑らしたかのように訂正する。

失言だったのか、本当にただの嘘だったのか判然がつかないくらい、さらりと。

「ですが、都の勝手に精通しているのは事実です。どうか不肖の私に、貴方を案内させてください」

アルゴノゥトはそのまま、真摯に、けれど茶目っ気を覗かせながら、右手を差し出した。

「貴方の悲しみを溶かしたいと思う私を、助けると思って」

「……貴方、やっぱり変」

「ハハ、よく言われます！」

アリアはやはり困った顔を浮かべ、青年をそう評した。

差し出された手に自分のものを重ねることなく、小動物のようにちょっぴり警戒しながら。

何が可笑しいのか、アルゴノゥトはそれも良しと言わんばかりに己の右手を握り、歩みを再開させる。付いてくることを疑っていない背中に少し不服そうに唇を尖らせながら、少女は彼の後を追った。

王都は広いようで思ったより狭い。

正確には、城下町に位置する民の居住区が適度にまとめられている。これはずっしりと都を囲う二重の城壁——第一の城壁と第二の城壁の間に存在する田園地帯に面積を割いているからであり、外から眺めて感じていたほど広大な城下町が広がっていない。だからこそアルゴノゥトも大まかとはいえ、短時間のうちに地理を摑めたという経緯がある。

と言っても、城下町だけでも王宮が五つは優に収まるほどだ。

『デート』をする分には、行き先に困るということはありえなかった。

「ところでアリア姫、デートをする前に欠かせないことがあるのですが！」

「……その前に、何ですか、アリア姫というのは？」

「美しい貴方を前に私の全身が姫と呼ばずにはいられない！　それとも親しみを込めて、アリアと呼び捨ての方がいいですか？」

「……姫で構いません」

抵抗の素振りはあったが、呼び捨てを許せばぐっと距離を埋めてきそうな予感があったのか、アリアは渋々尊称を呑む。全く遠慮をしないアルゴノゥトは「それは良かった！」と無神経な笑みを浮かべる。イラッと少女の苛立ちが募る。

「では話を戻しますが……アリア姫。デートするにあたって私達は――『愉快』にならなくてはなりません」

「……は？」

そこでアルゴノゥトは姿勢を正したかと思うと、真剣な面差しでそう告げた。

それまで彼のことを睨んでいたアリアは、わけがわからず、きょとんとしてしまう。

「詰まるところ『馬鹿』になるのです！　デートに羞恥は邪魔！　冷たい反応も頂けない！」

そこから始まるのは『演劇』もかくやだった。

二秒前の真面目な表情を放り投げ、明るい笑顔を浮かべたかと思うと、アルゴノゥトはアリアの細い手を握る。

「より盛り上がって、より楽しく、熱に浮かされるくらいがちょうどいい！　――こんな風に！」

「きゃあ!?」

左右に動くアルゴノゥトに合わせ、当然のようにアリアも引っ張られた。

問答無用だというのに、不思議と乱暴ではない。

招き寄せる手が少女の体を受け止めては遠ざかり、綿毛のように舞わせる。

目を白黒させるアリアは、足取り（ステップ）を踏まされていることに、すぐに気が付いた。

「な、何をするんですか⁉」

「姫の『仮面』を壊しています！　愉快になって馬鹿になり悲しむ暇もなくなって、この時を楽しむために！」

「！」

怒っていた少女の顔が、すぐに驚きに染まる。

「まずはここで踊りましょう！　次は声を上げて歌うのはいかがです？　仕上げは踊劇（バーレスク）と軽歌劇（オペレッタ）、組み合わせて総合舞台（ミュージカル）！」

アルゴノゥトの歌劇は止まらない。

そのよく通る声と軽（かろ）やかな足取り（ステップ）で、城下町の大通りを、二人だけの『舞台』に変えてしまう。

「さぁさぁ、退屈なんてどこにもない！　これは貴方と私のデートです！」

軽快で軽妙、奇怪で珍妙。

そんな道化は笑みを絶やさなかった。流れるような舞で少女を離さず、時には速く、時には穏やかに先導（リード）して、やかましくも賑（にぎ）やかな笑声を響かせた。

「み、見られています、アルゴノゥト！　いいえ、アル！　大勢の人に！」

たまらないのはアリアの方だ。

今やアルゴノゥトのせいですっかり注目の的だ。城下町の住人がこぞって、取り巻くようにこちらを「何だ何だ」と窺(うかが)っている。

作られる人垣の円はそれこそ舞踏会の広間のよう！

小鳥達の歌声は横笛(フルート)！

豪奢(ごうしゃ)なシャンデリアの代わりに青空の光が二人を照らしている。

暴(あば)れて青年の手を振り払うこともできる筈だが、こちらを見つめる目の前の笑顔のせいで何故かそれも上手くいかない。混乱も手伝ってどうしたらいいかもわからない。アリアは恥ずかしくて恥ずかしくて、もうどうにかなりそうだった。

「姫がとても美しいから！　みな見惚(みほ)れているのです！」

「～～～～～～～～～～っ！　ばかっ！」

「いいですね！　温(あたた)まってきました！　もっと私を罵ってくださいブヒィ！」

少女の顔がすっかり薄紅色に染まりきる。

思わず叫んでしまうアリアにもどこ吹く風、むしろ喜びながらアルゴノゥトは乗りに乗って靴音(タップ)を鳴らす。

「バカ！　変人！　おかしな人！　私、貴方みたいな人、会ったことがない！」

アリアは喚いていた。

生まれてこの方、こんなに大きい声を出したことなんてないくらいに、顔を真っ赤(まっか)に染めて大きく叫んでいた。

それは道化の思惑通り。

少女の『仮面』は壊れていた。馬鹿みたいに踊り、悲しむ暇なんてないくらいに声を上げて、本人にその気がなくとも傍から見れば愉快そうに道の真ん中ではしゃいで。

そんなアリアの姿に、アルゴノゥトは目を細める。

「お褒めの言葉、恐悦至極！　私としてはもっと言ってもらいたいところですが――」

美少女からの御褒美を欲しがるアルゴノゥトだったが、こちらに向かってくる『大勢の足音』が遠くから聞こえる。甲冑に身を包んだような、ガシャガシャとやかましい足音だ。

それに周囲の人垣からも「イチャイチャしやがって……！」とか「よくもあんな美しい人と……！」とか「まだ独り身の私に当てつけ!?」なんて怒りと怨嗟の声も募ってきた。アルゴノゥトはともかく、アリアの容姿はまさに羨望も嫉妬も買ってしまうくらい美しく、いい意味でも悪い意味でも人を引き寄せてしまうから。

「――何やら周りが殺気立ってきたので、離脱します！　失礼！」

「きゃあ!?」

引き寄せたアリアを難なく横抱きにして、兵士達の足音が聞こえてくる方角とは真逆に駆け出す。羽毛のように軽い少女の体と柔らかい肢体に感動しつつ、決して変態紳士にはならないよう気を付けながら、アルゴノゥトは風のように加速した。

「さぁ行きましょう！　王都の休日はまだ始まったばかり！」

「待てコラァ！」「殴らせろォ！」「見せつけてるんじゃないわよ！」

恨みを買った王都の住民に追いかけられながら。

「こんなの絶対、デートじゃない！」

ぎゅっと目を瞑る少女の悲鳴は、抜けるような蒼穹に吸い込まれるのだった。

◆

「兄さんったら、ここで待ってるように言ったのに！」

王女の情報を求めるため、フィーナが一度アルゴノゥトと別れた北の通り。

言いつけを守らず忽然と姿を消している不肖の兄に、半妖精の妹はプンスカと怒った。

「せっかくユーリさん達が来てくれたのに、どこへ行ったんですか！」

「お前が無理矢理連れてきただけだ」

「なぜ俺まで……」

フィーナの後に続くのは呆れ顔のユーリと、似た顔をしたガルムスだった。兄を止めたいと言われて渋々、というか兄の破天荒で王女捜索という『選定の儀』まで滅茶苦茶にされるかもしれない、なんて切実な訴えが無視できなかったためだ。特に旅の中で道化の人となりを嫌と言うほど知ってしまっている狼人にとっては。

面白そうな騒動の香りを嗅ぎ取って、リュールゥまで付いてきている。

「私の目から見ても彼は慌ただしい御仁。同じ場所にじっとしているのは無理というものでしょう。」

「言われなくてもわかってますけど！　子供じゃないんだから、少しくらい我慢して………あれ？」

何が可笑しいのか、にこにこと笑いながら口を開くリュールゥに、つい小言を連ねてしまうフィーナは、細く尖った木の葉型の耳を揺らした。

『いたか⁉』

『いいえ、また見失いました！』

『よく探せ！』

大通りの方角から荒々しいざわめきが聞こえてきたのである。

足音に交ざる金属音は兵士達のもので、フィーナ達の視線の先を横切っていった。

「何だか、町がざわついているような……兵士のみなさんも慌ただしいというか……」

「……絶世の美女が、妙な男に連れ回されてるらしい」

「ほぉ、あの喧噪を詳しく聞き分けられるか。獣人なだけはある。で？」

首を傾げるフィーナを他所に、頭上の耳を立ち上げたユーリが説明する。

あちこちから折り重なる城下町のざわめきを正確に聞き取る異種族の耳に、軽い感心を見せつつ、ガルムスは続きを促した。

「西の区画で、酷く目立っている二人組……。女は金髪でまるで精霊のような、男は白髪で軟弱そうな……」

目を瞑りながら集中し、聞こえてくる内容をそのままなぞる狼人(ウェアウルフ)。

並べられる言葉に、フィーナはぜんまいが切れた人形のようにぴたりと動きを止める。

「前者は王女の人相と、後者はアル殿に似ていますねー」

呑気(のんき)に言うのは吟遊詩人。

「え…………え〜〜〜〜〜〜〜〜〜〜〜〜〜〜〜〜〜〜っ!?」

土の民(ドワーフ)と狼人(ウェアウルフ)が耳に指を突っ込むほどの大音声が、少女の口から打ち上がった。

「姫、逃走成功です！　このアルゴノゥトが見事に撒(ま)きました！」

「はぁ、はぁ……もとはと言えば、貴方が……！」

あまりにも抗議の声が上がるものだから、少女を地面に下ろし、二人で手を繋(つな)ぎながら逃げ続けることしばらく。

兵隊は勿論(もちろん)、都の住民まで見事に振り切ったアルゴノゥト達は西から東の区画へ横断していた。

清々しい顔で額を拭うアルゴノゥトとは対照的に、内股気味に折ったほっそりとした両膝（ひざ）に両手を置くアリアは息を切らしていた。

恨みがましい視線を浴びる前に、アルゴノゥトは今にも口笛を吹きそうな顔で、ばっとある方向を指差した。

「それより、見てください！　ほら！」

青年の指先を視線で追ったアリアは、目を見張った。

「これは……」

噴水。

それも巨大な。

幅は二〇M（メドル）、高さは十M（メドル）には届かない、といったところだろうか。

美しい白亜の方尖柱（オベリスク）が中心に築かれ、柱のもとには同色の『精霊』の彫像がそれぞれの姿勢（ポーズ）で戯れている。今にも動き出しそうな彼女達の石の衣（ころも）はそれぞれが炎、雷、風、土を司っているようだった。水の精霊（ウンディーネ）がいないのはこの噴水そのものがそうであるという暗喩だろう。谷を彷彿（ほうふつ）とさせる噴水口から水が溢（あふ）れる様はどこか神聖で、太陽の光を照り返し、どこまでも眩（まぶ）しかった。

まさに楽園（ラクリオス）という森の奥深くに築かれた、人工の泉だ。

「こんな場所が、王都に……」

「ええ、私も驚きです。設計はもとより、思想（モチーフ）も興味深い。水の遊び場であるのに雷（いかずち）の精霊が中心に据えられ、一際（ひときわ）存在感を発揮している。これはあれですね！　水を恵む天を雷に置き換え表現することでこの噴水の成り立ちと威光を高めるものとしてあーだこーだほにゃらら的な！」

驚きが抜けない少女の隣で、知識人気取り（インテリ）の蘊蓄（うんちく）もどきを語る道化はあからさまな好感度稼ぎ（ポイント）で非常に見苦しい上に聞き苦しかったが。

アリアはそんなものが気にならないくらい、目を奪われていた。

「こんなものがあるなんて、知らなかった……。でも、綺麗（きれい）……」

飲み水に困らず、景観の向上のために噴水を多く配置しているのが王都の特徴だ。恐らく他の区画にもこのような噴水広場が設置されているだろう。

しかし、この地に住んでいる筈のアリアは知らないと言う。

何も知らない赤子の瞳で、石工の技術の粋（すい）がつぎ込まれた力作を、感嘆しながらもどこか空虚な眼差（まなざ）しで眺めている。

すぐ隣のそんな少女の横顔を見つめていたアルゴノゥトは、微笑みかけた。

「姫、せっかくですからおまじないをしましょう」

「おまじない？」

「噴水に背を向けて、硬貨を二枚投げる。これだけです」

「背を向けて、二枚……こう、ですか？」

まるで記念の思い出を作るかのように提案し、腰袋から取り出した硬貨を、アリアの手の平に落とす。

アルゴノゥトが身振り手振りを交えて教えると、アリアは首を傾げつつも彼の動きに倣った。

背中を向けて、少しやりにくそうにしながら左肩越しにコインを二枚、精霊達が見守る人工の泉に投げ入れる。

緩やかな放物線を描き、ポチャン、と軽い水の音を立てて、硬貨は雷(いかずち)の精霊の目の前に沈んだ。

「……これで、どうなるのですか？」

「はい、二人の永遠の愛が誓われます！」

「えっ……な、なんてことするの!?」

途轍(とてつ)もなくイイ笑顔で告げられる『愛の儀式』に、アリアは仰天する。

「いけませんでしたか？」

「いけないに決まってるわ！　だって私、貴方のこと何も知らないし……！　今日会ったばかりで……！」

微笑を浮かべて尋ねてくるアルゴノゥトに、アリアは顔を真っ赤に染めながらあたふたとし始める。

「手は繋いだけど、告白もしてないし、く、口付けだって……！　愛を誓うなんて突然過ぎる！」

一言で言えば、少女は初心だった。

ただの『おまじない』なのに、真正直に受け止めてしまうほど。

それこそ深窓のご令嬢のように、自身が有する貞潔と潔癖の間で取り乱しに取り乱す。

「嗚呼、そんなおまじないがあったなんて……！　私、知りもしなかった！」

「ええ、そうでしょう。私が今、作りましたから」

だから、無邪気な笑みを浮かべるアルゴノゥトがけろり、とそんなことを言うと、アリアは口を開けて固まってしまった。

「なっ……騙したのね、アル！」

「いいではないですか。これは二人だけのおまじない。二人だけの秘密で、二人だけの思い出です」

身を乗り出して怒ろうとするアリアだったが、青年が口にする次の言葉で勢いを失うことになる。

「貴方が『名前』を偽っていたとしても、今日の出来事は私達にとって『本当』になる」

驚きはすぐに少女の顔を染めた。

心臓を小さく揺らしたアリアは、ようやく得心がいったように、アルゴノゥトの顔を見返した。

「……アル」

「あ、今の顔、とても可愛いですよ？」

「……！　ばかっ！」

「あははっ！」

送るのはからかいには遠い心からの称賛。

けれど少女の頬を薄紅色に染めるのは十分で、アリアは今度はちゃんと怒った後、ぷいっと顔を背けた。年相応、いやそれより幼い子供のように。

結わえられた美しい金色の髪が、彼女の動きとともにはねる。

そんなただの女の子に、アルゴノゥトは嬉しそうに笑った。

横目で窺うアリアはその様子に不満そうに、それでいてどこかくすぐったそうに唇を揺らす。

方尖柱のもとに集い、彼女達を見守る精霊達はもの言わない。

ただ、二人の間に清らかな水の音が響いていく。

「「「——これ見よがしにイチャイチャしやがって……！」」」

が、傍から見ればそんな甘酸っぱい空気をこれ見よがしに発散してくれている道化達に嫉妬の眼差しを送る者達がいた。

今日も今日とて労働に勤しむ住民達である。舞を披露した西の大通りに広がった光景と全く同じであった。

「おっと、まずい！　姫の美貌が再び嫉妬を買っている！　ここは撤退！」

「またですか⁉」

それからアルゴノゥト達は走った。

西の城下町を走り回り、行く先々で騒ぎを起こした。住民の注目を集めれば、更に目立とうとする。アリアが赤面すれば、更に調子に乗る。とうとう怒った彼女に背中を両手で押される。道化は変わらず笑い続ける。そして騒ぎを聞きつけた兵士達が現場に現れるのに先んじて、路地裏を駆使してすいすいと往なしては面白いようにすれ違ってゆく。

アリアは今日、信じられないほど走った。

生まれて初めての経験だったし、大きな声を上げるのもそうだった。

沢山の『初めて』をもらう少女は、もう疑うことも忘れ、次は何をするのかわからない青年の後を自ら追うようになっていた。

そして、すっかり日が山脈に傾く頃。

夕暮れの光を浴びながら、二人は騒ぎの中心地となった西から離れ、南の区画まで足を伸ばしていた。

「ここまで来ればもう大丈夫。人はいません！」

「はぁ、はぁ……もう。貴方といると、本当に退屈しない……」

「はは、誰も退屈なんてさせません！　なぜなら私はアルゴノゥトだから！」

人気のない路地裏で、アリアがもう何度目とも知れない乱れた呼吸を必死に整える。

アルゴノゥトは観衆が少女一人だけだというのに、舞台役者のごとく振る舞った。

「……変な気持ち。今までこんなに走ったことも、声を上げたこともなかった。貴方の前だと、知らなかった私が沢山現れる……」

ようやく呼吸をもとに戻したアリアは、顔を上げる。

「どうしてなの……？」

未知への戸惑いと恐怖、そして得体の知れない何かへの期待は紙一重だった。

うっすらと頬を染めて尋ねる少女に、アルゴノゥトはここぞとキザな台詞を口にする。

「それは、この出会いが運命だったから！　私達は巡り会う星の下に生まれたのです！　決まった！　キラーン！」

「……！」

目を瞑り、顎に親指と人差し指を沿え、白い歯を輝かせる。

そんな道化の言葉に、アリアは夢から目を覚ましたように動きを止め、黙りこくってしまった。

「…………運命なんて、嫌い」

ややあって。

そんな小さな呟きを、足もとに落とした。

「……姫？」

「決めつけられた定めなんて……それじゃあ私達は、どうして生きているの？」

少女の相貌が悲しみに暮れる。

アルゴノゥトの瞳が、大きく見開かれる。

「運命なんて言葉……大っ嫌い」

影が伸びる。

黄昏が空を包み、二人の頭上を覆っていく。

少女の唇から落ちた言葉に、青年はしばらくの間、立ちつくした。

そして、アルゴノゥトは笑った。

「――では、必然にしましょう」

少女の悲愴なんて吹き飛ばすように。

「えっ？」

「ああ、私が悪かった。今日という日を、運命なんて言葉で片付けてはいけなかった。――私が見つけたんだ、貴方を！　そして貴方が見つけたんだ、私を！」

「！」

始まるのは喜劇とは異なる、歌劇だった。

アルゴノゥトが高らかに歌う。

「私の目が、私の耳が貴方を見つけ出した！」

「……私の声が、私の想いが、貴方を引き寄せた？」

「ええ、私達だから出会えた！」

「それは、ただの偶然ではなくて？」

「たとえ、そうだったとしても！　私は何度でも貴方の姿を探す！　何度だって貴方を求める！」

歌声は誓いに。

縮まる距離は絆に。

何度だって疑問を投げかけ、確かめてしまうアリアに対し、運命という言葉を否定する。

「繰り返される偶然は必然となる！　つまり――これは私の狂気じみた執念!!」

「だ、台無しな上に最低です!!」

真面目が長続きしない病を患っている道化は滑稽に舞い、両腕を広げ、そして茜色に染まる天を仰いだ。

「天におわす神々よ！　どうか目に焼き付けてほしい！　大地に眠る精霊達よ！　どうか祝福してほしい！」

深紅の瞳は天の先の遥か彼方を見据える。

「今日という日を！　私達の邂逅を！　この出会いは予定調和の喜劇ではない！」

声は眼差しとともに、高らかに響く。

「このアルゴノゥトが約束します！　私と貴方の出会いは、いかなるものにも汚させはしないと！　運命なんて鎖で、貴方の『本当』を傷付けさせはしないと！」

そして青年の声と眼差しは、少女のもとへと帰る。

「天の神々と、私の目の前にいる、貴方に誓います」

忠誠を誓う騎士のように、恭しくアリアの前で腰を折り、頭を垂れる。

その顔には微笑み。

嘘偽りのない約束と、真心を捧げる。

「…………」

道化の舞台を見せつけられたアリアは、しばらくぼうっと立っていた。

驚きと、心躍るような熱を半々。

顔を上げ、もとの体勢に戻るアルゴノゥトと、視線を絡める。

「……貴方って、物語の中から出てきた人物みたい」

「ハハ、よく言われます！」

何も飾らない正直な思いを口にすると、まるで壁からはね返ってくるように小気味のいい返事がやってくる。

「……ふふっ」

それに、アリアは思わず笑ってしまった。

口を開けるほどではない。

唇を少し曲げる程度。

くだらなくて、ついこぼれ落ちてしまったような、そんな小さい笑み。

しかし、そんな僅かな笑みをずっと待ち望んでいたように。

「──やっと笑ってくれた」

アルゴノゥトは穏やかに、そして心から破顔した。

「えっ？」

「貴方の笑顔を、やっと見られた。それが今……とても嬉しい」

子を見る親とは違う。

妹の面倒を見る兄でもない。

迷子の女の子に芸を披露し、笑うまで滑稽な真似をし続けた、それこそ道化のように、屈託(くったく)ない笑顔を浮かべる。

「アル……」

その笑みに、アリアは胸を締め付けられた。

会って間もない。お互いのことを全く知らない。そんなものは関係なかった。

こんな笑顔と眼差しで自分を見守ってくれている人が、一人でもこの世界にはいた。

それだけがアリアにとっては重要で、救済にも等しい『出会い』だった。

「貴方は笑顔がよく似合う。貴方には、ずっと笑っていてほしい」

アルゴノゥトは言葉を続ける。

あたかも花嫁に想いの花束を捧げる伴侶のように。

「もう少しだけ、お付き合い願えますか？　私は、貴方の事情は知りません」

「……」

少女が抱える『運命』をアルゴノゥトは知らない。

それでもアリアという少女の素性は既に理解している。

その上で、自らの意志を告げた。

「ですが、貴方が『怯(おび)えるもの』から、逃がすことくらいは――」


「ここにいたか」


「!?」

だが、そんな誓いの言葉など嘲笑うように。

道化が騎士になる道理などないと突き付けるように。

音もなく、影から滲み出るかのごとく、一人の女がアルゴノゥト達の背後に現れていた。

「城下町での大胆な行動……衆目に見せつけ、あえて目立つことで追手を『西』に誘導した」

「っ……⁉」

「そこからは都の門がある、この『南』へ……ただの道化ではなかったか」

黒い帯を巻きつけた、露出の激しい戦装束。

音一つも立てない素足に、申し訳程度の薄い手甲を纏った両腕。

道化を値踏みするその眼差しは、蛇でもなければ猛禽のそれでもない、いっそ血が滴る凶刃が瞬かせる無機質な光沢のよう。

その女は、アルゴノゥトも知る一人の女戦士だった。

「君は、『英雄候補』の……⁉」

「エルミナ⁉」

アルゴノゥトの驚愕とアリアの悲鳴が揃う。

青年の驚きは、自分の目論見を看破された上で、気取られることなく接近した彼女の『異質さ』に底冷えしたものを感じ取ったがために。

そして少女の恐怖は、目の前の『闇』の正体を知っているが故に。

「――王女アリアドネ。王が待っている。城へ帰ってきてもらう」

「っ……！」

告げられた名に少女の肩が震える。

やはり音一つも奏でず、影が忍び寄るようにゆっくりとエルミナが近付く中――道化が纏う外套が翻り、二人の間に割って入った。

「王女？　知らないな。ここにいるのは私の姫、アリア！　連れてかれるわけにはいかない！」

飄々とする。

愚物を演じる。

それでもなお拭えない重圧に汗を滴らせながら、男は騎士になれぬのならば、せめて騎士の気概だけは戴こうと道化として振る舞う。

「……愚者が」

しゃり、と女の手もとから初めて音が鳴る。

幾多幾人を葬ってきたおぞましき短剣が、エルミナの手の中に現れる。

退路はなし。

周囲は既に女の檻。

衝突は、不可避。

「っ……！　うおおおおおおおおっ！」

「だめっ、逃げて――!!」

自らもナイフを手に、勇ましく斬りかかる。

しかし悲壮にすらなりえない男の無謀に、少女は悲鳴を上げた。

CHAPTER 4

四章

切り捨てるべき一、救うべき百

この時代、女戦士（アマゾネス）は戦闘の特化者（スペシャリスト）とされている。

人同士の、特に雄との争いを好物としてきた彼女達は、魔物が跋扈する現代にあって自分達の戦闘型（バトルスタイル）を切り替えなければならなかった。

すなわち闘争から殺戮（さつりく）へ。

でなければ雄を護れぬ。

種族の稀有（けう）な特徴から女児のみしか生まれない女戦士（アマゾネス）達にとって、他種族の雄とは何ものにも代えがたい子種にして宝である。高い同族意識と選民意識を持つ妖精（エルフ）達の多くが里に引きこもり同胞の保身に走る一方で、自分達のみでは繁栄はおろか血を残すこともできない女戦士（アマゾネス）は他種族の喪失は死活問題と同義。たとえ一族のみを守り抜いたとしても雄が消えれば絶滅は免れない。

よって、彼女達は成人と同時に部族の集落から旅立ち、主に秀でた力のない只人（ただびと）の用心棒を務めるようになった。

要求するのは一夜であり、必要とされたのは殺戮であり、守護の対象でもある雄の『絶対死守』。

つまり、もはや強い雄との戦いより彼等を囲っては守護する戦術が求められたのだ。それもただの『守護』ではなく、『一撃先制』を掲げる完全なる魔物の撃滅である。

踊るような闘舞は、魔物の体躯（たいく）を切り裂く鎌へ。

格闘を主体とした肉弾戦は、化物を解体するため武器を駆使した白兵戦へ。

他の種族がそうであるように、女戦士(アマゾネス)達の戦いもいかに効率良く魔物を破壊できるかという一点に重きが置かれるようになった。他種族との相違は『攻めこそが最大の守り』という言葉を何ものよりも体現していたこと。

雄を攫(さら)っては寝屋(ねや)に引きずり込む慣習は完全には切り離せずとも鳴りをひそめ、代わりに他のどの種族よりも魔物を殺戮する気概を持つ。

よって闘争心の塊となって化物の臓物を引きずり出す女戦士(アマゾネス)は、一撃必殺に走る傾向があった。

しかし、目の前の女はそんな女戦士(アマゾネス)の中にあって、更に異なった。

エルミナが見せた戦闘型(バトルスタイル)。

それは殺戮ではなく、『暗殺』である。

「————っ⁉」

正面からの殴り合い。

それならば敢(あ)えて隙を晒(さら)し、餌(えさ)をぶら下げ、引き付けて引き付けて引き付けて、渾身(こんしん)の『駆け引き』をもって出し抜くという算段がアルゴノゥトにはあった。

しかし音もなく体がぶれ、残像を生もうかという速度でかき消えたエルミナが向かった先は正面ではなく、頭上。

四肢がしなる。

舞踏のごとく。

ぞっとするほどに美しい素足の爪先を空へと伸ばし、頭部を地面に向けた天地逆様となった体勢で、青年の背後より完全なる『暗殺』を——姿を晒しておきながら死神めいた不意打ち——を執行する。

狙うは、絶対急所。

「つぎっ⁉」

頸動脈はおろか頸椎ごと刈り飛ばそうとした凶刃の煌めきを、首の皮一枚裂くにとどめたアルゴノゥトの動きは称賛に値するものだった。しかし、それまでだった。

体をひねって音もなく着地した女の肢体が豹のように躍動し、次には、破砕槌のごとき足蹴りを叩き込む。

「があぁぁっ⁉」

「アル！」

吹き飛ぶ。

豪快なんて言葉を通り越して、いっそ残酷なまでに。

アリアの悲鳴が散る先で只人の体は樽と木箱の山に突っ込み、ガラガラと木片が崩れる音を奏でた。

「……凌(しの)いだか。だが意味もない」

脚部から伝わった手応えのなさに、エルミナは僅かに瞳を細めた。

本来ならば彼女の蹴りは優に人体を壊す破壊力を秘めている。にもかかわらずアルゴノゥトがまともな原型を保っているのは、ひとえに地を蹴り、体を後ろに飛ばすことで威力を減退させたからだ。

げほっ、ごほっっ、とみっともなく咳(せ)き込み、ふらつきながら、それでも立ち上がる只人(ただびと)の男に、どこまでも無感動な女戦士(アマゾネス)は告げた。

「お前は王女の『英雄』にはなれない」

「……っ！」

身に刻まれた損傷(ダメージ)以上に、女の言葉がアルゴノゥトの体を刻む。

「きみはっ、『英雄候補』だと思っていたが……まさか王都の戦士だったとは！　私が出会ったばかりの占い師もそうだが、この都は女戦士(アマゾネス)とよっぽど縁があるらしい……！」

それでも己に動揺を課すことを良しとせず、アルゴノゥトは歪(いびつ)な笑みを浮かべながら減らず口を叩いた。

エルミナの相貌は小揺ぎもしない。

代わりに口を開いたのは、誰よりも青ざめているアリアだった。

「エルミナ・ガロフ……占い師オルナの姉。そしてアマゾネスの国、闘国(テルスキュラ)から追放された狂戦士！　アル、彼女とは戦ってはダメ！」

「エルミナは王お抱えの暗殺者にして、王都最凶の戦士でもある！」

「！」

アリアの警告に、さしものアルゴノゥトも顔色を激変させた。

彼が無視できなかったのは『闘国』という一つの単語。

「何てことだ……出身が彼の女戦士の聖地とは。しかも追放だなんて。一体なにをやらかしたんだ、見目麗しいお嬢さん？」

闘国は大陸の辺境、とある半島に位置する女戦士の聖域。

各部族からなる集落とは異なり『国』と呼べるほどの規模で、何より特異なのは『儀式』という女戦士同士の『殺し合い』が繰り広げられている点だ。

闘争本能の言いなりとなって『真の戦士』の座を争う恐るべき聖地の名に、アルゴノゥトが疑問を投じると、エルミナは短く、そして淡々と答えた。

「殺し過ぎた……それだけのこと」

「……っ！」

冷えきった回答にアルゴノゥトの背筋が凍る。

何てことはない。目の前の女は、武術の心得がない道化では到底理解できないほど、女戦士の中でも異端だったのである。

光を映さない闇の瞳で、エルミナは告げた。

「お前も死ね、道化」

艶めかしい肢体が再び死の舞踏を舞おうとする。

予備動作のない強襲にアルゴノゥトでは反応しきれない。

前傾姿勢はおろか体が沈むこともなく、一度目の攻撃の光景を巻き戻すようにエルミナの体がかき消えようとした瞬間、

「──【契約に応えよ、大地の焔よ。我が命に従い暴力を焼き払え】」

高らかな詠唱が鳴り響いた。

「【フレア・バーン】！」

生み出されるのは緋の色。

凄まじい火炎の息吹がエルミナに向かって繰り出される。

「なにっ？」

女戦士の一驚は直ちに回避行動に変換された。

執行される筈だった攻撃対象の『暗殺』を超速で中断し、完璧な不意打ちだった砲撃から退く。

「……！　姫、こちらへ！」

エルミナが目の前から離脱するなり、アルゴノゥトは全てを察したように動いていた。

アリアの手を取り、女戦士(アマゾネス)が退いた方向とは逆側、迷宮のように広がる路地裏の奥へと逃走する。

「炎が道を塞(ふさ)いだ……。小賢しい」

ごうごうと音を立てる焔(ほむら)の壁に、エルミナは無表情のまま悪態をつく。

それから間を置かず、騒ぎを聞きつけた兵士達が姿を現れた。

「なんだ、今の爆発(ばくはつ)はっ…………っ⁉　エ、エルミナ様……」

「この先に王女が逃げた。区画ごと囲め。追い詰めろ」

現れるとともに声を荒らげた兵士長は、エルミナの存在に気付き、纏った甲冑の中から怯えた声を出した。

そんな彼と兵士どもに関心を示さず、エルミナが命令すると、「は、ははぁ！」と兵士長は一も二もなく従う。残した僅かな兵士達に消火活動を任せ、自分達はエルミナが示した路地裏へと散らばっていく。

それを一瞥したエルミナもまた、宵が迫る薄闇(うすやみ)に身を溶かすように姿を消し、アルゴノゥト達を追うのだった。

「兄さん！」

追手が行動を開始する中、いち早くアルゴノゥトのもとへ辿(たど)り着いたのは、杖(つえ)を携えたフィーナだった。

「ああ、助かったよ……。よくここがわかったな、フィーナ……！」

「貴方の妹を何年やってると思ってるんですか！　わざと目立って、北や東から人を『西』に集める動き！　兄さんが向かうところはもう『南』しかありません！」

一を聞いて十を理解してくれている妹に、壁にもたれかかるアルゴノゥトは弱々しい笑みを見せた。

「さすが私の妹だ……ぐっ……!?」

「……！　傷を見せてください！　治療します！」

兄の居所は見当がついても状況の理解まではできていないフィーナは、この騒ぎは何事かと詰め寄ろうとしたが、傷口を押さえる兄の姿に杖を構えた。

口ずさむのは、炎を喚んだ先程の魔法とは別種の呪文。

「【契約に応えよ、聖なる海よ。我が命に従い傷を癒せ】」

――【ライト・ヒール】！　という声とともに『治癒魔法』が発動する。

青の光がアルゴノゥトの体を包み込んだかと思うと、首の切り傷、果ては服の下に広がっていた打撲の痕まで綺麗に消失した。

「傷が……！」

傍で眺めていたアリアが驚くのも無理はない。

先達の知識と魔力暴発（イグニス・ファトゥス）という度重なる失敗を経て、今日までの魔法種族（エルフ）達の詠唱は体系化されている。修得しようと思えば炎や風など、複数の属性の魔法も扱えるようになるが、淀みなく使いこなせるかは別問題だ。

それを半妖精（ハーフ）でありながら実戦段階（レベル）で発動できるフィーナは、類稀なる才能を有していると言うに相応（ふさわ）しかった。

「……ありがとう、フィーナ。また助けられてしまった」

「構いません。今に始まったことじゃないですから。それより……姫ということは、その人が王女様なんですね？」

そんな妹の才能に何度も救われているアルゴノゥトは、体の調子を確かめるように手を軽く握って開いたかと思うと、素直に礼を告げる。

顔を横に振ったフィーナは、一瞥を自分の隣に飛ばした。

エルミナから逃げ出す際にアルゴノゥトが口にした『姫』という言葉を起点に、金髪の少女の正体を推察する。

アリアはただ目を伏せ、肯定の無言を返すことしかできなかった。

「お姫様を王城に連れ戻すのが仕事なのに、兵士を敵に回して！　こんな怪我（けが）までしてる！　一体何を考えているんですか、兄さん！」

正論をもっていよいよ問い詰めてくるフィーナに、アルゴノゥトは辺りを警戒しながら、真剣な眼差しで言った。

「フィーナ……私はその人を王都から逃がしたい」

「なっ……」

「それが叶わなくとも、どこかに匿ってやりたい」

面食らってしまったフィーナは、堪らず声を上げてしまう。

「む、無茶です！　どれだけの兵士が動員されていると思っているんですか！」

フィーナの抗議は、至極真っ当なものだった。

既に都の西へ注意を引き付けるアルゴノゥトの目論見は破綻しつつある。王女がこの区画にいると知れた今、兵達は続々と集まってきているだろう。たった三人で乗り切れると言うにはあまりにも優しくない状況だ。

何より、『英雄候補』への王命に背いてまで──あんなに念願だった『英雄』への切符を手放そうとしているアルゴノゥトの姿に、フィーナは困惑を強めるしかなかった。

「会ったばかりの人のために、どうしてそこまで……！」

「私は姫の事情は知らない。だが、彼女が独りで『運命』から逃れてきたというのなら！」

そんなフィーナの『何故』に、アルゴノゥトは想いの丈をぶつける。

「彼女が笑えないのなら！　彼女を城に帰すべきじゃない！」

「！」

見張られる少女の瞳に、只人(ただびと)の青年は笑いかけた。

「いつかと同じだよ、フィーナ。私はどうしようもなく、悲しんでる人を見捨てられない。私は、そこに笑顔を咲かさなければ気が済まない」

「っ……」

それは彼等、兄妹にしかわからない言葉。

優しく、本物の兄のように笑みを作るアルゴノゥトに、フィーナはぎゅっと唇を引き結んだ。

その表情は、悲しみのそれにも似ていた。

今と『過去』を重ね合わせるように、半妖精(ハーフ)の少女は葛藤し、何も言えなくなってしまう。

「アル……私はっ……」

そんな苦し気なフィーナの横顔を見て、アリアが堪らず口を挟もうとした。

「何も言わないでください、姫！　全てこのアルゴノゥトにお任せを！」

しかし道化はみなまで言わせない。

つまらない悲劇振った台詞が載った台本なんて放り投げるように、場違いなまでに明るい笑みを浮かべる。

「何かに怯え、悲しむ貴方を、助けてみせます！」

「…………アル」

そんな青年の姿に、台本を取り上げられたアリアは言葉を続けられなくなってしまう。

重荷になりたくないという少女の思いは塗(ぬ)り潰(つぶ)される。

何より、本当に『運命』から逃れられるのではないかという一縷(いちる)の望みが、弱い少女の心を揺さぶってしまう。

二人の少女が折り重なる逡巡(しゅんじゅん)を、しかし状況は待たなかった。

鋭い『笛』の音がアルゴノゥト達の間を駆け抜けたのである。

「警笛の音⁉　兵士に見つかった！」

「後方の道に行く！　フィーナ、手を貸せ！」

「ああっ、もう！　どうなっても知りませんからね！」

アリアの手を取って駆け出すアルゴノゥトの背に、フィーナはやけっぱちとなって続いた。

路地裏の奥深くへ向かうアルゴノゥト達を、兵士達はまるで鬣犬(ハイエナ)のごとく執拗(しつよう)に追った。警笛は絶えず鳴り響いた。矢さえ射かけられた。尖った耳のすぐ脇(わき)を掠(かす)めていった鏃(やじり)にフィーナはぎょっとし、もはや後戻りできないことを悟るしかなかった。

「先へ行ってください！」とアルゴノゥト達を先行させ、自身は最後尾に。

素早く口ずさむのは『並行詠唱』。

後方に視線を飛ばし、彼我の距離を正確に見極め、上半身をひねると同時、馬上後射(パルティアン・ショット)と言わんばかりに杖を構えて『魔法』を行使する。

素早い魔法執行に兵士達は驚愕(きょうがく)も半ば対処のしようもなく、繰り出される雷矢の餌食(えじき)となった。

「ぐわああっ⁉」

「ああ、都の兵士に危害を加えるなんて……私達、『英雄』どころかもう『お尋ね者』ですよ、兄さん！」

ちゅどーん！　と背後で上がる炸裂音に泣きたい気分になりながら、フィーナは我慢できず叫んだ。そんな彼女の胸の内の嘆きを知ってか知らずか、逃走を続けるアルゴノゥトは叫び返した。

「フィーナ、余計なことは考えるな！　それより感じるんだ、アリア姫を！」

「え？」

「先程は確かめる暇もなかっただろうが、あらためて姫の顔を見なさい！　世界で一番可愛いヨ！」

二人に追いついたフィーナが、兄と手を繋いだ金髪の少女と並走する。

息も切れ切れに、汗でほんのり湿った肌を上気させるアリアと、フィーナの目が合うこと数秒。

「う、美しい……」

「えっ」

この兄にしてこの妹ありであった。

「ふぁぁ……ふぁぁぁ……とてもとても綺麗（きれい）～。今からお姉様って呼んでもいいですか？」

「えっ……」

　頬を染めて心ここにあらずの戯言（たわごと）を口にするフィーナに、アリアは状況も忘れて半分引いた。彼女の兄（アルゴノゥト）の時と同じように。ちなみに、アリアからすればフィーナの方が年上である。

　愚兄を見るものと同じ目を向けられたフィーナは、はっと肩を揺らす。

「――じゃなくて!!　わかりましたっ、私もアリアさんのために協力します！　私の愛のために彼等には死んで頂きましょう！」

「ははは！　やはり兄妹好みは一緒らしい！　愛だネ！」

（この兄妹、おかしい……）

　我を取り戻しながら言動がどこかおかしい妹に、兄の笑声が重なる。

　それを前にアリアはやはり心の距離を遠ざけるのだった。

「兄さんも近付かないでください！　アリアさんが汚れます！」

「酷くない!?」

　不意打ち気味に汚物扱いするフィーナに悲鳴を上げつつ、アルゴノゥトは足を速めた。

　逃走劇は続いた。

　王都がすっかり夜の闇（やみ）に包まれ、辺りは暗くなる一方、警笛と軍靴（ぐんか）に炎、あるいは雷の轟音が絡み合っては鳴り響く。城下町の中央区画、表通りにいる住民達は魔物が攻めてきた訳ではないと兵士達から説明を受けるものの、一体何が起こっているのかと不安を隠さなかった。彼等の視線の先では王城から更なる兵士達が南の区画へと進んでいく。

「怯むな！　進め！　抵抗する者は二人のみ！」

戦場と言うには殺伐としておらず、しかしただの騒動と呼ぶには激しい炸裂音が轟く中、部隊を率いる兵士長の声が何度も打ち上がる。

「数で押し潰すのだ！　必ずや王女を捕えろ！」

兵士達は短い雄叫びとともに甲冑の音を鳴り響かせた。

ナイフを閃かせては囮を買って出る只人に襲いかかり、すかさず魔法を放ってくる半妖精に吹き飛ばされながら、松明を片手に王女とその『誘拐犯』どもを追い詰めていった。

「数が多過ぎる……！　いくら吹き飛ばしても敵が……！　兄さん！」

「わかってる！　考えろ、考えるんだ……」

焦りを隠せないフィーナに言い返しながら、アルゴノゥトは足を止め、思考に移った。

物陰にひそみ、松明を持たないアルゴノゥト達を兵士達は見失っている。逆に、節約のため火も熾さない村生活を長年続けていた兄妹は夜目が利いた。

人気がない路地裏には満足な光源もなく、薄暗いとはいえ、頭上には雲に隠れた月の代わりに星明かりが見える。これならばアルゴノゥトとフィーナには明る過ぎるくらいだ。自分達と敵の位置を正確に見極める二人は、アリアとともに身を屈めながら、乱れた息を整える。

「敵は必ず包囲網を敷いてくる。区画ごと私達を取り囲む算段だ。ならば突破口はあるか。退路は残されているか？」

口もとを覆ったアルゴノゥトの片手の隙間から、焦燥の滲んだ無意識の独白、計算と思考の断片が漏れ出す。

数の不利はいかんともしがたい。

ただ逃げるだけならばアルゴノゥトとフィーナにはできただろう。

だがアリアがいてはそれも難しい。

兵士達、そしてエルミナが取りうる作戦を見抜き、正確に予測しながら、穴はないかと模索する。

「囮か罠か、あるいは二手に分かれて攪乱はどうだ？　薄くなっている包囲網の一角さえ突き止めれば、突破の目処もっ——」

「…………どうして？」

そんな汗を纏う青年の横顔を、目と鼻の先でじっと見つめるアリアは、堪らず尋ねてしまった。

「どうしてなの、アル？　そんな風に傷付いてまで、どうして貴方は私を……」

それは先程フィーナが口にした問いの延長だった。

知り合ってまだ一日も経っていない。

お互いのことを碌に知らない。アリアにいたっては素性を偽っていた。

なのに何故、そこまで身を粉にするのか。

「『英雄』になりたいんじゃなかったの？　私さえ引き渡せば、貴方は『英雄』の称号を……」

「私はまだ、貴方の本当の笑顔を見ていない」

浮かべられた青年の微笑に、アリアは言葉を失う。

「一人の女の子も笑わせてあげられないのなら、『英雄』になんてなれる筈がない！　そうでしょう？」

かと思えば微笑は消え、いつもの調子で滑稽に振る舞い始める。

そんなアルゴノゥトに、アリアは尋ね返した。

「……逆ではないの？　一を犠牲にして、百を救い、『英雄』という栄光を得る」

「そんな考えもある！　でも、私の目指す英雄はそうじゃない！」

アルゴノゥトの意志は変わらない。

彼の掲げる英雄像は、ぶれることはない。

「まずは一だ！　それを遂げて、ようやく次が十だ！　一を切り捨てて得る百は……きっと、なにかが違う」

一瞬、苦しげな表情を浮かべたアルゴノゥトは、すぐに笑みを纏い直した。

「綺麗事だというのはわかっています！　でも私は、救った一がいずれ百になると、そう信じている！」

「救った一が、百に……」

アルゴノゥトのその言葉を、アリアは目を見開くとともに、受け止めた。

反芻するように唇でなぞり、自身の胸に落とす。

そんな二人を他所に、兵士達の足音が無視できない距離まで迫ってきた。

「兄さん、追手が来ます！」

「ああ、行くぞ！」

フィーナが束の間の休憩に終わりを告げ、アルゴノゥトも頷く。

振り返り、手を差し伸べてくる青年の顔を、アリアはまじまじと見返した。

「……」

そして手を繋ぎ、握り返して、決意を秘めるように走り出すのだった。

魔法の音が、城下町から木霊してくる。

闇夜の下、何度も発光する城下町の様子に、王城の兵士達も慌ただしく動き回っていた。

「……何の騒ぎ？　城下から物騒な音が聞こえてくるけれど」

そんな中、王城の柱廊で一人の少女が兵士を呼び止める。

褐色の肌に黒い長髪。

『巫女』や『神官』を彷彿とさせる衣装を纏った、占い師だった。

「オルナ様！　実は、王命に『英雄候補』の一部が逆らっているらしく……！」

王の客人である占い師の少女に、立ち止まった兵士は畏まって情報を伝える。

「ですが、ご安心を！　エルミナ様を始め、屈強な王都の兵が対応しています。アリアドネ様も直に帰られるでしょう」

「そう……もう行っていいわ」

「はっ！」

オルナがそう言うと、兵士は走って去っていった。

その後ろ姿をしばし見つめた後、少女は視界を横に向ける。

丘の上に建つ王城は視点が高い。闇夜に沈んでいるとはいえ、松明の光を灯す城下町はよく望めた。

屋根を支える太い柱の一つに寄り添うようにたたずみ、オルナは今も発光を繰り返す『南』の区画を見つめた。

「ウオオオオ！」

「くっ！」

迫りくる剣尖。

不届き者を誅そうとする容赦のない一撃に、アルゴノゥトは地面へと身を投げ出し、間一髪往なした。

「ぐぁ!?」

無様に倒れ込んだかと思うと、すれ違いざま、兵士の膝裏へナイフを走らせる。

「はぁ、はぁ……！　フィーナ、北だ！　北へ向かえ！」

鎧で守れない急所──関節の可動域確保のための『継ぎ目』──を狙われた兵士は崩れ落ちた。

包囲網の強行突破を断行する上での最後の一枚。こちらを捕捉する声々が周囲から引っ切りなしに飛び交っているものの、付近にはもう兵士達はいない。

素早く立ち上がったアルゴノゥトは、息を切らしながら指示を出した。

「援軍の勢いが温い！　守りが薄いのはそこだけだ！」

「わ、わかりました！」

アリアの護衛に回っていたフィーナが頷き、彼女の手を引いて、その的確な状況判断に従お

うとしたが、

「どこへ行くつもりだぁ？」

「あ、貴方達は……！」

「只人(ただびと)の『英雄候補』達⁉」

目の前に立(た)ち塞がった四名の只人(ただびと)に、フィーナも、アルゴノゥトも一驚の声を上げた。

「本当にいたぜ、王女様だ！」

「てめえ、アルゴノゥト……俺達を騙しやがったな！」

「……っ」

美しい金髪の少女を見て喜ぶ者、出し抜かれたことに気付いて憤る者、様々な反応を向ける只人(ただびと)達にアルゴノゥトは顔を歪(ゆが)める。

なんと間が悪い。

いや、直ちにアリアを都の外に出してやれなかった故の結末にして自分の失態だと、アルゴノゥトは認めるしかなかった。

「コケにしやがって……兵士達に先を越される前に、やっちまえ！」

「……くそっ！」

衝突は避けられない。

即座に判断し、アルゴノゥトは駆けた。

からかっては利用していたつもりが、実は自分達の方が踊らされていた。その屈辱も手伝って、只人達の標的は当然、道化のもとに集まる。

それを見越したうえでの、突撃。

自分のもとに怒りと攻撃を集約させ、一度だけでいいから耐える、、、。

アルゴノゥトの仕事はそれだけで良かった。だから四つ飛んできた剣撃と手斧、拳、蹴りを防いでは被弾し、豪快に吹き飛ばされる。

後は、アルゴノゥトに止めが刺されるより先に、高速で詠唱を編んだフィーナが魔法を発動すれば、終わり。

「【ゲイル・ブラスト】！」

「「「「うがぁあああああああ!!」」」」

日中、王城の中庭で繰り広げられた『選定の儀』の焼き直しである。

囮を買って出た兄の裏で妹が魔砲の準備を進め、叩き込む。

ここでも道化の振る舞いに振り回された『英雄候補』達は、豪風を浴びて路地裏の壁に叩きつけられた。

「がはぁ……!?　ちくしょう、てめえ等ぁ……！」

「っ……！　兄さん、早く先へ――」

倒れ伏しながら憤怒に満ちる『英雄候補』達に、フィーナは思わず苦渋の表情を浮かべながら、それでも包囲網の外へ急ごうとした。

だが、そこに――『音色(ねいろ)』が流れる。

「今のは……竪琴(リラ)の音？」

雲で隠れた月の代わりに見守るような、流麗で、哀れみの籠(こも)った旋律が。

「――高みの見物を決め込んでいる、ふざけた吟遊詩人の仕業だろう」

動きを止めてしまったフィーナのもとに返ってくるのは、男の声。

はっとしたフィーナが振り返ると、迷路のように錯綜(さくそう)する裏道の一つ、暗がりの奥から、灰の髪を揺らす狼人(ウェアウルフ)が現れた。

「いや、真にふざけている馬鹿どもが、ここにはいたな」

「ユーリさん⁉」

驚愕は少女のものだけではなかった。

「土の民(ドワーフ)の戦士、ガルムス……！」

彼女から先行する形でいたアルゴノゥトとアリアの目の前にも、大戦鎚を担(かつ)いだ土の民(ドワーフ)が立ちはだかる。

「何をしている、貴様等。王女を連れ戻すのが命令だろうに。何故それに楯突(たてつ)いている？」

前後挟まれる格好となる兄妹を睨みつけながら、フィーナと対峙(たいじ)するユーリは問いかける。

「あまつさえ王城の兵士まで薙ぎ払って……正気か？」

「き、聞いてください、ユーリさん！　お姫様は困っているんです！　だから私達は助けてあげたくて……！」

「理由は？」

「えっ？」

「困っている理由とは、なんだ？」

そこまで問われて、フィーナは言葉に窮した。

出会って間もない兄妹は、少女の事情を聞き出していない。アリアの苦しげな横顔が、そして彼女を追い詰める状況が、それを許してはくれなかった。

「そ、それは、わからないですけど……でも、本当に困っているんです！　だから、助けてください！」

「助けろ？　助けろだと？　お前達兄妹はどこまで厚顔無恥なのだ！」

途端、ユーリの両の眉が逆立つ。

今までにない大声に、フィーナの肩が跳ねた。

「困っているからと意味もなく助ける。訳も知らず戦う。そんなものは道理を弁えぬ稚児と何も変わらん！」

「っ……」

「そんなものをどうして助けられる！　どうして我が使命と天秤にかけられる！　馬鹿もここ

に極まれりだ！」

ユーリは部族のため、何としてもこの地で『英雄』にならなくてはならない。

それを捨ててフィーナ達の独善に協力できるわけがない。協力するには、あまりにもユーリとフィーナ達の立場は異なっている。

言い返すことのできない半妖精の少女を睨みつけていたユーリは、間もなく眉尻を下げ、切なげにも見える眼差しで告げた。

「……何より、もう遅い。私達が助けたところで、お前達はもう……」

背後で繰り広げられるユーリとフィーナの会話を聞きながら、アルゴノゥトは目の前に立つガルムスを見据え、汗を滴らせた。

「何をしている、道化」

「……さぁ、何に見える？　逃避行か、はたまた駆け落ちか、あるいは失われて久しい騎士道に殉じているのかもしれない」

動揺を悟られまいとする道化の仮面は剝がれない。

軽口を叩き、口の端を上げてみせる。

「どうか、その曇りなき眼で見定めてほしい」

「お得意な言葉遊びで煙に巻こうとするか。であるなら、王女の美貌に狂ったか？」

ガルムスの一瞥がアルゴノゥトの背後、そしてフィーナの背中に守られているアリアに投じられる。

「ならば、その女はまさしく魔女なのだろう」

「……っ」

ガルムスの忌憚のない酷評に、アリアは罰せられたかのように目を伏せた。

すぐにマントを翻し、少女を背で庇いながら、アルゴノゥトはガルムスの視線からアリアの姿を断ち切る。

「やめてくれ、強き土の民の戦士。いつの時代、いかなる時も、愚かなのは女ではなく男の方だ。そうだろう？」

「……俺はお前のことがよくわからんよ、愚かな只人。浅ましい負け犬かと思えば、そうまで傷付き女子の盾となる」

そこで初めてガルムスは表情を変えた。

戦士の相貌から、溜息を堪える老人のような顔に。

あるいは称賛を送るか迷っている騎士のような面構えに。

「道化なのか、戦士なのか……あるいは他の何かか」

「『英雄』になりたいんだがな、私は」

「お前には、無理だ」

「……っ」

しかしそれでも、ドワーフの戦士は容赦を捨てていた。

現実を突きつけ、言わなければならない事柄を介錯（かいしゃく）のごとく叩きつける。

「周りを見ろ。お前達はもう詰んでいる」

路地裏の中でも開けた空間は、既にガルムス達以外の者が続々と姿を現すところだった。

檻（おり）を作り上げる、大勢の兵士達。

それを指揮する兵士長。

何より、ガルムスがアルゴノゥト達を行かせまいと護っている路地の奥、高い建物の屋上には断頭刃（ギロチン）のごとくたたずんでいる暗殺者（アサシン）の姿。

ガルムスとユーリが立ちはだかってくれなければ、首は胴に別れを告げていた。その事実に気付いたアルゴノゥトは、気管を握りしめるように喉（のど）の肉を圧縮した。

傷付いた只人（ただびと）の『英雄候補』達まで追いつき、まさに袋の鼠（ねずみ）となる。

ガルムスの言葉通り、アルゴノゥト達は遠からず捕まっていたのだ。

「くっ……！」

「俺は土の民（ドワーフ）……考えるのは苦手だ。だが命令を実行するだけの兵士や、欲望に駆られたつまらぬ者達に、その強き意志を宿す瞳を潰されるのは、到底我慢ならん」

ガルムスもまた、ユーリと同じく譲れない『使命』が存在する。

しかしその使命を抜きにしても、目の前の生き様が下衆（げす）の餌食になることを、彼は嫌った。

「奴等に辱められるというのなら、俺が倒そう。俺が折ろう。それがせめてもの戦士の情けよ」

眉をつり上げ、大戦斧を両手に構える。

「構えろ、アルゴノゥト。強き意志を持つ、弱き只人」

「……‼」

戦士の矜持を秘める双眼に射竦められ、アルゴノゥトは目を見開いた。

ガルムスと同じく構えるユーリに、フィーナもまた息を呑む。

「……異郷の地で出会った男と女。目に見えぬ美姫の涙に男は立ち、細く儚き剣を執る」

竪琴の音が落ちる。

アルゴノゥト達を眼下に置いた建物の屋上。

妖精の吟遊詩人は手もとの弦をゆっくりと、静かに爪弾いた。

「その胸に灯るのは使命か、欲望か、あるいは不相応な願いか」

戯曲の語り部のように口ずさまれるのは、とある男への詩。

「嗚呼、その声は雄々しく、その姿は勇ましく、その瞳はただ熱く」

聴衆はなく、得る硬貨もなく、子守歌のようにただただ星空に聞かせるだけの歌は、しかしそこで転調する。

「嗚呼、だが悲しいかな、彼では一人の女も救えない」

竪琴もまた嘆く。

「何故ならば、彼はアルゴノゥト。『英雄』ではなく、ただの『道化』……」

瞑目するリュールゥは、哀れみとともに、その事実を唄った。

「『英雄譚』にはほど遠く……至るは惨めな『喜劇』に違いなく……」

僅か一分。

小細工が許されない戦士達の前で、アルゴノゥト達が抵抗できた時間だった。

ナイフの刃一つ通さない鉄鎧に青年は捕まり、吹き飛び。

呪文を紡ぐ暇も与えない獣の足に、少女はあっという間に間合いを詰められ、杖を弾き飛ばされた。

「兄、さんっ……」

最初に倒れたのはフィーナ。

目を伏せるユーリの掌底に頭を強く揺さぶられ、両膝を地面につく。

「がっっ、はぁ……⁉」

それを追うようにすぐにアルゴノゥトが。

無表情のガルムスの手で壁に叩きつけられ、肺から空気を引きずり出されながら、ずるずると崩れ落ちる。

「アルッ！」

アルゴノゥトに駆け寄ろうとするアリアだったが、頭上から降り立った影に阻まれる。

「王女アリアドネ……茶番は終わりだ」

「エルミナ……！」

「王が待っている。この血迷った男達では、お前をもう守れない」

「……っ！」

女戦士（アマゾネス）の無感動の眼差しが少女を貫く。

アリアがたじろいでいると、白い髪が揺れた。

震える腕で地面から体を引き剝がし、その顔に笑みを宿す。

「姫っ……ああ、少し待っていてくれ……そうだ、今、いい策を思い付いた……！　私が裸となって踊り出そう……！　周囲の注意を存分に奪ってみせる……！　だから、貴方は逃げるんだ……」

「アル……！」

アルゴノゥトの体は満身創痍（まんしんそうい）だった。

再び地面に吸い寄せられるのを堪えながら、そのボロボロの体に反して、滑稽な言動を繰り返した。

そんな愚かで、痛々しい道化に、宝石のような少女の瞳が潤む。

――嗚呼、泣かないでくれ。

――どうか笑ってくれ。

――こんな愚かな私を見て、どうか――。

「このふざけた男は殺す。そこの半妖精(ハーフ)も殺す。逆賊の『英雄候補』など要らない」

そんな道化の姿に、もう一人の女はくすりとも笑わないし、嘲笑さえ浮かべない。

冷然とした双眸(そうぼう)のまま、無情に命令を下す。

「やれ」

「「はっ！」」

大勢の兵士達が、只人(ただびと)と半妖精(ハーフ)の兄妹に向かって、手に持った剣や槍を突き込もうとした瞬間、

「――待ちなさい！」

「「!!」」

ただの大声とは異なる、『王威』が込められた制止が、少女の口から放たれる。

気圧される兵士達はおろか、彼等の凶刃を止めようとしていたガルムスもユーリも、エルミナさえも目を見張った。

「偉大なるラクリオス王家、その血族――王女アリアドネが命じます」

少女の変化に、最も驚きを見せたのはアルゴノゥトとフィーナ。

フィーナは地面から顔を上げながら、アルゴノゥトは顎から血を滴らせながら、纏う空気を一変させた『王族』を呆然(ぼうぜん)と見つめる。

「今より投降し、この身の全てを王に捧げることを誓います。その代わり、その二人を赦(ゆる)し、解放しなさい」

「姫⁉」

耳を疑うアルゴノゥトを他所に、アリアは――アリアドネは兵士達、そしてエルミナを見据えながら命じた。

「聞く必要などない。お前を連れ、こいつ等を始末する。それだけのこと」

そんなエルミナの返答も予想済みだったのだろう。

王女は淀みなく、躊躇(ちゅうちょ)なく懐(ふところ)から短刀(ナイフ)を取り出し、己の細い首もとへと突き付けた。

「ならば私は、ここで自らの命を絶ちましょう」

「……！」

エルミナの双眸が初めて見開かれる。

ガルムスやユーリ、フィーナ達も驚愕を揃えた。

その言動に嘘はない。アリアドネはアルゴノゥト達の身に危険が迫った瞬間、命を投げ出す覚悟を決めている。どこまでも毅然とした王女は女戦士がどれだけ早く動こうが、自らの喉笛を穿つだろう。

肌を浅く刺して浮かび上がる血の粒がその証明であり、残酷非道の暗殺者を無理やり交渉の席に座らせる。

「『死体』では貴方達も困る……そうでしょう？」

「…………………………」

沈黙の時間は、長かった。

最後まで出し抜く隙を見い出せなかった女戦士は、その王威に屈した。

「……わかった。その願い、聞き届ける」

退け、という短い命令が告げられる。

兵士達は武器を引いて後ろに下がり、牢獄のような包囲網を解いた。

兵士長と一部の部隊、エルミナのみを残し、退いていく。

一連の光景にユーリ達『英雄候補』が口を噤み、既に涙ぐむ半妖精の少女が何とか身を起こす中、アリアドネはまっすぐに、地に片膝をついたアルゴノゥトのもとへ向かう。

「アル……いいえ、アルゴノゥト。私の我儘に付き合わせてしまってごめんなさい」

「姫っ……何を……！」

「そして、『夢』のように楽しかった」

呻（うめ）くように言葉を発するのが、アルゴノゥトの精一杯だった。

そんなボロボロの青年を前に、アリアドネは目を瞑る。

「今日見た『夢』のおかげで、救われた……貴方のおかげで、覚悟が決まった……」

アルゴノゥトは嫌な予感を覚えた。

それは間近に迫った予言であり、避けられない少女の決意だった。

「一が百に……ならば私が助けた一も……」

「姫……だめだ……その先を言うな！　その先を言わないでくれ！」

アルゴノゥトは目の前の少女について何も知らない。

彼女が何に悩んでいて、何を呪っていて、何を悲しんでいるのか。その細過ぎる肩にいかなる『運命』を背負っているのか、全く知りえない。

しかしその深紅の瞳は見てしまった。

彼女を惨（むご）いほどに縛りあげる、『宿命（くさり）』という名の幻想を。

「それは一を切り捨てた百だ！　その百に貴方は含まれていない！　お願いだからっ、私を惨めな男にしないでくれ!!」

少女の思い違いを正さなければならなかった。

悲壮の決意など否定してやらなければならなかった。

だってそこに、アルゴノゥトが望んでいたものはない。

「……ありがとう、アルゴノゥト。……さようなら、アルゴノゥト」

そこに咲いてほしかった笑顔は、決して涙で彩られるものではなかったのだから。

「貴方のような人に出会えて……良かった」


初めて微笑んだ少女の頬に、透明の滴が伝う。

胸が張り裂ける。

痛苦の槍が腹と背中を突き破る。

悲憤の灼熱に燃え上がる喉から迸ったのは、みっともないくらいの痛切の雄叫びだった。

「違うっ……違う!!　私はそんな笑顔をさせるために、貴方を助けたんじゃない！」

立ち上がれない膝を呪いながら、彼女に届かない指先から血を流しながら。

道化の仮面を引き剝がし、男は吠えていた。

「そんな風に笑わないでくれ、アリア!!」

返ってくる言葉はない。

代わりに星が目を伏せた。

少女の微笑は暗殺者の腕と、兵士の壁によって遮られ、遠ざかった末に消える。

残ったのは儚いほどの沈黙と、愚かな男を見守る土の民、獣人、そして半妖精のみだった。

「……くそぉ」

「兄さん……」

夜の闇の奥に消えた少女の後ろ姿に、伸ばされていた男の手が音を立てて地面に落ちる。

その姿にフィーナが哀しみを落とす中、無力を噛みしめた叫喚が、昏き空に打ち上がるのだった。

「くそぉおおおおおおおおおおおおおお!!」

CHAPTER

五章

騒動の後

～あるいは一時の休息～

どれだけ魔物が蔓延り、いくら大地が荒廃しようとも、世界が終わらない限り夜は明けて朝は巡る。たとえ目を突き刺すような日の光でも焼き尽くせぬ無力感と喪失感を、一人の男が味わおうとも。

今日もまた、王都の空はいっそ憎らしいほどに青々と、澄み渡っていた。

「王女の護送、ご苦労だった。無事に娘が帰り、私もいたく満足している」

逃げた王女を連れ戻すという王命が下されてから、一夜明けた真昼前。

陽の光が遮られた謁見の間では、玉座に腰かけるラクリオス王のしゃがれてなお重々しい声が響いていた。

それを聞くのは壁際に整列した兵士達と、『英雄候補』達だ。

ユーリやガルムス、リュールゥ、そしてうつむくフィーナや、目を瞑るアルゴノゥト。

「しかし、聞くところによると、我が王命に逆らう者もいたようだ……」

「っ……」

王の眼球がぎょろりと蠢き、肩を震わせるフィーナ、今も静かにたたずむアルゴノゥトへと向けられる。

段差の上に据えられた玉座から見下ろしてくる王の双眸は威圧とばかりに睥睨し、一度は残虐な光も宿しはしたが……間もなく眼光の矛を取り下げる。

「アルゴノゥトよ、貴様の罪は重い。が……王女の計らいでその罪は帳消しとする。感謝するがよい」

その達しに驚くとともに、肩の力が抜けてしまったのはフィーナだった。

『英雄候補』の資格の剝奪はもとより、下手をすれば極刑もありえた。それを顧みれば拍子抜けにも似た安堵が訪れるのも無理はなかった。

王女、という言葉を聞いて納得し、それと同時に悲しみもまた過ったが。

「……王よ、一つよろしいですか？」

「言ってみよ」

悲しみと無力感を渾然とする妹の隣で、アルゴノゥトは瞼を開く。

王が眉一つ動かさず先を促すと、

「王女と会わせて頂けませんか？」

「「……！」」

物怖じせず、いっそ図々しいまでに自らの欲求に忠実な只人の青年に、先にフィーナやユーリ、ガルムスの方が驚愕した。

「ふっ、はははは……！　昨日の今日だというのに、まだそのような戯言をほざけるか？　余程、首を刎ねられたいと見える」

笑いを堪えきれなかったのは王だった。

一国の主の慈悲を無下にしようかという愚か者に喉をくつくつと鳴らし、今にもこぼれ落ちそうなほど目玉を見開いてアルゴノゥトを見据える。

「が、良い。その無礼も不問としよう」

「…………」

「思えばあれも、不幸な娘であった。母を早くから亡くし、王族としての責務を強要され……息の詰まる日々に鬱憤を破裂させ、城を飛び出したのだろう。監督不行き届きの私にも非がある」

虚空に視線を向け、遠くを眺めながら、語る。

目を瞑って物思いに耽るその姿を――どこか芝居がかった様子を――アルゴノゥトは探るように見つめた。

「しかし……ふふっ、ははははっ。『アルゴノゥト』か。見事に名が体を表さぬ、大それた名前よ」

間もなく、王の瞼が開き、瞳が弓なりに曲がる。

それは嗤笑と呼べる目付きだった。

「どういうことですか？」

「アルゴノゥトという言葉が持つ本来の意味とは『英雄の船』……英雄達の船頭にでもなるつもりか？　道化の男よ」

尋ねるアルゴノゥトにラクリオス王は答える。

この場で最も『英雄』という言葉が遠い道化に向かって、嗤いながら。

「えっ、そんな意味だったんですか！　知らなかったー！」

「…………」

しかし愚かな道化は愚か故に無敵だった。

嘲笑と侮蔑に仰天の表情と素っ頓狂な声を返して、馬鹿にしようとしていた王を閉口させる。

一気に謁見の間の空気が変なものに変わった。

「あの王が悲しそうな顔をしてるぞ……」

「ある意味大物ですねー、アル殿」

思わず声をひそめるガルムスに、リュールゥがにこにこと笑いながら能天気に答える。

彼等の会話が聞こえたのか、王の側近の位置にいる騎士長の男が「んんっ！」とわざとらしく咳払いを行う。

「……まぁ、よい。話を戻そう。王女を連れ戻した『英雄候補』の勇士達に、最後の試練を言い渡す」

玉座に座り直した王の発言が、広間に再び緊張感を与え直す。

ユーリを始めとした『英雄候補』達の視線が鋭くなる中、ラクリオス王は告げた。

「近々、敵国の侵略が予想される。『楽園』たる王都を蹂躙せんと企む不届き者ども……それをことごとく撃滅せよ」

「つまり……戦争に参加しろということか？」

「左様。血の臭いに引き寄せられる魔物どもも退けねばならぬ。そなた等の力が必要だ」

口を開くユーリに、鷹揚に頷く。

王は多種族の顔触れをゆっくりと見渡しながら、口約をもたらした。

「これが最後の試練……生き残って帰ってきた者を、『英雄』と認めよう」

◆

多くの人の喧噪と足音に交ざって、食器の音が鳴っている。

王城内の大食堂である。

だが大食堂とは名ばかりで、ほぼ兵士達しかいない詰所を彷彿させるような場所だった。

そんな木の卓に置かれた食事を、フィーナは無言で見下ろしていた。

「どうしたのですか、フィーナ殿？　食堂にまで来て、何も食べずに」

「リュールゥさん……」

「隣に座っても？　昨夜は貴方達に手も差し伸べず、歌を紡いでいただけの私ですが」

そこに妖精の吟遊詩人が通りかかる。

盆に置かれるのは野菜のサラダと持参品と思しき蜂蜜の小瓶、後は申し訳程度のスープと質素なものだった。男性か女性か、よく判然としない体の線の細さの所以をぼんやりとわかったような気になったフィーナは、緩慢に顔を横に振った。

「……構いません。お姉様……コホン、王女様は気になりますけど、私達がやっていたことの方が、無茶苦茶だったんですから……」

「それは良かった。では失礼して」

本人が口にした通り、アルゴノゥト達がやられる様を眺めていただけのリュールゥは薄情とも言えるが、それを言えばフィーナ達のやっていたことの方が非常識だ。ユーリとガルムスでさえ力を貸せなかった状況を顧みれば、一介の吟遊詩人に助けを求めることの方が酷というものだろう。

だからアリアドネについて触れようとする唇を、今だけは制した。

木卓を挟んで正面の席に腰かけたリュールゥに、フィーナはぽつぽつと語り始める。

「……さっきの王の話を、ずっと考えていて。あれって、要は戦って死ね、ということですよね？」

「十中八九。まぁ生きて帰ってきたなら、その実力を認めて抱え込もうというのも本音でしょうが」

リュールゥが笑みを浮かべたまま頷くと、二人分の足音がフィーナ達のもとに近付く。

「残された人の領域を奪い合い、殺し合う不毛な戦争。俺が求めたのは、このような戦場ではないのだがな」

「人に止(とど)めを刺すのは人か……嗤(わら)えるほど愚かだろうよ」

「ガルムスさん、ユーリさん……」

やって来た土の民(ドワーフ)と獣人に、フィーナは顔を上げた。

奪い合った形跡のある貴重な肉、山ほどの黒パン、そして自分達で捕まえたのだろう蜥蜴(とかげ)の丸焼きが乗った二人の盆に、フィーナが顔を引きつらせていると、リュールゥがにこやかに疑問を呈した。

「おやおや、貴方達もこちらの席に来るとは。昨日は派手に戦った手前、フィーナ殿達とは気まずいのではないですか？」

「妖精(エルフ)とは違って、土の民(ドワーフ)は細かいことは気にせん。認めた者とは食卓を囲み、酒を飲む。それだけのことよ」

リュールゥの物言いに少々対抗的に言い返すのはガルムス。

叩(たた)きつけるように盆を卓の上に置いて、自らもずしん！　と席に腰を落とす。妖精(エルフ)とは十分に距離を取るその姿に辟易(へきえき)しながら、ユーリもフィーナの右隣に座った。

「それに……あちらの席よりはマシだ」

獣人の青年はそう言って、瞥見する。

彼の視線が向かうのは食堂の隅、どこからかくすねて来たのか、昼間から麦酒で喉を潤す只人達の『英雄候補』だった。

「次を生き残れば俺達も本物の『英雄』……金も女も手に入る！　ここまで来れば、他の奴を蹴落としてでもやってやるぜ！」

「でもよ、戦争だぜ？　今までの喧嘩とは訳がちげぇ」

「別にいいだろう？　適当に逃げ出せばいい。それに戦争なら戦利品も拾い放題だ！」

「ハハッ、違えねえ！」

声の大きさも落とさず賑わっては喚き散らす四人組の男に、ユーリは唾棄の表情を隠さなかった。

「卑しい匪賊ども……穢れた禿鷹め。あれが側にいては、おちおち食事も喉を通らん」

「まぁ、そこの半妖精どもが嫌だというなら他を探すが」

むっつりとするユーリの正面で、ガルムスがこちらを見やる。

フィーナと、彼女の左隣にいるアルゴノゥトへの問いかけだった。

「……どうぞ。私も、皆さんに聞きたいことがありましたから」

先程から物静かな兄の代わりに、フィーナはガルムス達を迎え入れた。

各々食事を始め、大して会話もせず時が経つ中、食器が空になっていく頃合いを見て口を開く。

「……皆さんは、どうして『英雄候補』に志願したんですか？」

「いきなりだな。なんだ、急に？」

「皆さんの戦う動機を知りたくて。ユーリさんの事情はもう聞きましたけど……皆さんのことを一つでも多く知っていれば、この先、助け合えるんじゃないかって」

ちらりとユーリのことを窺いながら、素直な胸の内を吐露する。

戦争という馴染みのない言葉を聞いて不安に思っていることもそうだし、自分達を含めここにいる五人は信頼できる、そう感じてのことだった。少なくとも王女を巡る一件では対立こそすれど、彼等は見ず知らずの自分達に誠意を尽くしてくれたような気がする。

既に身の上話をフィーナ達に語っているユーリは目を瞑り、何も言わなかった。

しかし反対することも、席を立つこともしなかった。

「それは弱味に付け込まれるのとも紙一重だが……まぁいいだろう。お前達の性根は戦いを通じて俺も知るところ」

そんなフィーナやユーリの胸中を知ってか知らずか、ガルムスが戦士の道理に従うように乗ってくる。

「俺の目的は、故郷を奪還すること」

「故郷を？」

「懐かしきロンザの山脈……恵まれし大地の結晶は今や化物どもに蹂躙された。俺の故郷は跡形もなく滅ぼされたのだ」

驚きを見せるフィーナに、ガルムスは遠い日の記憶を振り返るように、静かに語っていく。

「今や氏族も散り散りに……この怒りと無念、決して枯れることはない」

たっぷり蓄えた髭でも隠しようのない土の民の感情の丈に、フィーナは沈痛の表情で黙りこくるしかなかった。今の世界ではありふれた話とはいえ、聞き流すこともできなければ安易な同情も口にすることはかなわない。

そんな彼女に代わり、リュールゥが問いを投げた。

「貴方がいつも腰に吊るしているその剣、それも一族の遺品ですか？」

「察しがいいな。その通り、これは同胞の間で受け継がれてきた古の武具。いつの日か、ロンザに巣食う魔物どもへ叩きつけてやる、俺の誓いの剣よ」

食事の席でも手放さない、腰に吊るした太く短い剣をガルムスは小突く。

一族の武器に背かぬよう、胸を張ってのたまう。

「俺は必ず故郷を取り返す。そして、そのためには武器もいれば金もいる。兵士も、力も。だから、この王都へやって来たのだ。人類最後の楽園である、この場所へ」

「いくら『褒美』を約束しているからといって、あの王が素直に兵を貸すとは思えんがな」

「道中で奪い返した領土をくれてやるとでも言えばいい。俺の言葉が虚言ではないことを証明するためにも、武勲はいる」

口を挟むユーリに、鼻を鳴らしてみせる。

ぎゅっと右手を握るだけで、その屈強な上腕に力こぶができる中、ガルムスは不敵に告げた。

「例の常勝将軍とやらと同等の武功を示せば、あの王も文句は言うまい」

「…………。リューールゥさんは？」

ガルムスの戦う動機と覚悟を一頻り聞いたフィーナは、次にリューールゥを見る。

「私ですか？　一度はお話ししたかと思いますが……この瞳が見たものを歌に変え、遠く離れた地へ運ぶためです」

「くだらん。歌を口ずさむ暇があるなら、武器を持ち、戦えばいいだろうに。妖精でも弓は持てるであろう」

「はは、ご冗談を。この細腕でどれだけ戦えるというのでしょう。私はみなさんの誰よりも先に死んでしまいます」

「ふんっ、腰抜けのエルフめ」

先日、王城の中庭で行われた『選定の儀』でアルゴノゥトとフィーナに語った言葉をなぞると、ここぞとばかりにガルムスが噛みつく。妖精と対立しがちな土の民の物言いに、リューールゥはけらけらと笑い返した。

「いやぁ、耳が痛いことこの上なく。……ですが、そうですね。私が歌にこだわる理由をより詳しく言うのなら――『希望』のためです」

「『希望』？」

その単語にフィーナが反応すると、吟遊詩人は「ええ」と頷き、目を瞑って、おもむろに語り始める。

「正義、愛、友情、勇気……美化された虚飾ではなく、本物の命(いのち)の欠片(かけら)を集め、歌を聞く者に『種』を植えたい」

その吟遊詩人の語り部に、フィーナは知る筈のない妖精里の景色を脳裏に幻視した。

「種はやがて苗に、苗は花に、そして花は葉を呼び樹木となる。一本では嵐(あらし)を凌げぬ木も集まれば、強固な森となりましょう」

自然豊かな森林にそそぐ、暖かな木漏れ日(こもれび)。

花は揺れ、風と踊り、緑の歌を奏でる。

自分の中に流れる半分の血が妖精(エルフ)の原風景を想起させるのか、リュールゥの声にフィーナは気付かぬうちに聞き入っていた。

そしてそれは、大なり小なり他の者も同じだった。

「この暗黒の時代を超えるには、人類が団結するしかありません。種族の垣根を越え、それこそ大いなる森に姿を変えるしか」

「貴様……まさか押し返せると思っているのか？　魔物に滅ばされるのを待つだけの、この世界で」

耳を傾けていたユーリが、驚きの表情で問いかける。

「ささて、それは私にも。だからこそ、ではありませんが、期待も込めて勇者達が紡ぐ歌を待っているのです。人々を立ち上がらせる『希望の歌』を」

「……わからん。全くわからん。戦いもせぬ青二才かと思えば、まるで賢者のような瞳を持っている」

最初は侮った目付きを向けていたガルムスも、今は神妙な顔で、呻くように言った。

「多くが里の森に引きこもる妖精の中で、お前のような変わり者はそういまい」

「そうでしょうか？　私と似たようなことを考えている御方は、意外に近くにいると思いますよ？」

リュールゥは笑みを崩さず、飄々とした態度で流す。

「近くに……？」

小首を傾げるフィーナを他所に、吟遊詩人の目は彼女の隣に向けられた。

先程からずっと黙り込んだまま、瞑目して何かを考え続けている白髪の青年に。

ややあって、各々の食器から昼食が完全に姿を消す。

こくりと喉を鳴らして水を飲み、一息ついたフィーナは、最後にぽつりとこぼした。

「……あとは、エルミナさんのこともわかればいいんですけど」

「あのアマゾネスは王都側の『犬』だっただろうが」

「左様。王より送り込まれた駒だ、手を繋ぐことはあるまいよ。探られていたというだけでも不愉快だというのに」

少女の呟きに、ユーリも、ガルムスも眉をひそめた。

あの薄気味悪い女戦士がラクリオス王の配下であったことは、王女連行の一件で既に周知の事実である。エルミナ本人以外にも、こちらに黙って探らせていたラクリオス王や王都側にもユーリ達は非難を集めている。

「それに、前に言った筈だぞ。あれは住む世界が違うと。私達にはない尺度、理解できない観念で動く」

「……！」

「賭けてもいい。こちらがそぐわない行動を取れば、あれは必ず私達の前に立ち塞がる」

そこでユーリは、少し怖いくらいに真剣な眼差しで、フィーナに念を押した。

フィーナが息を呑んでいると、リュールゥもまた頷く仕草をする。

「私もそこはユーリ殿と同意見ですね。……しかし、『エルミナ』という名……知らない筈な

のに、どこかで聞いたことがあるような……」

普段掴みどころのない吟遊詩人はそこで、珍しく歯切れの悪い声を出した。

眉間に軽く皺を集め、瞼を閉じる妖精に、胡乱そうなユーリ達の視線が集まっていると、や

がて少しいい加減に、そしてあっけらかんと考えるのをやめた。

「まぁ、必要ならいずれ気付くことでしょう。話を戻しますが、フィーナ殿は何故そうまで気

にかけるのですか？」

「……わからないんです。でも、何かが、気になっちゃって……」

話を振られ、フィーナは眉尻を下げた。

エルミナと会い、ふとした時から言語化できない感覚を抱いている。

あえて言うなら、『共感』なのだろうか？

彼女の何に共感しようとしているのかわからない時点で、噴飯ものの憶測であるのは間違いないのだが。

「王よ……よかったのか？　あの男を殺さずに」

謁見の間。

フィーナ達が食堂にいる時と同じくして、人払いを済ませた広間に、エルミナの感情のない声が響く。

「王女から、何らかの『情報』を聞き出しているやも……」

「構わん。あの様子では間違いなく『核心』には至っていまい。お前の言う通り虫ケラであるのなら、処分はいつでもできる」

玉座に深く腰かけるラクリオス王は、淡々と答える。

「それにちょうど……『愚か者』が必要だったのだァ」

かと思った直後、目を開き、黄ばんだ歯を剝（む）き出しにしながら、醜悪に嗤（わら）った。

不気味以外の何でもない笑みに、エルミナは面布（ヴェール）の下で僅かに表情を変え、嫌悪の感情を忍ばせた。

「我が手の平の上で踊るもよし、踊らぬもよし……。その時が来れば精々、利用してくれる。くははははっ……」

一頻り体をゆすった王は、ゆっくりと笑いの衝動を引かせていき、間もなく乾燥した眼差しで女戦士（アマゾネス）を穿つ。

「エルミナ、お前は大切な『妹』のもとに戻れ。傷一つ付かぬよう、護衛していろ」

「……わかった」

王と右腕、あるいは主と臣下。

そんな言葉などそぐわないほど冷淡に、二人の会話は終わった。

二人の関心は真実、たった一人の『占い師』だけだった。

「……それはそうと、おい、道化。さっきから何を黙っている」

大食堂では、ユーリの少々乱暴な声が投じられていた。

それは普段、やかましいだけが取り柄の道化の沈黙を不気味に思ってのこともあるし、妹に任せてばかりで昨夜の一件を語ろうとしない苛立(いらだ)ちもあった。

「昨日の乱心めいた真似は一体どういうことだ？　王女と何があった？」

「ユ、ユーリさん！　兄さんは、今は……」

「お前には聞いていない。道化、その口を開き、何か言ったらどうだ」

昨夜のアルゴノゥトの悲愴(ひそう)を思い出しフィーナが止めようとするも、ユーリは取り合わない。

琥珀(こはく)色の双眼に睨(にら)まれる青年は、やがて瞼を開いた。

「……ああ、悪かった。確かに、ここで言っておかなければならないことがあった」

厳かに頷き、姿勢を正し、時をかけながら、面々を見回す。

そして、言った。


「ずばり――リュールゥ、君は男か？　女か？」


「この流れでどうしてそうなるッッ⁉」

狼人(ウェアウルフ)の狼(おおかみ)パンチが木卓の上に炸裂(さくれつ)する。

散々もったいぶっておいてぜんぜん脈絡のない話題を投下する大道化に怒りの咆哮が飛び散った。

「空気を読んでください兄さん！　でも確かに私も気になってました！」

「ああ俺も妖精の貧相な体など全く興味はないが、つい首を傾げてしまう程度には気になっていたところだ!!」

フィーナもガルムスも眉をつり上げ口を大きく開きながら、しかしアルゴノゥトの疑問に便乗した。ガルムスなど身を乗り出しそうなくらいには早口だった。ユーリはユーリで馬鹿者の数が増えたことに額へ手をやって頭を痛める。

緊張感高まる狼人以外の種族。

ガタッ!!　と椅子を鳴らして立ち上がっては臨戦態勢。

仲間の視線という視線が一人の妖精に集中砲火。

そんな中、件の吟遊詩人はというと、穏やかな笑みを浮かべていた。

「はっはっはっ。はっはっはっはっはっ」

「笑って誤魔化そうとしてる!?」

「往生際が悪いぞリュールゥ！　観念して吐け！　それが嫌ならば脱げ！」

仙人のごとき笑声に半妖精の驚愕が重なり、道化が魂の咆哮を上げる。

即刻、白髪の道化には横から狼パンチが見舞われ、ドシャリ！　と床から汚い音が鳴った。

「言葉とは真実と嘘が同居するもの。私にその気はなくとも、皆様の耳は常に疑いを持つことでしょう。つまり、男であるか女であるか、皆様が観測できない以上、私の性別はこの薄衣の下で絶えず変化しているのです」

「ぬうう、土の民ではわからぬ哲学を！」

「全く哲学ではない……」

「証明できるとすれば、それは先程アル殿が言ったように、身に纏っているこの衣を脱ぐこと。けれども、嗚呼、誠に残念ながら私は妖精。一族の慣習により、無闇にこの肌を人前に晒すことは叶いません」

笑みを浮かべたまま言葉を紡ぐリュールゥにガルムスが唸り、ユーリはもはやげんなりした顔を隠しもしない。

吟遊詩人が滔々と証明の不可能性を説くと、下からニョキッとアルゴノゥトが復活した。

真顔で。

「それならば、親睦を深めるために私達と水浴びへ行こう！」

「なるほど名案だ！　俺達かその半妖精の娘、どちらに付いていくかでこの難問にケリがつく！」

「名案なのか……？」

「というか男の娘でも女の子でもいいからぜひ私と行こう行きたいお願いします!!」

アルゴノゥトにガルムスが続くとユーリが呆れ果てた顔で呟き、再びアルゴノゥトが息継ぎなしで腰を直角に折って懇願する。

ゴミクズを見る目を向けるフィーナ、『あいつ等うるせぇな』という視線を殺到させる周りの兵士達や他の『英雄候補』。

そんな謎の白熱を繰り広げる空間に対し、リュールゥが向けるのは、にっこりと目を弓なりにした賢者の笑み。

「私が男であったとしても女であったとしても、フィーナ殿と水を浴びるのが、ただ一つの正解ではないですか？」

「「「た、確かに……！」」」

衝撃に撃ち抜かれる男×三。

正邪論争も真っ青な絶対の回答に、アルゴノゥトもガルムスもユーリさえも愕然と立ちつくした。

「同じ境遇だったら、私も絶対にフィーナと入る。そして最近成長の極みにある胸をじっくり観察する……！」

「このバカ兄ーー!!」

とうとう半妖精の怒りの鉄拳が火を噴いて愚かな只人に直撃する。

豪快に机の一角へ吹っ飛んで兵士達が悲鳴を上げるのを他所に、リュールゥは流麗な仕草で宮廷詩人のように礼をとった。

「というわけで、私が男であるか女であるかは闇（やみ）の中。皆さんのご期待に沿えられず申し訳ありません」

「まぁリュールゥって私より胸板薄いし、男でも女でもどっちでもいいネー」

再び不死性を発揮し何てことのないように立ち上がったアルゴノゥトの言葉（コメント）に、リュールゥは笑（え）んだままヌルリと瞬間移動し、立ったまま関節技（アームロック）を極（き）める。

「って、ぐぁあああああああああああああ⁉」

終始神（かみ）のような穏やかな笑みを浮かべ続ける妖精（エルフ）に対し、飛び散る只人（ただびと）の汚い悲鳴。

不死身殺しの関節技（アームロック）が更なるうねりを上げ、アルゴノゥトを壊れ狂った騒音発生自鳴琴（オルゴール）へと変貌させる。

「あいだだだだだだだぁーーーー⁉　腕がっ、腕がァァァァァァァァァ⁉」

「何か言いましたか、アル殿？」

「おっ、怒ってるということはやはりおんっ――ァァァあああああああああ⁉」

「怒ってなどいませんとも。無論、この行為と私の性別は何ら関係ありませんとも。ええ、勿論（もちろん）。はっはっはっ」

技が更に強まり、自分の関節から奏でられる腕部破壊の旋律（おと）に、アルゴノゥトの言葉は途中から絶叫に変わった。

大変！

リュールゥは竪琴（リラ）を奏でる以外にも人体をかき鳴（な）らすことも上手（うま）いのね！

そんなことを言う余裕もなかった。

というか絶賛悲鳴（ヒメイ）を引きずり出されていた。

「関節ゥ！　関節が極まってェエエエエエエエエエエ⁉」

暴（あば）れ牛のように足をばたつかせるも逆効果、手綱をいともたやすく操（あやつ）るようにリュールゥの技が深く極（き）まっていく。リュールゥの笑みも深まっていく。

迸（ほとばし）る青年の絶叫に兵士達は動きを止め、只人の『英雄候補』達も青ざめ、フィーナに限ってはガタガタと体を震わせた。

「……やはり、戦えるではないか」

ガルムスは重い長嘆を一つ。

呆れた顔を浮かべる土の民（ドワーフ）の視線の先で、んあああああああああああああ────っ⁉

とアルゴノゥトの大音声が食堂を越え、王城へと轟（とどろ）くのだった。

しばらくして。

「馬鹿のせいで有耶無耶（うやむや）になったが……結局、あの王女は何だったのだ？」

正午はとうに過ぎ、大食堂から人影がほとんどいなくなる頃。

木卓を囲んで腰かけ、まだ残っている英雄候補達の中で、ユーリが口を開いた。腕を擦りながら、まだシクシクと泣いている不肖の兄をげんなりと見やりつつ、フィーナは首を傾げた。

「何だった、とは……？」

「困っていたから助けたというお前達も十分にふざけているが、一体何が王女を追い詰めた？　そもそも何故、城から逃げ出した？」

ユーリの指摘に、フィーナははっとした。

ガルムスも同じものを感じたのだろう、蓄えた髭をいじりながら発言する。

「王の言葉通りなら、王族としての鬱憤が溜まって、ということだが……まぁ鵜呑みにはできんな」

「確かに……お姉様を連れ戻すだけなのに、兵士というか、王城側の動きが過剰だったような……」

疑念を抱くフィーナ達を黙って眺めていたリュールゥが、横からそっと情報を付け加える。

「このラクリオス王家は、例外なく『短命』と聞きます。あの高齢の王を除けば、王族は今や王女アリアドネただ一人」

「えっ……!?」

「側室も含め、正妃さえも崩御されている」

その内容に、フィーナは耳を疑ってしまった。

「王族が二人って……ほ、滅んじゃうんじゃないですか？」

「だからこそ、王女を血眼になって探していたというのも頷ける話ですが……はてさて」

ユーリ達が抱く違和感にも一応の筋は通る、と吟遊詩人は語る。

それでも煮え切らない沈黙が亜人達の間に流れる。誰もいなくなった大食堂でフィーナ達が口を閉ざす中、アルゴノゥトは顔を上げ、鎧戸の外を見た。

空は青く、日が輝き、まだ月は見えない。

「夜になった……始めるか」

そして月が現れた。

時間は流れ、既に空は暗い。闇が王都を支配している。

うっすらと雲がかかる月相は一部が欠けている。遠くない日に満ちた月の顔が見えるだろう。

吹き抜けの柱廊から空を仰ぎながら、アルゴノゥトはそう思った。

「見張りの兵士達……」

金属の擦れ合う音を鳴らし、甲冑を纏った兵士達が柱廊を進んでいく。

息を殺し、柱の陰に身をひそめながら窺っていたアルゴノゥトは、その深紅の瞳を細めた。

「ならば使うぞ、我が隠密術――覗きのために培われた奥義、とくと見るがいい！」

業の深い極意を小声で器用に叫びながら、アルゴノゥトは闇夜を舞った。

翻るマントを影とともに躍らせながら、柱から柱へ、廊下から階段へ。

時には小石を投げ、物音を生み、兵士の注意を明後日の方向へ移ろわせながら、闇夜に沈む王城をたった一人駆け抜けていく。

「ささっ、さささっ、さささささーっ」

一階から始まった隠密は二階、三階、四階と上っていく。

横にも広い城の隅々、各階各部屋、更に隠し部屋の有無まで調べるのは骨が折れるどころではなく狂気の沙汰であったが、闇を舞う道化は常日頃にはない勤勉さと丹念さを見せ、王城を調べつくしていった。

探し求めるのは、金の髪と涙に濡れた青碧石の瞳。

「姫……どこにいる？　部屋に閉じ込められているとすれば、やはり最上階か？」

呟きを落としながら、音もなく壁に背中を密着させる。

曲がり角の先を僅かに覗き、誰もいないことを確認し、踏み出そうとするものの、

「……いや、それより……この城は、何かがおかしい」

足を止め、鼻を揺らす。

（絢爛な装飾では誤魔化しきれない『血の臭い』……。権謀術数の巣窟である王城には確かにつきものだが……しかし、これは強過ぎる）

声に出すのもはばかれらるほどのソレ。

謁見の間へ繋がる正規の経路を外れれば外れるほど、染みついた香りは濃厚になり、只人であるアルゴノゥトも気付く次第となった。壁にかけられた王族の絵画、等間隔で並ぶ甲冑、廊下を伸びる真っ赤な絨毯、蠟ではない黒ずんだ何かが付着した燭台。一体どれほどの血の雨をそれらで覆い隠しているのか。

獣人であるユーリはとうに気付いていたのだろうか？

くだらぬ政の戦場だと見なして、あえて口にしなかったのだろうか？

「ここまで城に染みついた香り、今まで嗅いだことがない。なまじ誤魔化そうとしているせいで、余計『違和感』が付き纏う」

それでも、城というものを知るアルゴノゥトからすれば、このおどろおどろしさは異常だ。

奥に溜まる闇を凝視し、物音を立てず壁から身を離して、ゆっくり廊下の先を進んでいく。

「私が思っていた以上に……いや、私ごときが思いつかないほど、嫌な『何か』が渦巻いている……そんな気がする」

直後だった。

「警告よ、アルゴノゥト。それ以上探るのはよしなさい」

氷のごとき声が、背後から投じられたのは。

「!!」

肩を揺らすアルゴノゥトは一瞬後には振り向いていた。

いつの間に現れたのか、長い廊下の中心には、両の肘を両の手の平で支える黒髪の少女がたたずんでいた。

「貴方がまだ、愚かな生を謳歌したいというのならね」

「君は、たしか……占い師のオルナ？」

一風変わった衣装と女戦士特有の褐色の肌は、そうそうは忘れられるものではない。

以前出会った時とも異なる空気を身に纏う少女に、気圧される感覚を味わいながら、アルゴノゥトは舌を動かした。

「……何か知っているのか？」

「果てしない闇、人の業かしら」

答えは淡泊にして抽象。

判然としない文字の羅列にアルゴノゥトは口を噤んだ後、実直に、真正面から、己の胸の内を明かした。

「……私は姫に会いたい。あれで今生の別れなど、認めるわけにはいかない」

「それは見初めたということ？　あるいは手籠めにしたいという醜い雄の性？　もしくは玉座に飢えた浅はかな野望？」

並べられる言葉とは裏腹に、ちっとも無の表情を変えないオルナは、断言した。

「どれにせよ、王女に会わせるわけにはいかない。彼女が傷付くだけ」

「そうか……。君は優しいんだな」

アルゴノゥトが僅かに微笑み、そう言うと。

少女の顔は僅かに歪み、苛立ちを滲ませた。

「……二度は言わないわ。これ以上の詮索はよしなさい。哀れな屍が一つ、転がることになる」

「それでも、私は行く。姫にもう一度、会いに行く」

決して引かないアルゴノゥトに、オルナは針のように、双眸を細める。

「そう……。貴方、私が二番目に嫌いな人間だわ」

「！」

「身の程を理解していない愚者ほど、手に負えない存在はない。……最低の偽善者」

そしてはっきりと、唾棄の念を見せた。

「……ちなみに、一番目は？」

「――救う価値のない、醜悪な魔物」

少女の返答には容赦のない嫌悪が存在した。

当該していないにもかかわらず、鋭利な刃物で切り裂かれたような錯覚をアルゴノゥトの耳朶に生む。

（なんて冷たい眼をするんだ……。私と年がそう変わらない少女が……一体、これまで何を見てきたというんだ？）

氷のような眼差しを正面から受け止めながら、首筋には冷や汗が溜まる思いだった。

互いを見つめ合い、二つの視線が絡み合う。

「警告はしたわ。もうこれ以上は付き合いきれない」

そう言って、オルナは踵を返した。

背を向ける彼女に、アルゴノゥトは咄嗟に身を乗り出す。

「待ってくれ！　姫がいる場所を教えてくれないか？」

「知らない。それに知っていたとしても、貴方には教えない」

「じゃあ、姫に伝えてほしいことがある！」

「……貴方、会話が成立しないって言われない？」

「ハハ、よく言われます！」

立ち止まり、初めて呆れた顔を見せる少女に、アルゴノゥトは飛びきりの笑みを見舞う。

すぐに表情を真剣なものに変え、嘘偽りのない誓いを捧げた。

「――姫、もう一度貴方に会いにいきます！　絶対に会って、今度こそ心から笑顔にさせる！　そう伝えてくれ！」

「…………」

オルナは一瞥だけを投げかけ、間もなく立ち去った。

燭台の灯りでも払えない闇の奥へ消える後ろ姿を見つめていたアルゴノゥトは、唇から呟きを落とす。

「……また、最後まで笑わなかった」

――救う価値のない、醜悪な魔物。

少女が吐き捨てた言葉が頭の中に残響する。

「『魔物』……地上を暴れ回る怪物のことではなく……人が？」

「――オルナ」

廊下に響いていた少女の靴音が、ぴたりと止まる。

王城の中庭を見渡せる回廊で立ち止まったオルナの前方で、影から滲み出るように現れるのは一人の女戦士（アマゾネス）だった。

「エルミナ……」

「あの男と、接触するな」

眉をひそめる『妹』に、『姉』は忠告した。

オルナはそんな忠告に対し、青年と相対していた時よりずっと冷たい眼光をもって、言い返した。

「聞いていたんでしょう？　『警告』してあげただけよ。どこかの暗殺者（アサシン）が、血腥（ちなまぐさ）い死体を増やそうとしていたから」

「…………」

図星を突かれたかのように、エルミナの口が閉ざされる。

少女とアルゴノゥトの接触は偶然ではない。ましてや善意でもない。

目の前の女戦士（アマゾネス）の動きを察知していたが故の『先回り』であり、これ以上王城（おうじょう）で血が香ることを疎んだ『嫌悪』である。

僅かな空白の後、エルミナは顔の下半分を覆う面布（ヴェール）の下で、唇を動かした。

「……あの男は、おかしい。凡愚の癖（くせ）に周囲を巻き込み、何かを巻き起こす」

それは女の危惧だった。

話にもならない脆弱（ぜいじゃく）な雄でありながら、生粋の戦士であるエルミナのもとに警鐘の音を運ぶ計りきれない何か。

それはまさしく、『未知』に対する困惑であり、警戒だった。

「『英雄候補』どもも、王女も、奴（やつ）に染められた。お前まで毒されてしまう……」

「何をしようが私の勝手でしょう。指図しないで」

それと同時に、『妹』を案ずる愛情の裏返しでもあった。

エルミナの言葉に、オルナは褐色の肌に怒りを浮かべる。

口振りは依然冷たく突き放すものでありながら、表情を苛立ちと厭忌の間で揺り動かす。

「……私は、お前を守る。お前を、守り続ける」

面布の下で浮かべたエルミナの感情は、『悲しみ』だった。

「私は、お前が……」

「そう、私は貴方のことが嫌いよ。お姉様」

右手を伸ばそうとするエルミナの行動を制し、遮るように、鼓膜の上を滑り抜ける甲高い靴音を一歩、響かせる。

そこから淀みなく歩むオルナはエルミナの隣を抜いて、すれ違い、はっきりと拒絶した。

エルミナの『妹』が去る。

回廊が孤独な沈黙に包まれる。

幾度も血に濡れてきた両の腕に似合わぬほど、女は目を伏せた。

CHAPTER

六章 道化論争

重い金属の扉が、音を立てて開かれる。

何者かが入ってきた気配にアリアドネは――『牢屋』の中で顔を上げた。

「……オルナ？」

「馬鹿な王女様……自分から戻ってくるなんて」

薄暗い地下の牢獄（ろうごく）の中で、行灯（カンテラ）を持った兵士を引き連れて現れたオルナは、まさに鳥の籠（かご）に囚われた王女の姿に憐憫（れんびん）を向ける。

アリアドネの召し物は王族に相応（ふさわ）しいものに変わっていた。

とある道化と都を回った街娘の衣装とは異なる、純白のドレス。

王女の美貌をかき立てる礼装はしかし、このような牢獄には相応しからぬものだ。矛盾という戒めが、束縛という王の意志が、あるいは『運命』という名の不可視の鎖が、少女の瑞々（みずみず）しい肢体に巻き付いている。

その哀れな姿に、感情をひた隠すように瞳を細めるオルナは、護衛と見張りの兵士に目配せをした。

兵士達は兜（かぶと）の下で眉をひそめる気配を醸し出したものの、王の客人には逆らえないのか、行灯（カンテラ）を預けて場を離れる。

鉄格子を隔てて少女達だけが取り残される中、二度と逃げ出さぬよう閉じ込められているアリアドネは、ほのかな笑みを浮かべた。

「……ごめんなさい、オルナ。私を城から逃してくれたのは、貴方だったのでしょう？」

深窓の令嬢のごとく、王城の奥深くに隠されていた非力な王女が、たった一人で兵士達の目をかいくぐれる筈がない。衝動のままに城を飛び出した少女の逃走経路は、何者かが陰から用意したものに違いなかった。

オルナは答えない。

だが押し黙って、僅かに目を伏せるその表情が、全ての答えだった。

「客人の身で、私なんかのために危険を冒して…………ありがとう、オルナ」

冷たい石の床に座り込みながら、微笑みかけ、礼を告げてくる少女に、オルナは沈黙を返すことしかできない。

しばらくして、その微笑みにせめて報いようと、唇を開いた。

「……伝言よ。あの変な男……アルゴノゥトから」

「えっ？」

「言うつもりはなかったけれど……何も知らないあの男の言葉が貴方を苦しませ、悲しませることはわかっているけれど……」

アリアドネの瞳が、笑みの形から離れる。

オルナが口にするのは逡巡と弁明。

哀れな少女への理解と葛藤。

「でも、こんな世界にも一人だけ、貴方の生を願っていたと……それを知る権利はあると思うから」

そして、せめてもの手向け。

「『姫、もう一度貴方に会いにいきます。絶対に会って、今度こそ心から笑顔にさせる』……」

道化の伝言を。

少女の英雄になろうとした男の言の葉を。

感情を消した唇で、なぞる。

呆然と動きを止めていたアリアドネの双眸に、ゆっくりと滴が溜まっていく。

「アルゴノゥト……本当に馬鹿な人。なんて愚かな人。とても酷くて、残酷な人……！」

薄暗い牢屋にあって、閉じられた瞼から幾つもの光が溢れた。

道化の想いを責めるその涙は、しかし喜びと狂おしいほどの切なさとの表裏だった。

「そして、誰よりも優しい人……！」

漏れていた少女の声が嗚咽に変わってゆく。

冷たい鉄格子を隔てた境界の向こう、顔を両手で覆って泣き暮れるアリアドネの姿に、オルナの表情は悲しみに沈んだ。

「オルナ……貴方は私に言葉を届けなかった。そういうことにして」

「……もとより、そのつもりよ」

「……ありがとう」

涙の声に、殺した感情を投げ返す。

顔を上げて笑うこともできない少女に背を向け、オルナは牢屋を後にした。

(嗚咽が聞こえる……)

階段を上っていく彼女の背に届くものは一つ。

(まだ十六にも満たない、姫のすすり泣く声……私はそれに聞こえない振りをする)

階段を上りきり、重い扉を開け、静かに閉める。

外で待っていた兵士に付いてこないよう言いつけ、自分以外誰もいない回廊を歩んでいたオルナは、立ち止まった。

「……アルゴノゥト。訂正するわ」

星の光が慰めにもならない闇夜を見上げ、呟く。

「私が一番嫌いなのは……無力で、何もできない自分自身……」

「姫に伝言してもらえましたか！」

などと。

昨夜の少女の苦悩など知ったことではない声を朗々と響かせる道化に、オルナが剣呑かつ心底憎たらしげな表情を浮かべるのは仕方のないことだった。

「なんで貴方が此処にいるのよ……」

場所は朝の光が差し込む城の一室。

内装は王族のそれとも負けず劣らず豪奢だった。贅など許されないこの時代において磨き抜かれた姿見に、黒檀の机、貴重な本を収めた大きな棚、美しい水晶を始めとした金銀財宝を鏤めた占星の道具。ラクリオス王が用意し、与えた客室である。奢侈など望まない客人の意向を無視した上での。そんな王にせめてもの反抗を示すように、机や寝台の上には出しっぱなしの本や脱ぎ散らされた服が散乱していた。

部屋の主である占い師は呆れた表情を浮かべながら、前触れなく室内に突撃してきたアルゴノゥトを半眼で睨む。

「ここは私の部屋なのだけれど。どうやって突き止めたの？　そもそも『英雄候補』は朝から訓練があった筈でしょ？」

「サボってきた！　あまりの実力差に絶望するだけだしネ！」

「清々しいクズね、貴方」

男を見る瞳がゴミカスを見る冷気を帯びる中、当のアルゴノゥトはいけしゃあしゃあと詰め寄った。

「それで伝えてもらえましたか⁉　勿論伝えてくれましたよね！　姫の様子はどうでした⁉　元気そうでしたか⁉」

「……伝えるわけないでしょう。そんな義理、私にはない」

オルナは一拍の間を置いて、ばっさりと切り捨てた。

そしてアルゴノゥトの口が何か言う前に、針のように鋭い視線で釘を刺した。

「これ以上、問い詰めてくるなら兵を呼ぶわ」

「むっ……」

「私は客人の身、できれば権力は使いたくない。自主的に出ていってちょうだい」

口をへの字に曲げるアルゴノゥトに、オルナはどこか投げやりに告げた。その口調はまるで『貴方の首を落とすなんて指を振るより容易いのよ？』なんて言わんばかりであった。

突き放した物言いで青年に背を向けようとした少女は、そこで、ふと気付いた。

「……じーっ」

アルゴノゥトが眉間に皺を寄せて、こちらを凝視していることに。

「……なに？」

「姫に負けず劣らず、貴方も笑わない女性だ。どうしてこの国の者は無愛想で冷淡で偏屈なのか！」

「私、怒ってもいいのよね？」

冷たい相貌のまま少女の手が握りしめられたことを察するなり、男は速やかに一歩後ろに下がり間合いをとった。女戦士(アマゾネス)の鉄拳を頂戴すれば汚物の海を広げる自信が男にはあった。男の名は脆弱で腑抜(ふぬ)けのアルゴノゥトと言った。

そんな軟弱な男は一秒前の行動に反して、やたら偉そうに、のたまった。

「決めた！　私は貴方も笑顔にしてみせる！」

「は？」

「二人の少女を笑顔にできず何が男子(おのこ)だ！　私が目指す『英雄』ならば、これくらいのことは楽にやってのけるだろう！」

男は『英雄』を盲信している。

道化は『英雄』になる日を夢見ている。

そして彼の盲信と夢とは、理想を目指す道程そのものである。

身の程を知っていようがいまいが、船は遥かなる海を渡るのみなのだ。

俄然(がぜん)語気を高めるアルゴノゥトに対し、オルナの瞳は冷たいままだった。

「それは、なに？　王女と私、二股の浮気(うわき)というわけ？」

「英雄色を好むとも言う！　よし、綴(つづ)るぞ『英雄日誌』！　『アルゴノゥトは美少女二人と心を通わし、笑い上戸に――』」

「不愉快だから、やめて頂戴」

日誌を取り出して羽根ペンを走らせようとするアルゴノゥトに、オルナは初めて実力行使に出た。

指を伸ばした手の甲を水平に払う。

片手を叩かれたアルゴノゥトは「アウチ！」と大げさに痛がってみせる。

「……もう出ていって。貴方の相手、疲れるわ。私は本当は何もしたくないの」

そんな青年の姿に、言葉通り睨むことにも疲れたのか、少女は深い溜息(ためいき)をついた。

「どうせ滅びを迎える世界……何をしても意味はなく、何もかも無駄に終わるのだから」

少女の姿を離れ、いっそ諦念に囚われた隠者のような横顔を見せるオルナを、アルゴノゥトはふざけた態度を消し、まじまじと眺めた。

「……貴方は姫とも違うようだ。彼女は『運命』という言葉を恨んでいたように思うが、貴方は厭世的(えんせいてき)といえばいいのか……その瞳に、何も希望を持っていないように感じる」

「大した推理ね。褒めてあげるわ。ご明察の通り、私は『絶望』している。この世界の全てに」

アルゴノゥトの洞察に、オルナは嫌味も込めて肯定する。

その間でさえも、少女の顔には嘲笑の一つも宿らない。

「人の世はもう閉じる。なら抱えている『絶望』に苦しむことなく、植物のように何も感じないまま、枯れていった方がいいでしょう？」

まさにオルナという少女は、笑顔を忘れた人間そのものだった。

お気楽でやかましく、滑稽なアルゴノゥトとは正反対の人物。

道化が躍る舞台をいくら観劇しても表情一つ動かさない、鉄と氷の少女。

同時にそれは、今という絶望の時代を体現した存在でもある。

アルゴノゥトは一度、目を瞑った。

深紅の輝きを隠した後、ゆっくりと、瞼から生まれた曇りなき瞳を少女に向ける。

「……貴方は占い師だったな？　では、最後に占ってほしい」

「誰を？　貴方？　それとも妹？　あるいは離れ離れになっている王女様？」

男が求めるのは、そのどれでもない。


「この世界の行く末を」

「────」


皮肉と嫌悪を駆使していた少女の顔が、初めて驚愕一色に染まる。

「貴方が何に絶望しているのか、私にはわからない。だが言葉を額面通り受け取るなら、貴方は先のない世界に絶望している。それならば、まずはその憂慮から取り除いてみせよう！」

言葉を失っているオルナに、アルゴノゥトは言葉の嵐を緩めない。

少女が笑わないのなら自分が代わりに大笑しようと言わんばかりに、口端を上げながら畳みかける。

「この私がことごとく、貴方の悲観（うらない）を論破してみせる！」

用意されるのは道化の歌劇だ。

観衆たる少女がちっとも笑わないというのなら、驚く彼女の手を取って、無理矢理引きずり出し、ともに舞台の上を踊るまで。

舞っては歌い、滑稽な殺陣（たて）を交わし、鉄仮面の少女から感情を引きずり出す。

「さぁどうした、占い師のオルナ！　清々しいクズの男ごときに、丸め込まれるのが怖いか！」

幕は上がっている。

小さな部屋は道化の手にかかり、既に劇場と化してしまっている。

マントを揺らし、笑みを絶やさず、大胆不敵に挑発するアルゴノゥトに、オルナは睨みつけるように瞳を細めた。

「……ああ、なるほど。貴方の言っていたことがわかったわ、エルミナ」

少女の唇から落ちるのは、小さな独白。

「こうして、この男は私達を毒していくのね」

その毒を理解した上で、占い師の少女は道化の挑発に乗った。

「いいわ……付き合ってあげる。その戯れに」

「よし！　それでは私と貴方、二人だけの舌戦と行こう！」

弾かれるは指。

始まるは『道化論争』。

議論百出、丁々発止。

それらをもって歌劇となし、道化と占者(せんじゃ)は言葉という剣をもって切り結んだ。


「人類は絶滅の危機に瀕(ひん)している。これは揺らぐことのない事実」

先手はオルナ。

その声音は爪弾かれる氷の弦。雪風が奏でる冬の独奏。

手番を譲るアルゴノゥトの鼻を明かさんと、世界の現状を突き付ける。

「多くの人里が今も燃え、破壊され、陥落している。これで希望を持てという方が残酷で、理不尽なことではないの？」

「違うな！　『諦観』と『敗北』を一緒くたにしてはならない！　それは人類の可能性を殺す行為だ！」

対するはアルゴノゥトの反論。

返す声は朗々、顔に纏うは不敵な笑み。

冷気を帯びた北風に対し、太陽を気取る独唱者（ソリスト）となって迎え歌う。

「怯（おび）えるのはわかる、震えるのもわかる！　しかし、私達は戦うべきであって、決して自殺志願者になってはならない！」

曲速（アップテンポ）はお手のもの。抑揚などとうに道化の僕（しもべ）。

歯切れ良く、小気味よく、淀みなく。

小鳥がともにいれば囀（さえず）り出す、そんな歌声をもって少女を包み返す。

「私は自ら滅びの道を進むことこそが、最大の『愚行』だと考える！」

互いの耳が幻聴する、一際（ひときわ）高い弦の一音。

少女の唇は一瞬の空白を刻み、氷の弦を脇（わき）に置いた。

「……それでも、戦えない者はいるわ」

自らの感傷も込められた静寂の間奏。

しかし道化は哀歌（エレジー）を許さない。

陽気な春風のごとく笑い飛ばす。

「奇遇だな！　私もだ！　しかし、声を上げることはできる！」

自信満々にのたまい、少女の一驚を奪って、両腕を広げて歌う。

「笑い声を上げ、暗い空気を吹き飛ばし、選ばれた者達には声援を！　戦えない者にも、できることなど山ほどある！　声を上げぬ者に、明日（あす）はやってこない！」

妹の陰に隠れてばかりでやかましい男は、まさに声援の体現者。

碌に戦うことはできずとも男は今日も、今さえ愉快に踊って歌う。

『できることはない』などという悲観を否定する存在証明を、オルナは忌々し気に睨む。

「……なんて減らず口。本当に変な男」

「ははは っ！　さぁ次だ！」

嫌悪と辟易をない交ぜにしたオルナに、アルゴノゥトは笑声を調べに変えた。

前唱戦の終わり。

互いに論破など認めず。

幕間はない。

男の飄々とした言い回しを区切りとし、次奏へと移る。

「貴方の言う希望は全て『詭弁』。今、この世界で起こっている事象はもっと残酷」

鍵盤をかき鳴らすように、オルナの語勢が強まる。

眼差しも更に鋭さを増し、刃のごとく道化を見据える。

「大陸最果ての地にある『大穴』。そこからは今も、文字通り『無限』の魔物が溢れている」

「この世を滅ぼす終焉の源？」

「そうよ、いくら屠っても尽きることのない百獣の怪物ども。奴等より弱く、有限である人類が屈するのは道理。滅びはもう止まらない」

「それは占いの結果？」

「いいえ、予定調和、約束された絶望よ。奇跡なんて起こらない。私が母を喪ったように、みんな喪うわ」

絶望の重奏。折り重なる諦観の旋律。

光が落ち、少女の秘める闇だけが劇場に浮かぶ。

ならばとばかりに男が謳うのは、英雄達の神聖譚（オラトリア）。

「そんなことはわからない！　彼（か）のフィアナ騎士団のように、勇気ある者達がこの世界にはいる！」

「フィアナ騎士団の武勲は私も聞くところ。しかし彼女達の活躍はやはり局地的。大局が動くことはない」

「ならばならば、『英雄』の声が重なりさえすれば！　それは『無限』を越える叫びのうねりにも変わるだろう!!」

オルナの反論の剣に被（かぶ）せるよう、アルゴノゥトの声が高まる。

歌声を雄叫びに変え、自らが思い描く希望の風景を叩きつける。

「人が叫び続ける限り、新たな『英雄』は生まれ続ける！　それはいかなる魔物も討つ人類の剣、暗黒の時代を覆す光だ！」

「そんなことは起こらない。そんな絵空事は、本の世界にしか存在しない」

アルゴノゥトが語る幻想の風景を、オルナは現実の氷刃をもって切って捨てた。

凱旋する英雄を迎える民衆が、空を舞う無数の花弁が、埃を被った頁に記された惨めな紙片に成り下がる。

「英雄譚など、ただのお伽噺……現実はより酷薄に私達の希望の芽を摘む」

それは真理だ。

多くの本が脚色と鍍金を施し、後世の者に甘い夢と虚飾の勇気を与える。

かつての歴史に本物の英雄がどれだけ存在したのか、それこそ天のみが知る。

今の世界は『絶望の時代』。

決して『英雄の時代』などではない。

「魔物に蹂躙されるこの世界に、『神』などいないのだから！」

少女は縋る信仰も、教理も持っていない。

笑わない占い師は、星を詠む昏い瞳で断言した。

一時の沈黙。

今度はアルゴノゥトが唇を閉ざし、歌声をひそめ、無音の間奏に身を委ねる。

だが、それは次の歌劇への助走でしかない。

「『神』などいないか。ならば問おう。『精霊』とは一体なにか？」

「……！」

二人だけの舞台で投げかけられる問いに、オルナは初めて言葉に窮した。

「天より出ずる奇跡の紡ぎ手達は、なぜ私達に力を貸す？　人智では計り知れない神秘の力をもって、どうして私達を救う？」

この世界には火や水、雷や風など、大自然の力を司る『奇跡の化身』がはっきりと観測されている。どの亜人族にも属さない彼女達はまるで天の声に導かれるがごとく、魔物に抗う人々に力を貸すのだ。

オルナも知らぬわけがない。

他ならない、このラクリオス周辺でも『精霊の噂話』が流れたことがあった。

『精霊』は存在する。彼女達の息吹はアルゴノゥト達が感じられる場所に根付いている。

「それは『神』がいるからではないだろうか？　彼女達の存在こそが、『神』の証明そのものではなかろうか？」

「っ……」

「もし神々が天より見守っているというのなら、私達は彼等を笑わせてやらなくては！」

男もまた縋る信仰も、教理も持っていない。

だが故に道化は、滑稽に踊る。

天の海とそこに眠る超常の存在を夢想し、そんな超越した存在さえ抱腹させてくれようと、声を上げ手足を振って、舞台の上を暴れ回る。

悲鳴は歓声に。

悲劇は喜劇に。

始まりの祝福（ファンファーレ）を呼び込むように、下手くそな笛とともに、道化行進曲（マーチ）を奏でる。

「人が紡ぐ物語をもって！　この世界は滅びゆく大地ではないと、強き意志を示さなくては！」

「人が紡ぐ物語……？」

動きを止めた少女に向かって、アルゴノゥトは右手を伸ばした。

「占い師オルナ！　今こそが『英雄神話』だ！　私達が最も新たな伝説となり、未来を繋ぐ！」

そして道化は世界を照らすと信ずる、『希望』の名を告げた。

「それをもって、君の『絶望』も、世界の暗黒も全て拭い去る！」

二人の舌戦はそこで、途切れた。

幻想の旋律は消え、舞台の光が消える。

後に残るのは静けさだけ。

男が差し伸べた手を少女は決して取ろうとしなかった。その代わり、じっと凝視する。

「……人類そのものを神話に導く。そのために『英雄』がいると？」

「ああ、世界は『英雄』を欲している」

アルゴノゥトは厳かに頷いた。

「しかし誰も名乗り出ないというのなら、しょうがない、私が出るしかない！　つまりそういうことだ！」

そしてすぐに調子に乗った笑みを纏い直し、英雄の志を誇らしげに口にした。

口端を上げ、白い歯を輝かせながら。

「……負けたわ」

「おお、わかってくれたか！」

静かに認めたオルナに、アルゴノゥトはおかわりのように左手も差し出して、両手で少女の手を取ろうとするが、

「ええ、大言壮語を飛び越えた夢物語……貴方の頭がどれだけ花畑か、よくわかった」

「おふぅ！」

「私では及びもつかない次元で妄想しているんだもの。勝とうと考えること自体が間違いだった」

にべもない言葉に、両手と一緒に床へ墜落した。

少女の唾棄は途方もない呆れに変わっていた。

倒れ伏した青年を見下ろしながら、時間の無駄だったと言わんばかりに溜息をつく。

「……でも、そうね。そんな空想を本気で語る人なんて、今までいなかった」

ややあって、長い黒の髪をすくい、耳の後ろに流しながら、魔女のように瞳を細めた。

「いいわ、アルゴノゥト。貴方に『予言』を授けてあげる」

「『予言』……？」

「ええ、噴飯ものの『予言』よ。『カルンガ荒原』は知ってる？」

「ああ……王都が侵略者と争う次の戦場。私達『英雄候補』も三日後に赴く、戦争の舞台だ」

それはラクリオス王からアルゴノゥト達『英雄候補』に与えられた、最後の試練の地名であった。緑豊かな王都の南部に広がる荒廃の大地とアルゴノゥトは聞き及んでいる。

「カルンガ荒原の真北、つまり王都を出てすぐの真南。そこに広がる険しい峡谷で、『あること』が起きる」

「『あること』……？」

「私の占いでは、そこに貴方の『待ち人』が……いいえ、『運命』が待っていると出ているわ」

その唇は笑みこそ浮かべなかったものの、瞳はせせら笑うがごとく細められたまま。

『謎かけ』を与えるように、占い師の少女は道化の行く末を予言する。

「『アレ』を見て、まだ絶望していなかったら、王女の居場所を教えてあげる」

「……！　本当か！」

「ええ。絶望しなかったら、ね」

「っ……？」

表情を真剣なものに変え約束するオルナに、アルゴノゥトは身を乗り出したが、すぐに動きを止め、思わずうろたえた。

男を見る少女の目は、乾いた達観に支配されていたのだ。

「アルゴノゥト……やっぱり貴方は私の嫌いな人間。その能天気な顔が悲嘆に暮れ、醜く歪めばいい」

少女の顔に浮かぶのは、やはり嫌悪だった。

しかし、ゆっくりとその嫌悪は剝がれていき、中に隠れていた悲しみと絶望が一瞬、こぼれ落ちた。

「……そして、全てから逃げ出してしまえばいい。そう祈ってるわ」

CHAPTER
七章
そして出会う運命

見渡す限りの景色は、全て赤銅色に染まっていた。

剝き出しの岩、雑草の一本すら生えない罅割れた大地。『荒漠』という言葉がこうまで相応しい場所もそうはないだろう。

人工物は存在せず、動物もおらず、転がるのは魔物が喰い残した獲物の骨のみ。そこには無残な人骨も含まれている。空気は淀んでおり、まるで粘度を帯びているかのように重くすら感じられた。

空もまた、重苦しい灰の色に塞がれている。

その土地の名は『カルンガ荒原』。

楽園を覆う蒼穹が遠ざかった王都南方に広がる領域であり、『英雄候補』達が投入される最後の試練の地である。

「ここが、カルンガ荒原……」

とある『道化論争』から三日後の朝。

フィーナは目の前に広がる大地を眺め、無意識のうちに胸を片手で押さえていた。

妖精の血を半分引いた体が、この荒涼とした景観にざわめき、生気が奪われていくような感覚に襲われた。

「荒原とはよく誇張したものよ。これと比べれば、まだ荒野の方が潤っている」

「度重なる戦争で死んだ、不毛の大地といったところでしょうか……。人の心も、このようにはなりたくないものですなぁ」

少女の隣で、軽口を叩（たた）くのはガルムスとリュールゥ。

土の民（ドワーフ）の戦士は大戦鎚（だいせんつい）を肩に担（かつ）ぎながら鼻を鳴らし、妖精（エルフ）の吟遊詩人は嘆く素振りを見せながら竪琴（リラ）に寂寥（せきりょう）の旋律を乗せる。数えきれない凄惨（せいさん）な戦いと、魔物の蹂躙（じゅうりん）によって死した荒原は物言わず、ただ乾いた風の音だけを鳴らしていた。

「それよりも、例の『常勝将軍』はどこだ？　訓練にも顔を出さず、先に戦場へ布陣していると聞いていたが……」

そんな中、ユーリが鋭い眼差（まなざ）しを四方に巡らせる。

周囲にはユーリ達『英雄候補』の他に、千人はくだらない王国の兵士達が集まっていた。

誰（だれ）もが鎧（よろい）と兜（かぶと）に身を包んでおり顔も種族も判別ができないが、ユーリの視界に映るのは一兵卒に過ぎない。王都を守護してきたと言われる轟雷（ごうらい）の将、『ミノス将軍』となれば、このような兵士の海の中にいても一目でわかるだろう。少なくともそのような存在でなければ、無敗神話は眉唾物（まゆつばもの）ということになる。

「どれほどの男なのか、この目で確かめなければ。おちおち背中も任せられん」

「…………」

狼（ろう）の部族の性（さが）か、実力を見定めようとするユーリの横で、アルゴノゥトは一人押し黙っていた。

「──傾聴！」

間もなく、鋭い一声が飛んだ。

声の主は、兵士とは異なる黒い鎧に身を包んだ騎士長。

兜で顔を隠す長身の男は、この時代において貴重な騎馬に跨がりながら、兵士達と『英雄候補』を睥睨した。

「偵察部隊によれば一刻後、敵軍は目視できる距離にまで到達する！　開戦はもう間もなく！」

攻め寄せてくる外来の脅威は、只人と獣人の連合と聞いている。

南方に存在する小国で王都を攻め落とさんとしているらしい。話し合いの段階は過ぎており──ラクリオス王が交渉の席につこうとすらしなかったという噂も流れている──、侵略者達は王都側に劣らぬ兵力をもって目前に迫っている。始末に悪いのは、大移動を重ねる敵軍は魔物達をも引き付けて北上していることだ。戦いが始まれば荒原付近に住み着く魔物も音を聞きつけ、群がってくるだろう。

今から不安を隠せないフィーナが、南に広がる地平線を一瞥していると、

「そこで肝心の作戦だが──戦端が開かれると同時、敵兵は陣中を素通りさせろ！　繰り返す、敵兵は素通りさせろ！」

伝えられる作戦内容に、「えっ？」と思わず騎士長の方向を振り向いてしまった。

「味方の陣を素通りさせる……？　正気か？　少なくとも土の民の兵法にはないぞ」

解せない顔をしているのはガルムスも同じだった。

ユーリ、そしてリュールゥですら眉を怪訝の形に曲げる中、騎士長は大声とともに鎧を揺らしては鳴らす。

「我が軍の後方には彼の雷公、ミノス将軍が控えられている！　敵を陣中の深くまで誘い込み、峡谷にさえ追い込めば、我等が勝利は約束されたも同然！　兵士達よ、今日もまた将軍の新たな伝説が世に刻まれるぞ！」

ウオオオオオオオオオオ‼　と。

今から勝鬨のごとく轟く兵士達の喚声に、ガルムスは合点はいかずとも底が知れたように鼻を鳴らした。

「結局は将軍任せというわけか。軟弱な只人どもめ」

「……将軍が、別動隊？」

土の民の横で獣人の青年だけが疑念を募らせていると、騎士長は『英雄候補』達にも指示を下す。

「『英雄候補』は第三師団とともに南東側に布陣！　魔物の大攻勢が予測される！　これを迎え撃ち、撃滅せよ！　それでは、諸君らの健闘を祈る！　配置につけ！」

再び喚声が轟き、兵士達の鉄靴が軍歌のごとき荒々しい靴音を連ねる。

大部分の兵士達が荒原を真っ直ぐ南下していくのを他所に、その場に残った『英雄候補』達は第三師団とともに南東へつま先を向ける。

「ふむ。勇者の歌を運びたい私としては、名を轟かせる将軍の姿をぜひともお目にかかりたかったのですが……残念です」

いよいよ始まる戦いを前にリュールゥが、がっかりと言わんばかりに妙な曲を弾き始め、「気の抜けた演奏をやめろ！」とガルムスの顰蹙を浴びる。

場の空気を和らげようと飄々とする吟遊詩人を、アルゴノゥトは見やった。

本来ならば自分の役回りを、リュールゥに預けてしまっている。

「…………」

「兄さん？　さっきからどうしたんですか？　いつもうるさいのに、ずっと黙っちゃって」

そんなアルゴノゥトの様子に、妹も気付いていた。

調子が狂うとは言わずとも、どこか気遣わしげに尋ねてきた。

「やっぱり緊張しているんですか？　戦争ですし……」

「いや……」

アルゴノゥトは短く返し、逃げるように視線を王都の方角へ向けることしかできなかった。

（あの時のオルナの顔が離れない……。今も、ずっと胸騒ぎがしている……）

占い師の少女から別れてからずっと、彼女の発言の真意を探っていた。

何度も言葉を考察して、しかし答えには辿り着くことはできなかった。

「……私の『運命』、か」

呟きだけが、灰の空へと吸い込まれていった。

＊

誰にも止めることのできない時の流れが、カルンガ荒原を戦場へと変える。

久しく聞いていなかった人同士の喊声(かんせい)が荒原南方より轟いたかと思うと、互いの武具と防具を打ち付け合う鈍重な金属音が響き渡るようになった。

戦端が開かれた。

南方を見つめる『英雄候補』達がそう察するが早いか、魔物どもの凶悪な雄叫びが追従した。

同胞同士殺し合う愚かな人類をあざ笑っては襲いかかり、瞬く間に紅く染まる爪牙が猛威を振るう。

そして、フィーナ達がいる南東の戦場でも、同じ光景が広がるのに時間はかからなかった。

「人と戦わずに済んでっ、最初はほっとしましたけど……！」

地を這(は)うように疾駆する灰狼(グレイ・ウルフ)を、妖精の杖(つえ)《古森の誦梢(しょうしょう)》で弾き飛ばす。牙(きば)を砕かれ大地を横転する魔物を、すかさずガルムスが巨木のように太い右足で踏み砕いた。

「ええい、王都の連中め！　貧乏くじを押しつけおったな！　なんだ、この魔物どもの数は！」

ガルムスの言葉通りであった。周囲で暴(あば)れ回る異形の数はもはや百や二百では足りない。人同士の叫喚と血の臭いに引かれる魔物は、地形の関係もあってか南東の戦場に続々と集まってくる。

「それに力も強い……！　兵士の皆さんも、押されて――」

大戦鎚を振り回す彼の怪力に巻き込まれぬよう立ち回るフィーナの頬(ほお)にも、大粒の汗が伝う。

「うわぁあああああああああ⁉　たっ、助けっ――‼」

少女の呻吟(しんぎん)を遮る絶叫と、舞い狂う血の飛沫(ひまつ)。

巨虎(ライガーファング)の餌食となった兵士の生温かい紅(あか)が、杖を握るフィーナの右手に付着する。

兵士の凄惨(せいさん)な死を目(ま)の当(あ)たりにし、青ざめては硬直してしまった彼女のもとへ、頭上より殺人蜂(デッドリー・ホーネット)が襲来した。

やられる――‼

空中からの奇襲にフィーナが己(おのれ)の終わりを覚悟した瞬間、左より投刃(ナイフ)、右より狼の影が魔物を起点に交差した。

『ギイイッ――⁉』

投刃(ナイフ)に翅(はね)を撃たれ、鉤爪(かぎづめ)で両断された殺人蜂(デッドリー・ホーネット)は断末魔の悲鳴を上げた。

前者はアルゴノゥトが抜け目なく投擲(とうてき)した得物、後者は跳躍したユーリだとフィーナが気付いたのは、狼人(ウェアウルフ)の青年に詰め寄られた後だった。

「怯むな！　この時代、人の死など既に見飽きているだろう！」

「ユ、ユーリさん……ありがとうございます……」

片手で掴まれた肩を揺さぶられるフィーナは、かろうじて頷きを返す。

そのまま少女を背で庇うユーリは、魔物の海を睨み返した。

「下がって私達の背後で詠唱しろ！　時間がかかってもいい、小刻みの火力では話にならん！」

戦局を変える『火力』を求め、ユーリがフィーナの代わりに飛びかかる。

魔物の血飛沫をまき散らす狼人に、半妖精の少女は慌てて長文の詠唱に移った。

「前も後ろも、右も左も地獄絵図。これぞ戦争の景色。いやぁ、いつ目にしても嫌なものです」

「貴様も戦え！」

まるで修羅場の作法を心得ているかのように、軽い身のこなしでひょいひょいと魔物の攻撃を避けるリュールゥが、安全地帯とばかりにユーリの背に隠れ、当の本人が怒声を放っていると、

「ひ、ひぃいいい……⁉　こんなのやってられるかっ！　逃げろ、逃げろおおおお！」

「ま、待ってくれぇ！」

「ちッ、武器を捨て戦場に背を晒すとは……！　恥晒しが！」

只人の『英雄候補』達が逃げ出していく。

剣や槍を地面に転がし、北へと向かう四人の後ろ姿に向かって、悪態をつくユーリは、そこ

で膨らみ続ける疑念を無視できなくなった。

（だが、やはり違和感は増すばかり！　何故ミノス将軍をここへ投入しない！）

それは半ば『予想通り』となった戦場に対する感想だった。

兵士達は続々と倒れ、持ち場を離れて逃げ出す臆病者まで現れる始末。ここから離れた真南の戦場の仔細は知れないが、魔物が加わった混戦になっているのなら状況は決して良いものではないだろう。

（たった一人の英傑はそれだけで兵達の士気を大いに高める。その有用性を端から捨て、別動隊で運用だと……？）

伏兵などの有用性は当然ユーリも認めるところ。

しかしそういった軍略は、然るべき場所に然るべき存在を据えるからこそ機能するものだ。

最も肝要な組織の中央をがらんどうにして成功する奇策などそうそうあるものではない。

ましてや、魔物も含めた大乱戦の中で。

「我が部族とはまるで違う……只人の戦術はどうなっている！」

ユーリの罵倒が放たれる中、陰ながら『英雄候補』達を支援していたアルゴノゥトも、その途方もない『違和感』を探るように辺りを見回す。

「道化、何を突っ立っている！　俺達から離れるな！」

「……ああ」

ガルムスの怒声に空っぽの頷きを返しながら、青年は直ちに追いかけ、『射線上』から立ち退く。

すかさず発動される半妖精(フィーナ)の砲撃。

編まれた呪文を引鉄(ひきがね)に放たれた紅蓮(ぐれん)の火砲は、魔物の大群を焼却し、数多(あまた)の絶叫を引きずり出すのだった。

途絶えては奏でられる歌声。

詠唱の源(みなもと)を死守する『英雄候補』達。

それらを繰り返し、フィーナの大型魔法が炸裂(さくれつ)すること七度。

荒原の地形がかつての形を忘れる頃、膨大な煙を吐く南東の戦場からは、蠢く魔物の影は姿を消していた。

「……終わった。なんとか、撃退した。だけど……」

杖を両手で握りしめながら、疲労困憊(こんぱい)の様子を隠さないフィーナは、呆然(ぼうぜん)と辺りを見回した。

「私達以外、全滅……。そんな……」

焼き焦(こ)げた魔物の亡骸(なきがら)、そして大量の灰(はい)以外に広がるのは、無残な亡骸と化した鎧の墓場だった。

「積み重なる屍に、折れた武器の数々……これが世界の実状……。ままなりませんなぁ」

「大した『試練』だ……」

今度ばかりはリュールゥの声にも偽りなき悲嘆が宿り、ガルムスもまた吐き捨てる。

リュールゥの言葉通り、まさに今の時代を表す世界の縮図にして地獄絵図に、フィーナは無力感に抱きしめられながら立ちつくしてしまう。

「……終わったなら移動するぞ！　敵軍を相手取っている本隊はどうなった！」

歪めた顔に疲労を隠し、息を整えたユーリはフィーナ達に振り返った。

狼人の呼びかけに反対する者は誰もおらず、装備を整え、最低限の補給を行った後、荒原の真南へと進路を取る。

足が速いユーリを先頭に駆け抜ける『英雄候補』達は、しかしすぐに止まることとなる。

獣の耳を立ち上げ、怪訝な顔をする獣人の誘導に従って、崖のようにそそり立つ岩場の上へと出た。

「うわあああああああああああ！」

およそ南方面の戦場を一望できる崖の上からは、もはや耳を澄まさずとも兵士達の悲鳴がよく聞こえた。その動きもよく見える。破竹の勢いとばかりに前進を続ける敵軍に追い立てられるように、ラクリオス軍は北へ北へと逃れていた。

「なんだ、あれは……王都の兵士達は、戦うつもりはあるのか？」

「かろうじて誘導しているようには見えますが……あれはもはや戦術ではなく、ただの潰走。持ち場の放棄だ」

戦士として目を疑うガルムスの隣で、リュールゥさえ困惑を隠さない。

開戦前、騎士長は確かに『陣中を素通りさせろ』という指示を出したが、こんな状況ではもはや味方の陣地も糞もない。敵兵に蹂躙され、無様に背中を晒しながら、武器まで放り出す始末だ。多くのラクリオス兵士が追撃されては地面に倒れていく中、敵も味方もひたすらに北上を続けていく。

「敵軍が勢いづいて、どんどん先へ……ど、どうしましょう、兄さん？」

「……………」

動じるフィーナの問いに、アルゴノゥトはじっと眼下の光景を見つめた。

やがて、兵士達が進み続ける北の方角に目を向ける。

——カルンガ荒原の真北、つまり王都を出てすぐの真南。

——そこに広がる険しい峡谷で、『あること』が起きる。

——私の占いでは、そこに貴方の『待ち人』が。

——いいえ、『運命』が待っていると出ているわ。

少女（オルナ）の言葉が、脳裏に何度も蘇（よみがえ）っては消えていく。

「……っ！」

気付けば、アルゴノゥトは突き動かされるように走り出していた。

「兄さん!?」

「おい、どこへ行く！」

フィーナとユーリの声が投じられるも、その背中は止まらない。

リュールゥは一人、青年の後ろ姿と向かう方角を見やり、全員に声をかけた。

「……後を追いましょう」

「戦場を迂回して、北上し続けている……いずこを目指しているのだ、あの道化は？」

超重量の大戦鎚を担いでいることを差し引いても、土の民（ドワーフ）としてどうしても足が短いガルムスが最後尾でずんずんと走る中、周囲の景色は次第に変わっていった。

崖のようにそそり立っていた岩場は正真正銘の谷を形作るようになり、山とは言わずとも歪（いびつ）な形状の丘からなる『峡谷』が広がるようになる。剝き出しの岩壁は鋼鉄のようにうっすらと青白く、植物の姿が全く見られないせいもあって酷（ひど）く冷然としていた。ここにも魔物が出没しているのか、岩盤には血飛沫と思しき赤い跡がところどころ散見している。

王都を出た際、南西の平原を経由する形で『カルンガ荒原』に辿り着いたガルムス達は、ラクリオス真南に広がる光景を初めて目にし、言葉では言い表せぬ不気味さを覚えた。

「……！　見てください、あれ！」

谷底と並走するように、谷の上を走っていたフィーナが眼下を指差す。

そこを進むのは士気に満ちた大軍である。

「進めぇぇぇ！　臆病者の王国軍はもういない！　王都を陥落させよ!!」

ラクリオス軍を打ち破った敵軍である。

敵の将と思しき獣人の男が旗を掲げて吠えると、いくつもの雄叫びが追従し、谷底を駆け抜けていく。

「敵軍がもうここまで!?　本隊は何をやっている！」

「王都はもう目と鼻の先だぞ!?　このままでは……！」

ユーリとガルムスの非難、そして危惧が飛ぶ。

この場に五人しかいない『英雄候補』達がここから飛び降りたとしても、あれほどの量の兵士達を食い止められる道理はない。奮闘など虚しく、一気呵成に王都の喉元まで敵は突き進むだろう。

谷を震わせる無数の足音が、王都陥落の秒読みを読み上げていると、

「!!」

先に、アルゴノゥト達は『そこ』に辿り着いた。

広大な空間だった。

谷の一部そのものをごっそり抉り取ったかのように不自然に広々としており、まるで主がいなくなった巨竜の寝床なんてものを連想させる。変わった鉱物でも含まれているのか、地面や壁はところどころ、うっすらと紅く染まっている。あるいは黒ずんだ空の色も相まって、冥府への入り口だろうか。正面の北、左右の東西には切り立った断崖がそびえ、空間そのものを冷たく見下ろしていた。

東側の谷の上から見下ろす格好となるフィーナ達は、眼下の光景をまじまじと眺めた。

「開けた空間……？　峡谷の底に、こんな大きな場所が……？」

「それより……何だ、あの『門』は？」

フィーナの隣で落とされたユーリの呟きが向かうのは、北の岩壁に築かれた『人工物』だった。

正真正銘の『鉄門扉』。

幅も高さも二階建ての建物ほどはあろうか。

幾重もの鎖で厳重に封じられており、今は重く閉ざされている。

「岩盤をくり抜いて作られている……。まさか、王都の地下と繋がっているのか？」

地形及び位置関係から、ガルムスが唖然と呟く。

間もなく、曲がりくねった南側の道から、大勢の兵士達が姿を現した。

尖った耳を震わす鬨の声に、リュールゥが苦しげに喘ぐように声を絞り出す。

「敵兵が、峡谷の底に雪崩れ込んでいく……」

漠然とした不安に襲われるように。

明確な凶兆に胸が騒ぎ出すかのように。

やがて、どこからともなく『地鳴り』のような音が響いていたかと思うと——ゴォォン、と。

北の『鉄門扉』が、縦に割れた。

（門が開いた——）

アルゴノゥトの視線が、生じた闇の間隙へと吸い込まれる。

まるで内側からの『怪力』に屈するように、鎖が弾け飛ぶ。

固く閉ざされていた門扉が軋みを上げて。

唸り声を放ちながら。

ぽっかりと空いた闇の顎を曝け出す。

聞こえてくるのは『足音』と思しき地響き。

動きを止めるのは無数の兵士達。

峡谷の『門』が完全に開け放たれる。

（中より、現れたのは——）

『運命』。

少女が予言した、巨大な鎧を纏った『運命』が、数多の瞳の前にその姿を現した。

「重厚な鎧に、雷の紋章が刻まれた兜、巻きついた鎖、それに巨大な戦斧……」

「もしかして、あれが……」

愕然とするリュールゥとフィーナの声が、それの正体に辿り着く。

「王都の守護者……ミノス将軍」

ガルムスの呟きの先で、全身を鎧で覆った『轟雷の将』は痙攣するように打ち震えた。

この黒く濁り落ちた空の下でなお、悠久の牢獄から解き放たれたかのごとく。

「なんだ、あの巨軀は……。いやそれよりっ、たった一人で敵軍を相手取るつもりか……!?」

戦慄に酔いかけるユーリが次に抱くのは、多大なる懸念だった。

峡谷の底に押し寄せている敵軍の総数は数千はくだらない。ラクリオス軍がまともに戦わず敗走を続けたため、多くの敵勢が無傷の状態で残ってしまっている。

たった一人で現れた文字通り巨大な門番の威容に気圧されていた敵軍も、すぐに正気を取り戻したのだろう。厳然たる彼我の優位性を確信し、騎馬に跨がった只人の男が長剣を振り上げる。

「ひっ、怯むなぁ！　敵はたった一人！　奴を蹴散らし、王都へ進軍せよ！」

戦意を装塡し直す鬨の声が鳴り響いた。

地響きをかき鳴らし、千の軍勢が津波となって、たった一人の門番のもとへと殺到する。

「オオ――――」

撤退すべきか。

王都を守るため、勝ち目のない蹂躙に参戦すべきか。

ユーリとガルムスの脳裏に過った僅か一瞬の逡巡は、しかし結果的に、意味を結ぶことはなかった。

『常勝将軍』は痙攣を全身に伝播させた瞬間、雷のごとく轟いたのだ。

「────オオオオオオオオオオオオオオオオオオオオオオオッ!!」

凄まじき咆哮。

原始的恐怖を喚起する、ただの雄叫び。

その轟声だけで兵士達の足が不自然に停止し、騎馬が棹立ちとなって暴れ、敵軍が内部から崩れ、突撃の勢いが途絶えた。

「────────」

アルゴノゥトは瞠目し、身を仰け反った。

「～～～～～～～～～～～～っ⁉」

フィーナは両の耳を塞ぎ、悶え苦しんだ。

「この咆哮は……！」

全てを吹き飛ばす風圧さえ錯覚したリュールゥが、咄嗟に帽子を押さえる。

谷の上まで届く裂帛の轟音にユーリやガルムスまで気圧される中、峡谷の底で、その『宴』は始まった。

「う、うわああああああああああああああああ!?」

目を疑うような大斧が振り下ろされる。

爆ぜる。

斬撃や殴打を超えた『爆砕』をもって、鎧を纏った兵士達を粉々に吹き飛ばしていく。

甲冑の金属片と肉片の雨が瞬く間に連鎖した一瞬後、広がるのは恐慌だった。

「ぎゃあああああああああ!?」

背を向けて我先にと逃げ出す者達には、腕に巻き付いていた鎖を力任せに薙ぎ払う。

あまりにも凶悪な斜線が走ったかと思うと、とある者は胴体から上が千切れ飛び、ある者は鮮血をまき散らしながらひしゃげた。

斧が大地を叩き割る破壊音。

振り回される鎖がことごとくを蹴散らす撃砕音。

死神の鎌より凄惨な鋼鉄と赤の明滅が、瞬く間に峡谷の底——もはや地獄に成り果てた戦場を彩り続ける。

「なんだ、こいつ……なんなんだ、こいつはぁああああああああ!?」

「降伏するっ！　降伏するからっ――――ぐげぇ⁉」

絶叫も投降も等しく意味がない。

その破壊の前では全てが価値を失う。

獣の唸り声のように鎧を軋ませ、巨大な影は走った。

常人ならば人一人容易に押し潰す重装を纏っておきながら、砲弾のような俊敏さで地を蹴れば、兵士達の絶望は積み重なる絶命へと変わっていく。

「ひっっ……⁉」

己の足もと、すぐ下の断崖にへばりついた人間だったものに、フィーナが蒼白となる。

彼女の隣で『英雄候補』達もまた、その暴威に凍り付いた。

「……強過ぎる」

「戦闘ですらない……。これでは、『虐殺』……」

ガルムスが汗を流し、リュールゥが詩人の仮面を失う。

「……巨大な鎖を振り回し、人も魔物も引き千切る。その迅雷のごとき姿に、付いた渾名が――

『雷公』」

ユーリが唇に乗せるのは、かつて兄妹に聞かせたものと同じ言葉。

自身も風の便りで聞いた噂の真偽を見せつけられ、驚愕の声を上げた。

「馬鹿な……本当に、万軍を一人で蹴散らすというのか⁉」

仲間達の恐怖と放心、叫喚が響く最中（さなか）。
アルゴノゥトだけは、世界と切り離された時の狭間に立ちつくしていた。
（胸騒ぎが止まらない――）
それは戦慄（せんりつ）だ。
（鼓動が収まらない――）
それは本能だ。
（嘘（うそ）だ、違う、でも――ああ、あれは、まさか――!!）
ただ一人、男は道化の仮面を滑り落とし、世界より先に『それ』に辿り着いてしまう。
弾け飛ぶ巨大な鉄鎖と投げ捨てられる斧の轟音。
停止したアルゴノゥトの時間が砕き割れた瞬間。
直後。
――グチャア、と。
悲鳴絶えない戦場の中にあって、その『生々しい音』が、やけに響いた。
「…………えっ？」
唇からこぼれ落ちたフィーナの呟きが遥（はる）か下、峡谷の底に転がる。
巨大な影が蠢いた。
人に喰らいついた異形の影が、すぐに一つとなり、ごくりと嚥下（えんげ）した。

「フーッ、フゥーッ……！　ウオオオオオオオオオオオオオオオオオ!!」

その顎から真っ赤な血を滴らせながら。

とうに剝ぎ取られた大兜から雄々しい角を剝き出しにしながら。

醜悪な『牛』の形相を歓喜に打ち震わせながら、『ミノス将軍』と呼ばれていた怪物は、轟声を放った。

「へっ……？　あっ――いぎゃあああああああああああああ!?」

時が止まる谷の中で、兵士の一人を影が覆う。

見上げる彼が最後に見たのは己を呑み込もうとする醜悪な歯の並びと口腔、そして己の全てを噛み砕く赤と黒の攪拌だった。

彼が最後にブチまけた『被食の痛哭』を皮切りに、兵士達の理性が崩壊する。

「「「う、うァああっ!?」」」

逃げ惑う人影。

触れただけで抉り壊す太指に捕まっては引き裂かれ、捕食される胴体と手足。

グチャグチャと鳴る咀嚼音。

赤の景色が、谷底を埋めつくす。

「人を…………食べてる？」

己の言葉を兵士達の絶叫が肯定した瞬間、少女の膝は砕け、己の口を覆った。

「うっっ、～～～～～～～～～っ⁉」

あまりの嫌悪感が、身に流れる妖精の血が壮絶な拒絶反応を引き起こし、フィーナは堪らず吐いた。

そんな少女の隣で、立ちつくすユーリは次第に体をわなわなと痙攣させ、まるで恐れるように耳も尾も、全身の毛を逆立たせた。

「……なんだ、あれは。……なんだ、あの『化物』はァ⁉」

動揺と恐怖に溺れる叫びは、それを上回る悲鳴に瞬く間に塗り潰される。

阿鼻叫喚の声々が連鎖する。

『扉』が開け放たれた峡谷が、真実地獄へと成り果てる。

摑まれ、潰され、喰われ、貪られ、啜られ、千切られ、嚙み砕かれ、飲み干され、吐き捨てられる。鎧と鎖を纏った――いや鎧と鎖に封じられていた『化物』は獣性と呼ぶには温過ぎる怪物の性を発露し、暴食を繰り返す。

この世のものとは思えない光景を呆然と眺める『英雄候補』達は、気付いてしまった。

この空間は敵を罠に嵌めるための処刑場ではなく。

餌を誘き寄せるための『食事場』であると。

「に、逃げろっ、逃げろぉぉぉぉぉぉ⁉　早く引き返せええええええええええ⁉」

化物の登場から四肢も喉も凍り付き、何も発せずにいた敵軍の将が、ようやく撤退の号令を叫び散らす。

無能の烙印を押される前に唯一の対抗策を発した彼は、怯えて騎馬を反転させ、全力で逃げ出した。

邪魔な友軍など顧みず、何度もぶつかっては無理やり蹴散らし、来た道を引き返そうと唯一の退路へと飛び込もうとする。

だが、そこで――爆発。

「なっ……⁉　み、道が…………」

谷底に繋がる一本道が、唯一の退路が。

鼻をつく『火薬』の臭いとともに、崩落をもって塞がれる。

立ち塞がる岩と土砂の壁。

遥か谷の上、舞い上がる火の粉を浴びながら黙然と見下ろすラクリオスの騎士長と兵士達。

それを呆然と見上げていた敵将は、わなわなと握りしめた右拳を起点に、とどめることのできない激憤を全身に伝播させた。

「…………王都のクソ共がぁあああああああああああああああっ!!」

それが彼の最後の憎悪となる。

悲憤から怨嗟（えんさ）へ、そして慟哭（どうこく）へ。

兵士達は肉塊となって『怪物』の腹の中へ収まっていく。

「戦（いくさ）などではない……あれが熱き戦いであるものか！　あれはっ……ただの『食事』だ!!」

ガルムスは叫んだ。

戦場において決して動じることのなかった土の民（ドワーフ）は、その踊り狂う臓物の宴を世界の何よりも唾棄した。

「薙ぎ払われる鎖に、振り下ろされる戦斧（せんぷ）……哀れな兵士は爆ぜ、血肉が踊り、閉ざされた峡谷は赤く染まる……」

リュールゥは詠（うた）った。

震えて竪琴（リラ）を弾くことのできない指の代わりに、眼下の光景をその唇に残そうと、青ざめながら詩を紡（つむ）ぐ。

「聞きしに勝る大将軍、紅き雷鳴を轟かす『雷公（いかずちこう）』。兜を壊し、顎（あご）を開き、人肉をその口に――嗚呼（ああ）、しかし、これは……ああ……！　こんなものは、歌に変えられない!!」

しかし、それもかなわなかった。

世を流離（さすら）う吟遊詩人でさえ、その光景に血の気を失い、戦慄を謳（うた）う。

「だって、あれは――!!」

悲鳴を上げるように叫ぶリュールゥの言葉の先を継いだのは、アルゴノゥト。
立ちつくす男は、ありえてはならない現実を呟いた。

「『ミノタウロス』…………」

その日、彼等は『絶望』の意味を知った。
『絶望』の名は、死肉貪る戦牛（ミノタウロス）。
『楽園』たる王都は、人類の敵を飼っていた――。

CHAPTER
八章
鎖に縛られし運命
~The Cruel Truth~

それはいかなる『悪戯（いたずら）』か。

滅びを迎えようとしていた国に、天より一連の『縛鎖（ばくさ）』が落とされた。

これは、それだけの話――。


「オルナ！」

悲鳴を上げるように、両開きの扉が開け放たれる。

一雨呼び込むであろう昏（くら）い灰雲を窓辺から眺めていたオルナは、ゆっくりと、振り返った。

「お帰りなさい、アルゴノゥト。無事だったのね、また会えて嬉（うれ）しいわ……そう言えばいいかしら？」

言葉とは反して全く心がこもっていない声音、眼差（まなざ）しを前に、息を切らすアルゴノゥトの顔が断崖に追い詰められたかのように歪（ゆが）む。

ラクリオス王城、客室と言うには豪奢（ごうしゃ）が過ぎる部屋の主（あるじ）のもとへ、アルゴノゥトはぶつかるように詰め寄った。

「なんだ、あれは！　どういうことなんだ、あれは⁉」

「説明がいる？　見たんでしょう、あの化物を」

朝から繰り広げられた『カルンガの荒原』での戦争終結から、既に数刻。

西日の見えない夕暮れが迫ろうという中、自分のもとへ脇目も振らず駆けつけたであろう只人の男を、オルナは冷たい瞳で見返した。

「人々を食い荒らす魔物……『ミノタウロス』を」

「……っ!?」

少女がはっきり口にした『怪物』の名に、アルゴノゥトは声に詰まった。

「王都はあの魔物を飼い馴らし、外敵を排除している」

「……ありえない。魔物を飼い慣らすなんて！　そんなことは不可能だ！」

少女が淡々と告げる事実に、アルゴノゥトは堪らず叫び返していた。

取り乱す本能と理性の狭間で必死に自分を繋ぎとめている青年を前に、オルナはやはり動じることなく言葉を続ける。

「ええ、人の業では到底無理でしょうね。けれど、この国には一つの『奇跡』が落とされてしまった」

「『奇跡』……？」

「今より三代以上も前のラクリオス王が統治していた時代……この王都も例外なく魔物の手によって滅亡の危機に瀕していた」

少女が語るのは国の歴史であり、全ての『始まり』であった。

「そんな時、天から『光』が落ちた。その正体は、不可思議な光を帯び、決して千切れることのない一連の『鎖』」

アルゴノゥトの脳裏に数瞬、想像の光景が過(よぎ)る。

深い闇に支配された上空より、王都へと落ちる光り輝く鎖。

そして想像の中にあって、その『銀色に輝く鎖』を、アルゴノゥトは鮮明に思い浮かべることができてしまった。

「当時のラクリオス王は、国を滅ぼさんとしていた凶悪な猛牛にその鎖を投げ付け……見事に縛(いまし)めたのよ」

なぜならば、アルゴノゥトはその『鎖』を目にしていたから。

「まさか……」

「そう。それは怪物をも支配下に置く『神秘の鎖』だった。──ラクリオス王家は『天授物(アーティファクト)』と、そう呼んでいる」

アルゴノゥトは思い出す。

あの峡谷の底で繰り広げられた凄惨(せいさん)な宴を。

そして暴食の源であった『怪物』に巻き付いていた太く長い銀の鎖を。

『ミノタウロス』が武器にまで利用していたあの『鎖』こそが、オルナの言う『天授物(アーティファクト)』だったのだ。

「天の悪戯か、あるいは『精霊』の産物か、どちらにせよ王都は『ミノタウロス』を制御できる術を得た。後は貴方も見た通り。王都は今日に至るまで、魔物や侵略者相手に猛牛を差し向け……これを殲滅してきた」

そんな馬鹿な。

ありえる筈がない。

口から衝いて出るべきだった言葉は、しかし声になることはなかった。

アルゴノゥトは理屈や理論を全てすっ飛ばし、その『実物』を見てしまっているから。

あの神秘と惨禍たる光景を、本能で理解させられてしまっているから。

感情を排したオルナが語る『魔物の使役』という絡繰りに、アルゴノゥトは呆然と言葉を失った。

「――ふざけるなっ!!」

ユーリの怒声が飛び散る。

王城の廊下で、叩きつけられ石壁を砕いた彼の拳に、フィーナの肩が怯えるように上下する。

「あれが『常勝将軍』の正体だと!?　それでは、王国の守護者とは、『雷公』とはっ……！」

「……そんな人間は最初からいない。いるのは、偽りの仮面を被った凶悪な『怪物』」

憤怒と苦渋から搾り尽くされるユーリの言葉を、険しい表情のリュールゥが努めて冷静に引き継ぐ。

兵士に悟られず王城まで何とか帰還した『英雄候補』達の中で、フィーナは顔色を蒼白に変えて、震えあがった。

「『王都』絶対平和の理由は……王家が『怪物』を使役し、魔物だろうが人類だろうが……喰い殺させていたから？」

なりふり構わずアルゴノゥトが走り出し、オルナの部屋へと飛び込んだ同時刻。

フィーナ達もまた、『楽園』がひた隠していた『王家の闇』に辿り着いてしまう。

「なにが安全神話！　なにが人類最後の領域だ！　憎き魔物を用いてまで、生き延びていたなど……！」

今にも罅割れそうなほど拳を握りしめるのはガルムス。

ユーリに負けない憤激を生みながら、ドワーフの戦士は叫び声を上げた。

「この国は、人が人たる所以まで手放したのかァ!!」

「これが『楽園』と呼ばれる聖地の正体。笑ってしまうでしょう？」

オルナが言葉とは裏腹に、無表情に告げる。

このラクリオスという国に根ざす深淵の正体を。

「人類最後の砦が、人類そのものを裏切っていたんだから」

「……っ!!」

アルゴノゥトは、唇の中で歯を食い縛った。

最悪の真実によろめきかける足を必死に縫い留めながら、生じた疑問を何とか『何故』という疑問に変換させる。

「なぜ……なぜ君がそんなことを知っている？　客人である占い師が、国家に関(かか)わる機密を、なぜ……！」

「別にいいでしょう、そんなこと。今の貴方にとって、もはや私のことなんて些末(さまつ)に過ぎないのだから」

オルナは取り合わない。

代わりに瞳を針のように細め、欠片(かけら)も笑わないまま、『もう一つの事実』を突きつける。

「アルゴノゥト、貴方に更なる『絶望』を与えてあげる。天授物(アーティファクト)には『代償』が必要よ」

「『代償』……？」

「『鎖』が支配の効果を継続するには、戒めた存在へ定期的に『生贄(いけにえ)』を捧(ささ)げなければならない」

「なっ――」

アルゴノゥトの反応を待たず、少女は絶望(それ)を告げる。

「そして『生贄』とは、鎖を使用した者の血の系譜……つまり『王族』よ」

嫌な予感が、激する鼓動の音となって、アルゴノゥトの胸の中で弾けた。

少女の唇が何を言おうとしているのか、彼女の零度の眼差しが予言し、深紅の瞳が打ち震える。

「…………待て。待ってくれっ。それでは、まさかっ……！」

「ええ。次の『生贄』は――――王女アリアドネ」

瞳が映す世界に、取り返しのつかない亀裂が走り抜ける。

「――――馬鹿なっ!!」

次の瞬間、アルゴノゥトの喉は爆ぜていた。

様々な感情が幾多の導火線となって絡み合い、絶叫となって炸裂を迎える。

「そんなことがっ、そんなことがあっていい筈がない!!　それでは姫は、彼女はっ、最初から……！」

「ええ、哀れな『生贄』になる『運命』だった。怪物と同じ『鎖』に縛られた……約束された犠牲」

白い髪を振り乱すアルゴノゥトを前に、オルナの眼差しは変わらない。

淡々とした口振りで、事実だけを列挙する。

「王女は国という『百』のために犠牲となる『運命』を、どうしても受け入れられなかった。いいえ、ずっと苦しみ、恐れていた」

そこで、アルゴノゥトの目と、視線を交える。

「けれど、彼女は最後、自ら生贄になることを決めたわ。他ならない、貴方という『一』と出会ったから」

「――――――」

「……ただの少女（アリア）として接してくれた貴方に。この王都で、少しでも長く生きてほしいがために」

アルゴノゥトの呼吸が止まった。

温度を宿していない筈のオルナの瞳は、悲しみを滲ませた。

とんだ皮肉だった。

アルゴノゥトは少女（アリア）という『一』を救うために歌って踊ったというのに、少女（アリア）は『アルゴノゥト』という『一』を知ったがために、『百』のための犠牲に成り果てようとしている。

少女を笑わせようとした道化の喜劇は、悲劇めいた悲壮の決意を少女に芽生えさせてしまったのである。

王女(アリアドネ)にとって、喜劇は喜劇に足りえなかったのだ。

「そん、な……」

まるで足場が崩れたかのように、アルゴノゥトは一歩、二歩と、背後にふらついた。

そんな無様な体たらくを晒す男を、オルナは強く睨(にら)みつける。

「アルゴノゥト、貴方は言ったわね。『神々はいる』と」

少女の眼差しに宿るのは非難と侮蔑。

「いいわ、認めてあげる。天上から落ちてきた『鎖』はまさに神々が存在する証明。そして私達は、見事にその『鎖』に踊らされている。自らが生き残るために、同じ人類にも魔物をけしかけ、泣き叫ぶ『生贄』を差し出して……」

そして諦観と嫌悪。

「そんな滑稽で、破滅していく私達を、天から見守っているのなら。神々というのは意地悪で、いやらしくて、とても屑(くず)な存在ね」

「……っっ⁉」

憎悪にまで発展する『神』への糾弾に、アルゴノゥトは後退(あとずさ)った。

「きっと今の貴方の顔を見て、指をさしながら嗤(わら)っているに違いないわ！」

未(いま)だかつてない大音声が、叩きつけられる。

部屋が震え、すぐに静寂が訪れる。

痛いくらいの無音が鼓膜を貫いた。

一方で、鼓動の暴走は決して終わらない。

氷像のように凍りついていたアルゴノゥトは、無理やり唇をこじ開けた。

「……どこだ。姫は、彼女は今、どこにいる⁉」

震えた声が、すぐに叫びへと変わる。

王都の闇に溺れてなお、身を乗り出すアルゴノゥトに、オルナは眉をひそめた。

「『絶望』していないの？　この醜悪な都（みやこ）の正体を知って。それに居場所を突き止めて、どうする気？」

「助け出す！　それ以外あるものか！」

「……言っておくけど、貴方の行動は全て監視されている。このまま進めば待っているのは『破滅』だけ」

愚者を貫き通す男の姿に、オルナは鋭い眼差しで、鉛のように重い声をもって『忠告』した。

その鉛の声音は、感情を表すまいとしているかのようにも聞こえた。

「貴方のように義憤に駆られ、王城の中で始末された人間は何人もいた」

「構うものか！　私は行く！」

「……嫌よ。私は人殺しになりたくない」

「ならば『見殺し』ならいいのか⁉　姫を……あんな女の子を！」

「…………」

オルナの顔が沈痛に染まる。

目を伏せて、僅かな無言の時を纏う少女は、何の嫌悪も、唾棄も、憎しみも込めず、ただアルゴノゥトを見つめた。

「……教えられない。だって今の貴方、『絶望』しているもの」

愚者の指先が痙攣する。

「人に、この国に」

絶望に軋む胸が穿たれる。

「……っ！」

次の瞬間、アルゴノゥトはまるで逃げるように駆け出した。

オルナに背を向け、扉を破るように開け放ち、一人の少女を探しに向かう。

「……無駄よ、アルゴノゥト。今の貴方では無理」

取り残された部屋で、オルナは独白をこぼす。

「自分を見失い『道化』ではなくなった、正義感に突き動かされるだけの貴方なんて、ただの人と一緒」

最後に視線を床に落とし、哀れみを落とした。

「だって貴方は……『英雄』じゃないんだから」

走る。

王族の居城だということも忘れ、無礼にもほどがある靴音を唸(うな)る暗雲のごとく響かせる。

王族などではなく、『王女』という鎖に縛られた一人の少女のためだけに、アルゴノゥトは王城の廊下を駆け抜けていく。

「猛牛が現れた峡谷の『門』……あれが王城に繋がっているのなら、魔物がいるのは地下！」

思い浮かべるのは『カルンガの荒原』及び王都周辺の地理。

ラクリオスから見て南部に広がる峡谷地帯は大きな高低差が存在している。『ミノタウロス』が現れた門が王都と直結しているとしたら、それは地下しか存在しない。

緊急時の際に王家の人間が避難するための隠し通路か、あるいはそんな尺度で計りきれぬ『何か』が、アルゴノゥト達の足もとに広がっている。

「姫はもう運ばれたのか？　それとも近い場所に囚われている？　わからないっ、わからないがっ、行くしかない！」

『生贄』であるアリアドネが城の高階に囚われているとは考えにくい。再び脱走の機会を与えないためにも監禁されている可能性の方が高いだろう。

それを踏まえれば、考えられるのは地下牢獄（ろうごく）か。

「下へっ、下へ下へ下へ！」

アルゴノゥトは急いだ。

城の構造はこの数日の間にほぼ摑んである。地下へと通じる階段を間もなく見つけ出し、焦燥の汗を流しながら、狭く細い階段を一気に駆け下りた。

足音が反響していく。あらゆる角度から鼓膜を打ち据えてくる。

まるで愚者を招くように、地下へと続く階段は男を闇の先へと導いていった。

そして下って下って下って、もはや何段あったかもわからぬ段差を下りたところで、

「…………っ？」

違和感を覚えた。

（おかしい……静か過ぎる。私を咎（とが）める者がいない。兵すらいない）

どうして誰もいない？

ここは王家の膝元（ひざもと）も膝元だ。最上階だろうが地下だろうが人がいなければおかしい。ましてや今の自分（アルゴノゥト）は理性を失った兎（うさぎ）も同然。戦場から帰還し、王女を捜索するこの行動を知られていない筈がないのだ。

麻痺（まひ）していた感覚がひと欠片の理性を取り戻す。

過熱されていた衝動に僅かな薄ら寒さが過る。

「これでは、暗き底へ――『奈落』へ誘い込まれているような――」

「知り過ぎたな、アルゴノゥト」

「!!」

老獪で、暗然とした声が、闇の奥より響き渡る。

階段を下りきった先、地下とは思えないほど長く広い石の廊下。

その中央で、男を待ちわびるように、その老人は立っていた。

「いや、よく知ってくれたと言うべきか。これでお前を心置きなく『処分』することができる」

「ラクリオス王……！」

玉座に座する時と何ら変わらない空気と、不気味さをもって、王は隠していた企図をあらわにする。

一度は驚いたアルゴノゥトはしかし、予定調和だったこの対峙を受け入れた。

ラクリオス王が王女の逃避行に手を貸した男を快く思っていなかったのと同じように、アルゴノゥトもまた王を問いたださねばならなかった。

「答えてほしい……何故『魔物』を飼っているのか。どうして、惨い『運命』を我が子に押しつけられるのか!!」

「王族の務めとしか言えぬなぁ。国は先祖であり子孫。誰よりも敬い、可愛がるのは道理であろう」

前置きなど要らぬとばかりに、アルゴノゥトは単刀直入に全ての『何故』をぶつけた。

それに対し王は、この状況にそぐわぬほど泰然と答える。

「たとえ血が繋がる我が子だとしても、『百』の前では『一』を切り捨てねばなるまいて」

忌まわしき魔物を使ってでも国を、数多の民の命を護る。

いっそ王としての責務を貫き通さんとするその弁明を、アルゴノゥトは何の迷いもなく、切って捨てた。

「違うっ、間違っている！　それが為政者の正論であったとしても、貴方は嘘をついている！」

「ほぉ？　ならば、この王が何の嘘をついていると申す？」

「魔物の存在を隠蔽し、将軍という記号を作り上げたのは何故だ⁉　他の国々と手を取り合わず、無駄に戦を重ねるのは何故だ⁉」

かつて占い師の少女と繰り広げた丁々発止とはほど遠い、怒りの糾弾。瞋恚の蒼炎。

ガルムス達が憤ったのと同じように、この国の矛盾を、妖しく揺れる燭台の炎の下で曝け出す。

「人との戦争、あれはミノタウロスの『食事』ではないのか⁉　わざと侵略者を招き、魔物の腹を満たしているのではないのか⁉」

怒りの色を宿す深紅の瞳が、顔色を変えない老人を睨みつける。

一度うつむいた老王は、肩を震わし始め、喉からくつくつと鳴り始めるその音色を――おぞましき笑声に変えた。

「はっはっはっ!!　……気付いておったかぁ、道化ぇぇぇ」

玉座の上で一度たりとて見せなかった醜悪な笑みが、曝け出される。

「あれはよく動き、よく餓える。王族の生贄以外にも大量の『餌』が必要でなぁ。国から出していれば瞬く間に民草など刈りつくされる」

「っ……!!　貴方は国という『百』を守るために、人類という『千』を殺戮している！　貴方の正論は正しく『邪論』だ!!」

「ならば教えてくれ、アルゴノゥト。私はどうすれば良かったのだ？」

アルゴノゥトの非難に、王は笑みを絶やさず、むしろ愉快そうに尋ねた。

「都を魔物に脅かされ、助けを呼ぶ声は他国に聞き届けてもらえず、むざむざ民を死なせていく愚かなこの私は……親も、兄弟も、妻も子供達も魔物の胃袋に送った私はぁ、一体どうすればぁぁぁぁ？」

「っっ⁉」

王がブチまけるのは『狂気』だった。

国の為政者としての懊悩と葛藤、苦悩、そして決断の先に辿り着いてしまった、とっくに壊れた老王がそこにはいた。

息を呑むアルゴノゥトは、潤いを失い、乾き、皺だらけになったラクリオス王の頬に、とうに枯れ果てた涙の滝跡を幻視する。

歯を噛みしめるアルゴノゥトは、それでも王としての過ちを突き付けなければならなかった。

「断ち切るべきだった！　魔物の加護など！　『生贄』を捧げ続ければ、いつかは供物が尽きるのも道理！」

オルナが言った情報を照らし合わせても、今の王都の状況は最悪だ。

血そのものが喪われようとしているラクリオス王家の実情は、導火線を残り僅かとした災厄の爆弾に他ならない。

「それが今だ！　王族は貴方と姫を残し、途絶えようとしている！　今の王都はまやかしの平和、滅びを約束された『悪夢』だ！」

「はっはっは……そうさな、この王都は千年王国には至らんようだ。だがなぁ、アルゴノゥト？　お前は勘違いしている」

アルゴノゥトの激しい喝破に、ラクリオス王は不気味に笑った。

「『生贄』は最初、微々たるものだった。けれど次第に力をつける猛牛を制御できず、失われる王家の血肉は加速度的に増え……生贄には『血の濃さ』も関係していると気付いた時には、既に手遅れ」

「！」

「外部の者と王家がいくら縁を結んでも、全て無駄であったわ」

虚空に向けた眼差しを遠ざける老人の姿は、まるで薄暗い舞台の上で独白（モノローグ）を重ねる独演劇のようだった。

『鎖』を用いた者と同じ濃度の血でしか『生贄』の効果は十全に発揮できない。

それはつまり、『鎖』そのものが約束された破滅であったということ。

なんて意地の悪い筋書き。

まるで底意地の悪い神（あくま）のごとき脚本に、アルゴノゥトは目眩（めまい）すら覚えた。

「私もなぁ、アリアドネは手放したくなかった……。あれは王妃によく似て、とても美しいからなぁ……」

王はそこで、たっぷりと慨嘆しながら、呟いた。

「王都存続のためには、あれに早く手を出してやるべきだったが……ひひっ、この身にもまだ親心なんてものが残っておったらしい」

「……っ！」

歪（ゆが）みきった、おぞましき笑みに、アルゴノゥトの全身の肌が粟立つ。

壊れている。

この国は、そしてこの国に闇に取りつかれた者達全ては、壊れてしまっている。

アルゴノゥトの全身を支配したのは怒りではなく、悲しみ。

顔に浮かぶのは悟りを開いたかのような、憐憫(れんびん)隠せぬ笑みだった。

「王、貴方はもう……正気すら手放しているのか?」

返ってくるのは、均衡を失い崩落する洞窟のような大笑だった。

「正気を保って、どうしてこの時代を生き延びていける！　どうして狂わずにいられる！　無理だろう、無理であろうよ！」

髪を失った頭部を齧(かじ)るように両の五指(ごし)でかきむしる。

歯から唾液の糸を引き、見開かれた眼(まなこ)に凶気を宿すその姿は、まさに人を捨てるしかなかった『怪物』のようだった。

アルゴノゥトは手を握りしめ、噛みしめられていた両の顎を引き剝がした。

「……王よ、今からでも遅くはない。ミノタウロスを討つべきだ！　魔物に頼らぬ治世を、もう一度！」

「できぬよぉ。『天授物(アーティファクト)』はまさに『天啓』。意地の悪い神の恵みだったとしても、それに甘んずるしか王都存続の道はない」

「ならば、私があの魔物をどうにかする！　姫を助け出して見せる！」

「身の程知らずも大概にしておけ、道化。──どの道、お前はもうここで終わりだ」

不気味に笑い続けていた王の顔に、そこで初めて憤怒(ふんぬ)が宿る。

間違い続けるしかなかった己の道と決断の行方を奪わせぬとばかりに、愚かな部外者を睨みつけ、悪魔の指のように細く節くれだった片腕を上げる。

直後、十字を描く左右の廊下から、多くの兵士達が出現する。

「みなの者、聞け！　王女が城よりいいいいいなくなった！」

アルゴノゥトが驚愕する中、自分の左右に並ぶ兵士達に、王は高々と声を上げた。

「全ては『英雄候補』の一人、アルゴノゥトの仕業！　彼奴は恥も知らず王女に執着し、手籠めにして連れ去ったのだ！」

「なっ⁉」

「民に伝えよ！　触れを出せ！　国の外にも知らせるのだ！　アルゴノゥトによって、王女は消息を断ったと！」

それは予定調和の号令。

奈落まで足を運んだ愚者への嘲笑。

兵士達は何の疑問も抱かず、王意に従うだけの人形と化す。

「王命を告げる――アルゴノゥトを捕えよ‼」

おおおおおおおおおおおおおおおおおおっ！　と。

兵士達の雄叫びが地下廊下に轟き渡る。

己の背後からも兵士達の壁が現れる。

こちらへと突っ込んでくる鎧の鯨波に、己を取り囲む悪意の檻に、アルゴノゥトはあらん限りに瞠目した。

「まさか……最初から私を⁉」

「ひひひっ……ちょうど必要だったのだ、利用できる『愚か者』が」

醜悪な笑みを浮かべ、ラクリオス王はアルゴノゥトを嘲る。

「これで王女が消えた理由もできた。お前もまた私の『贄』よ」

「……！」

「さぁ。破滅せよ、アルゴノゥト！」

王の命令と同時に、兵士達の槍がアルゴノゥトに殺到した。

殺傷の加減などなく、ただ胴体と首さえ残っていればいいと言わんばかりの制圧に、アルゴノゥトは咄嗟に地を蹴った。そして転がった。

包囲され退路がないが故の自殺行為。自ら兵士達の足もとに転がり込んで、何度蹴られては踏まれても、敵の視界から逃れることを選択する。

兵士達はまんまと虚をつかれた。

取り囲んで飛びかかった兵士同士、互いの槍で自分達の鎧を叩き合ってはふらつき、床に逃れるアルゴノゥトの姿を見失ってしまう。足を取られ転倒し仲間まで巻き込んでしまう者まで生まれる中、アルゴノゥトは肩を蹴られ頭を打たれ指の骨に罅を生じさせ、鼻から血を流しながら、惨めに足鎧の林をかきわけた。

「ぐううううう……！　くそっ！」

「なにっ⁉」

「逃がすな、追え！」

檻の最後尾、末端の兵士の目の前で一気に飛び上がり、ナイフを閃かせて退けながら、包囲網を突破する。

傷だらけになりながら地下廊下から脱出するアルゴノゥトを、兵士長の号令のもとラクリオス兵は急いで追った。

「逃げたか……まぁ構わん」

燭台の火が揺れる。薄暗い廊下に一人残ったラクリオス王は、動じることもなく呟く。

「どのように転ぼうと……お前はもう終わりよ、愚かなアルゴノゥト」

床を越え、壁まで伸びる老王の影は、自ら怪物に堕ちたかのように歪で、おぞましい形をしていた。

CHAPTER 9

九章

道化は踊らされ、愚者はさまよい

火が付いたような騒ぎに包まれる。

今や兵士達の靴音が響かぬ場所などないほど、ラクリオス王城は騒然となっていた。

「アルゴノゥトがアリアドネ様を連れ去った！　奴は既に『英雄候補』ではない！　王に歯向かった逆賊である！」

号令を下すのは騎士長の男。

漆黒の鎧を揺らす彼は、あらかじめ用意していた台詞をなぞるように声を放つ。

兵士達もまた与えられていた台本に従うかのごとく行動を開始する。

演じるのは惨劇。

喜劇を踏みにじる人の悪意が、無観衆の舞台の上で道化を吊し上げようとする。

「城にいる全ての者よ、罪人アルゴノゥトを捕えよ！」

騎士長の指示にオオオオッ！　と多くの兵士達が応えた。

城全体がびりびりと震えるかのような錯覚を覚える中、三階の廊下にいた『英雄候補』達の中で、フィーナが唖然とする。

「逆賊？　罪人？　王女様を連れ去った……？」

彼女の呟きの中で眉をひそめたのはリュールゥ、顔を歪めたのはユーリとガルムス。

吟遊詩人と戦士達は直ちに気付いた。

全てあの老獪な王の手の平の上、嵌められたのだと。

「兄さんがそんなことするわけない！　何かの間違いです！」

一人、潔癖な妖精の血に従って兄の無実を叫ぶフィーナに反論するのは、どこからともなく現れた女戦士だった。

「王の命令が下った。事実はそれだけだ」

「っ……⁉」

「解き明かす真実など、もはや要らない」

闇を凝縮したようなエルミナの双眸に見据えられ、フィーナが絶句し、額に青筋を走らせるガルムスがいきり立つ。

「口封じのつもりか！　それとも、全てアルゴノゥトに責任を擦り付ける気か！」

「私達も既に忌まわしき『将軍』の正体を知っているぞ！」

「だとしたら、どうする？　逆らうか？」

土の民同様、ユーリも前に歩み出て糾弾のごとく声を荒らげるが、エルミナの凍てついた態度は揺るがない。

「戦争から生きて帰ってきたお前達は既に『英雄』……王は『褒美』を授けることを約束している。お前達自身の『大願』も、ここで捨てるのか？」

「「……！」」

ガルムス、ユーリの顔が苦渋という苦渋に染まった。

特にユーリ相手にその効果は絶大であった。

部族の未来を背負って王都にやって来た青年にとって、同胞達を保護できる楽園を手放すことは、自ら一族の命運を断ってしまうことに等しい。

それが『怪物(ミノタウロス)』に守られる偽りの楽園であったとしても。

「……アル殿を嵌め、我々には首輪をつける。ああ、なんて狡猾(こうかつ)で……滑稽な茶番だ」

嘆くのはリュールゥ。

運命を呪うように、竪琴(リラ)を鳴らす。

「私が見たかった『物語』は、こんなものではないのに」

進退窮まる『英雄候補』達へ、エルミナは止めを刺すように、無感動に告げた。

「王命だ——従え、『英雄候補』ども」


「城門を閉ざせ！　アルゴノゥトを外に逃すな！　まだ近くにいるぞ、探し出すのだ！」

兵士長の怒号が響き、間もなく城門が重い音を奏でて閉ざされる。

幾多の塊となって動く兵隊は城の一階から最上階まで、くまなく罪人を探して回る。

階段を上から下へ、廊下を左から右へ、次々と行っては去っていく。

「はぁ、はぁ……！」

城の一階の回廊。

今しがた兵士達が去っていた場所で息を止めていたアルゴノゥトは、限界とばかりに荒い呼吸をする。

物陰に身をひそめては移動を続けているが、敵の目を完全にかいくぐれない。城門を始めとした退路は断たれ、兵士達の包囲網にじりじりと追い詰められては圧迫されていく危険な感覚が付き纏う。

「兵士は王の駒……王城にいる全ての人間が私の敵⁉　オルナが言っていた『破滅』とは、こういうことか……！」

あまりにも徹底されている動きに、アルゴノゥトは自分が孤立無援であることを悟った。

王城は既に『王女誘拐の罪人』を呑み込まんとする魔物の胃袋となった。どれだけ無罪を訴えようが王の命令が下されたからには白も黒となる。ここから抜け出さなければアルゴノゥトに未来はない。

碌に休めないまま、とにかく城の脱出方法を模索していると、

「いたぞ！　一階だ！」

「くっ……⁉」

とうとう発見されてしまう。

疲弊から頭上の警戒が疎かになり、二階の廊下を移動していた兵士達に警笛を吹かれてしまう。アルゴノゥトは隠密を捨て、駆け出すしかなかった。

階段を駆け下りる津波のごとき足音から逃れるように、王城の中庭の方へと向かう。

「いいザマだなぁ、アルゴノゥト！」

「！」

そこで、立ち塞がる者が現れた。

四人組の男。只人達の『英雄候補』だ。

「罪人に堕ちたんだってなぁ。これでてめえを好きなだけ、いたぶれるぜ！」

「飄々としているてめえは、最初から気に入らなかったんだ！」

これ以上ない大義名分を得た男達は嗜虐的な眼差しを隠しもしない。

城下町で王女を護るため、一杯食わされたのも根に持っているのだろう。長い髪を結わえた頭目の只人が剣呑な視線でアルゴノゥトのことを穿った。

「ここで『英雄ごっこ』を終わりにしてやる！」

一斉に飛びかかる四つの影。

背後からも兵士達が迫るアルゴノゥトを、まさに数の暴力が襲った。

「ぐあっ⁉」

唯一の取り柄である逃げ足をもって必死に避け、凌ごうとするが、多勢に無勢。すぐに『英雄候補』達の攻撃に捕まり、咄嗟に構えたナイフの上から剣で弾き飛ばされては槍の大薙ぎで容赦なく吹き飛ばされる。

最初の『選定の儀』が行われた中庭は、もはや私刑場(リンチ)に成り果てていた。

「がはっ、ごほっ……⁉　ぐぅ……！」

とうとうアルゴノゥトの膝が折れ、中庭の中央で両手をつく。

『英雄候補』達の野蛮な笑い声が響く中、集った兵士達が今度こそ逃げられぬ檻を構築した。

公開処刑もかくやといった光景を広げる中庭に、一人の女戦士(アマゾネス)が城の高階から音もなく着地する。

「終わりだ」

「……っ⁉」

女の手の中に現れた禍々(まがまが)しい暗剣が光を放ち、見張られるアルゴノゥトの瞳を焼く。

腱(けん)か、あるいはいっそ四肢のいずれかを断って身動きを奪うつもりか。残酷な刃が愚かな生贄に向かって一閃される、

まさに、その時だった。

「【契約に応(こた)えよ、大地の焔(ほむら)よ。我が命(めい)に従い暴力を焼き払え】！」

力強い炎の詠唱が鳴り響いたのは。

あたかもエルミナの後を追うように、高階から勢いよく踏み切って飛び降りたフィーナの杖

が、上空を振り仰ぐ兵士達、そしてエルミナを照準する。

「【フレア・バーン】!」

空中を落下している少女の体が、反動で浮遊するほどの大火球が繰り出された。

「ぐぁあああああああああああああああ⁉」

王城の中で炸裂していい火力ではない爆炎の魔法が、中庭に直撃する。

兵士達や『英雄候補』達の包囲網の一角を根こそぎ吹き飛ばす大火球に次いで、雨あられと降りそそぐ火弾の欠片。爆撃の衝撃によって王城が絶え間なく震動する中、アルゴノゥトに止めを刺そうとしていたエルミナのもとに炎の脅威が迫りくる。

「ちッ、またか……!」

エルミナの足が地を蹴る。

アリアドネを捕縛する際も自分を阻んでくれた半妖精の魔法を忌々しそうに睨みつけながら、ばらまかれた弾幕を素早く回避した。

アルゴノゥトの目の前から退く女戦士を他所に、中庭に着地したフィーナは混乱する兵士達に殴りかかる。

「逃げてっ、兄さん‼」

「フィーナ……⁉」

ボロボロの兄を庇うフィーナが杖を振りかぶり、何度も兵士達を昏倒させる。

瞬く間に炎の海が広がる中庭で、激怒した兵士長の声が響き渡った

「『英雄候補』のフィーナ！　奴は罪人アルゴノゥトの妹だ！　取り押さえろ！」

「……！　止せ!!　フィーナ、逃げろ！」

次々と抜剣する兵士達にアルゴノゥトの悲鳴が飛ぶが、決して力に富んでいない半妖精にもかかわらず、フィーナは戦うことを止めなかった。

「逃げるのは貴方です！　兄さん!!　私より弱っちいんですから、いつもみたいに任せてください！」

「フィーナっ……」

「逃げ足だけは速いのが私の兄さんでしょう!?　だから、行って！」

汗を飛ばし、兵士達と代わる代わる立ち回りを演じるフィーナが、余裕なく叫ぶ。

こちらを振り向かない背中が、大声で兄に訴えかける。

「早く!!」

その張り裂けるような痛切な声に。

アルゴノゥトの体は惨めなまでに、押し飛ばされた。

「っっ……！」

もつれかける足を漕ぎ、倒れかけながら、走り出す。

中庭を後にする兄の背を僅か一瞬、見つめたフィーナは、泣き笑いにも見える微笑を落とし

た。

「……私、あの人に恩返し、できたかなぁ？」

兄を一途に思う妹の呟きは、すぐに兵士達の野蛮な足音に踏み潰された。

「取り押さえろォォォ！」

殺到する兵士達を見据え直し、両の眉をつり上げる。

己を捕まえようとする手も、自分を越えて兄のもとへ向かおうとする足も、何度だって杖で打ち払う。

そして魔力暴発（イグニス・ファトゥス）の危険も顧みず、高らかに歌声を響かせ、もう一度、フィーナは杖を輝かせた。

「はぁ、はぁ……！　フィーナッ、フィーナ……！　くそっ！」

魔法の轟音が打ち上がる。

再三巻き起こる中庭からの衝撃に背中を殴られながら、アルゴノゥトは叫び散らすことしかできなかった。

護られてしまった。兄が、妹に。

あの場で兵士を食い止められるのは妹の方で、逃げることしかできないのは弱い兄の方。

どちらも助け出すことなんてできなかったから、フィーナは選んだだけ。

そして愚かなアルゴノゥトには選択権はなかった。彼の妹だけが選ぶことができた。

それだけだった。たったそれだけの理由。

拒まなければならなかった。

笑い飛ばさなければならなかった。

だが、無様なほどに、今のアルゴノゥトには不条理を覆す力はおろか手段もなかった。

「逃がさん」

「……！」

そこで、無情の声が急迫する。

フィーナのあの魔法の砲雨を凌ぎ、ただ一人追いついてきた規格外の暗殺者（アサシン）。

エルミナその人。

渡り廊下を駆けるアルゴノゥトの顔が焦燥に歪む中、伸ばされた手が白髪を摑んで引きずり倒そうとしたが、

「うおおおおおおおおおおおおっ!!」

その場に割り込むがごとく、土の民（ドワーフ）が大戦鎚（だいせんつい）を振り下ろした。

驚愕も半ばエルミナもアルゴノゥトも左右に跳んだ一瞬後、彼等を隔てるかのように巨大な金属塊が渡り廊下を陥没させる。

「裏切り者のアルゴノゥトめ！　俺が成敗してくれる！」

アルゴノゥトに向かってそう吠(ほ)えるガルムスは、有無を言わさず大戦鎚の大振りを横に上にと滅茶苦茶に行い始める。

それは一種の暴風だ。壁を、床を、柱を何度も粉砕し、風ごと抉(えぐ)る怪力の脅威は何人たりとも付近に近付けさせない。

「貴様！　……っ！」

でたらめな振り回しにエルミナが苛立(いらだ)ちを向けるが、彼女でさえ迂闊(うかつ)に接近できない。

裏切り者(アルゴノゥト)にはてんで当たらないくせに、危うく殴り飛ばされかける女戦士(アマゾネス)は飛び退(の)いて大きく回避する。

「派手に飛ばす。構えろ」

「……！」

エルミナを退かせたと同時、凄まじい大戦鎚の風切り音の中に、土の民(ドワーフ)の呟きが落ちる。

唇の動きからソレを読んだアルゴノゥトが瞠目し、両腕を交差させた直後、ガルムスは大戦鎚を一閃させた。

「おおおおおおおおおおおおおおっ!!」

アルゴノゥトに当たる寸前、僅かに勢いを緩め、すくい上げるように上空へと吹き飛ばす。

加減された一撃、しかし土の民(ドワーフ)の膂力(りょりょく)による振り上げだ。

アルゴノゥトは鳥か、あるいは球(ボール)か、嘘のように舞い、背後にそびえていた城の別塔へと突っ込んだ。

窓硝子が派手に割れる音とともに、再び城内へと、文字通り舞い戻される。

「……何の真似だ？」

「何だとは何だ。王命とやらに従い、土の民(ドワーフ)らしく敵の相手をしたまでのこと」

獣を視線だけで殺せそうな殺気を放つエルミナに対し、ガルムスは非などないとばかりにふんぞり返った。

「少し、飛ばし過ぎてしまったみたいだがな」

命令には何も背(そむ)いていないことを主張して、蓄えた髭(ひげ)の下で笑みを浮かべてみせる。

「……三文芝居を」

土の民(ドワーフ)のしたり顔にエルミナが舌打ちを放っていると、兵士達が駆け寄ってきた。

「エルミナ様！　半妖精(ハーフエルフ)は捕らえました！　あの罪人めは……」

「向かいの塔だ。追え」

もはやガルムスのことなど捨て置き、エルミナが背を向ける。

アルゴノゥトが消えた塔へと兵士達が足を向け、女戦士(アマゾネス)が裏手に回り込むように単独で別方向へ向かう中、取り残されたガルムスは大戦鎚を肩に担ぎ直す。

塔を睨みつけるように、そして男を叱咤激励するように、呟く。

「……逃げおおせろよ、道化。こんな結末は我慢ならん」

「ぐうっ⁉」

硝子が飛び散る音とともに、アルゴノゥトが塔の上階廊下へ投げ出される。

寸分違わず窓をブチ破ったことは感嘆するが、とにかく痛い。

皮肉にも中庭の騒動で兵がみな一階に降りているのか。無人の廊下でアルゴノゥトは笑おうとして失敗した、そんな表情を浮かべる。

「……は、ははは……もう少し、穏やかに運んでほしかったな……」

震える手をついて、何とか体を床から引き剝がしていると、そこで鳴り響いたのは竪琴の音だった。

「リューールゥ……！」

「アル殿……嵌められてしまいましたなぁ。貴方自身も『生贄』となってしまった。……とても残念です」

まき散らされた硝子の海を靴で鳴らしながら、妖精の吟遊詩人が歩み寄ってくる。

どこか他人事のような、一枚壁があるような、それこそ観測者のような口振りで、今アルゴノゥトの置かれた状況を嘆いた。

「こうなってしまえば、私には何もできません。いえ、こうなってもなお私は見守り、あるがままを歌うことしかできない」

「っ……！」

「私が力を貸したところで、二人まとめて捕えられるのが我々の終焉……ですが、『道』を示すことくらいはできましょう」

力にはなれないと明言しておきながら、リュールゥは爪弾いた竪琴（リラ）の音（ね）の趣を変えた。

自分が来た方角を振り返り、その細い指でアルゴノゥトに指し示す。

「この塔の地下へ。黒の鉄門扉をくぐれば下水道……運が良ければ城の外へ抜けられます」

「……！」

「お急ぎを。この後に貴方を助けられる者はもういない」

アルゴノゥトが瞠目するのを他所に、これが差し伸べることのできる最後の手であることを告げる。

青年が生贄にされたと知って、フィーナは誰よりも早くアルゴノゥトのもとに駆けつけ、ガルムスは一芝居打って盾突き、リュールゥは土の民（ドワーフ）と素早く示し合わせたのか、一人冷静に状況を精査して逃走経路を用意したのだ。

短い時間とはいえ、苦楽をともにした『英雄候補』達はアルゴノゥトのために奔走したのである。

『その一人』を除いて。

「……『彼』は？」

「……あの方は、故郷(すべて)を失ったガルムス殿とは異なり、守らなければならないものがある。王命には逆らえない」

よろよろと立ち上がり、問うてしまったアルゴノゥトに、リュールゥは目を伏せた。

「会ってしまえば、哭(な)きながら貴方を討つでしょう。だから……さぁ」

「…………」

頬を伝う血を流し、目を眇め、歯を噛みながら、アルゴノゥトは駆け出した。

リュールゥのすぐ隣を通って、地下へと続く階段を。

「……ああ、逃げたまへ、アルゴノゥト。屈辱を糧にして、今だけは逃げたまへ」

暗闇(くらやみ)の奥へ向かう背中に、吟遊詩人は詠う。

「闇の川をかきわけ、どこにもない『希望』が見つかると信じて」

静かに奏でられる竪琴(リラ)の音が、吸い込まれていった。

リュールゥの言っていた鉄門扉は、地下に下ってすぐだった。

手を貸せないと言っておきながら、最後まで吟遊詩人は上手(うま)くやってくれたのだろう。こちらを追跡する兵士達と鉢合わせすることなく、アルゴノゥトは何とか扉を押し込んで開放し、下水道へと入ることができた。

碌に視界が利かない暗闇の中で、壁に左手をつきながら、ひたすら進む。

水の深さはちょうど膝下。

ざばっ、ざばっ、と両足が水流をかき分けていく。

生傷が絶えない今の体に、異臭を放つ汚水はまるで四肢を蝕む毒のようだった。

一瞬でも気を抜けば、流れ出る血と一緒に力が失われ、膝が崩れそうになる。

「はぁ、はぁ……くっ――」

息が上がり、転びそうになった体を何とか堪える。

「……足が上がらない……目が霞む……」

惨めな醜態を思い返し、心の片隅に魔が差そうとする。

「全てから、逃げて……私は……」

その時だった。

城の地下に張り巡らされた下水道の扉の一つが開き、闇の奥から、水流を踏み割る音が鳴り響いたのは。

「！」

顔を上げたアルゴノゥトの視線の先、暗がりの奥から薄っすらとした光が浮かび上がる。

叩き折った燭台を片手に現れるのは、狼の耳と尾を持つ誇り高き戦士だった。

「…………」

「……ああ……会ってしまったなぁ……」

こちらを睨みつけてくるユーリに、アルゴノゥトは思わず、笑みを浮かべた。

「……王命に従い、貴様を捕える」

「そうか……」

「……私には、守らなければならないものがある」

「そうか……」

「……それのためなら奴等の使い走りにもなろう。誇りも捨てよう」

「そうか……」

感情を押し殺した声が、何度もアルゴノゥトを殴る。

拳も上手く握れない、稚児の喧嘩のように弱々しく、頼りなく、白髪の青年を叩き続ける。

「魔物に守られる偽りの『楽園』だったとしても……！　我が部族には、もうここしか残されていないのだから！」

今にも血を吐いて、泣き崩れそうな、そんな狼の咆哮に。

「そうだなぁ……」

アルゴノゥトは静かに、何も否定せず、笑い続けていた。

ユーリの顔が歪んだ。

割れんばかりに歯を噛みしめ、握りしめた拳を振り上げる。

「愚かな『英雄』の烙印を受け入れてでも、私はッ――!!」

左掌底が放たれる。

アルゴノゥトはその一撃を、避けられなかった。

あっさりと吹き飛ばされ、水路を横転し、無様に倒れる。

汚水が黒い花弁のように周囲へ舞い散る。

ユーリはその一連の光景に、唖然としていた。

「…………なんだ、それは」

「…………」

ユーリの呟きに、上体を起こすアルゴノゥトは笑おうとして、上手くいかなかった。

「なんだ、そのザマは！　軽く押しただけで、無様に足をとられて！　あの馬鹿げた逃げ足はどうした！　私の拳など躱し、手が届かない場所へ消えたらどうだ！」

今も立ち上がれないでいる只人に、狼人は激昂する。

「いつもの減らず口は⁉　挑発をしないのか！　私を惑わせ、この汚らしい下水から逃げおおせてみせろ！」

「…………」

「貴様の語る『英雄』とは、この程度で終わるものなのか⁉」

その怒声に。

叱咤のようにも聞こえるユーリの叫び声に。

アルゴノゥトの唇は、浅く曲がった。

「……君は……やっぱり、優しいなぁ……」

「ッツ……‼」

満身創痍で、呟きと、微笑を落とす。

ユーリは牙のように鋭い八重歯をあらん限りに、ぎりぎりと嚙み鳴らし、右腕を思いきり薙ぎ払う。

燭台を投げ捨て、もう一度、拳を振りかぶった。

「うおおおおおおおおっっ！」

今度こそ、獣人の一撃が凄まじい打撃音を奏でる。

衝撃は下水道を揺るがし、壁面に亀裂を刻んだ。

鎧も何も纏っていない只人の肉体などひと溜まりもない威力に、汚水が怯えるように息を呑み、パラパラと石の破片だけが落ちていく。

「……っ？」

力なく項垂れていたアルゴノゥトは、自分が無傷であることに気が付いた。

何てことはない。獣人の一撃は、地面に腰を落としている只人を掠りもせず、すぐ真上の壁面を捉えただけのことだった。

違和感はすぐに疑問に変わる。

『狼』の部族一の戦士とあろう者が、この距離で攻撃を外すわけがない。

未だ降りしきる石の破片を頭に浴びながら、アルゴノゥトは緩慢な動きで頭上を見上げた。

燭台の光源が失われ、下水道が再び暗闇に包まれる中、そこに立つ狼人の輪郭だけは僅かにわかった。

荒い息遣いが、彼がすぐ側にいることを教えてくれる。

表情は窺い知れず。

けれど青年の唇は、確かに動いた。

「……今の一撃をもって、アルゴノゥトは死んだ。私に、そ、そう見せかけ、た」

「！」

「貴様は私から上手く逃れたのだ！　道化のアルゴノゥトは小賢しく、逃げ足だけは速いからな!!」

この暗闇だ。

歴戦の戦士の目も盗めるかもしれない。

この汚臭だ。

鋭い獣人の鼻も誤魔化して、まんまと逃げることもできるかもしれない。

だから、王命に従うユーリがアルゴノゥトを取り逃がしてしまうことも、仕方がない。

暗闇の中で、二人の青年は確かに視線を絡め、一方は瞳を見開き、一方は双眼を歪めた。

「……君は」

「失せろ!!」

アルゴノゥトの呟きの続きを、『狼』の戦士はそれ以上言わせなかった。

まるで鼠を追い払うように大喝し、暗い下水道を震わせる。

「…………」

アルゴノゥトは黙って、惨めに、立ち上がった。

壁に左手をつきながら、ユーリのもとから歩み出す。

だが、数歩進んだところで、立ち止まった。

「……ありがとう、ユーリ」

「!」

その感謝に。

唇に乗ったその名に。

目を見張ったユーリの脳裏に、今はもう遠い日のように感じる、当時の光景が蘇った。

『真の礼を伝えるには、その者の真名を知らなくては！』

まだ王都に到着する前。

初めて出会った荒野で、道化の男は自分達を救った狼人に、そんなことを言った。

「長くなってしまったが……礼を伝えさせてくれ。『狼』の部族の、ユーリ……」

暗闇の中で、まともに顔を見れぬことを詫びるように。

目と目を合わせられないまま伝えることを懺悔するように。

アルゴノゥトは闇の中で、確かに振り返り、ボロボロな顔で微笑んだ。

「何度も私を助けてくれた、誇り高き獣人……」

その言葉に、もう一度、戦士の拳が震えるほどに握り締められる。

「貴様という男は、どこまでっ……！」

胸の中の感情がぐちゃぐちゃにかき乱され、渦巻く悲憤で顔を思いきり歪めながら、ユーリは背に向かって吠えた。

「っっ…………行け‼」

ユーリの言葉は今度こそ、それで終わった。

アルゴノゥトももう、何も言わなかった。

じゃぶ、じゃぶ、と頼りない水の音を隧道内に反響させながら、男の気配が遠ざかっていく。

その間、獣人の青年は痛苦を堪えるように、ずっと歯を噛みしめていた。

EPILOGUE

エピローグ

斯くて『彼』は笑う

~I am Argonaut~

汚水の道はひたすらに臭く、重く、無様だった。

一人歩き続ける下水道に希望の星明かりなど無論なく、出口のない迷宮(ラビリンス)に囚われているようだった。ならばこの暗闇(くらやみ)はアルゴノゥトにとっての冥府だろう。王女(アリアドネ)を生贄(いけにえ)の鎖で縛り上げ、闇(やみ)の奥へ引きずり込んだ運命の袋道と同じ。

たとえ、ここを無事に生き延びたとしても破傷風は避けられない。愚かな男の命運はもう尽きた。頭の片隅が脚本の結末をそう結ぶ。しかしアルゴノゥトは、自身の脚本に綴(つづ)られたその結末を、必死に塗(ぬ)り潰(つぶ)し、新たな文章を記していった。


滑稽なアルゴノゥトは歩き続けた。

騙(だま)されたことにも気付かず、鼻を押さえながら、ひぃひぃと言いながら進んだ。

臭く、重く、暗い道のりを、『なぁに、すぐに空の下へ出れるさ』と信じて疑わなかった。

取り出すこともできない『英雄日誌』に、心の中でそう書き殴り、息を切らして、道化を演じた。演じなければならなかった。

だって、このまま幕が下りれば、それは喜劇ではなく、悲劇で終わってしまう。

自分を庇った妹(フィーナ)は、運命の鎖に縛られた一人の女の子は、惨劇のまま人生を閉じてしまう。

そんなことはあってはならない。認めてはならない。

だから、あがくことをやめなかった。

どんなに引きつっても、笑みにも見えない笑みを浮かべることをやめなかった。

希望を信じる陽気で、愚かな道化を演じ、歩いて、歩いて、前に進み続けた。

そして。

壁に沿わせていた左手が、上へ上がる階段を見つけ、固く閉ざされた鉄門を押し込むように開いた。

「……城下町」

暗闇に慣れた視界に広がるのは、どこか見覚えのある、仄暗い路地裏だった。

顔を上げれば灰の空が見え、何度も降る水滴が額を叩いた。

夕暮れを呑み込む厚い雲。通り雨だろう。誰かの涙の代わりに降りしきるこの驟雨は、手足に巣食う倦怠感と虚しさを洗い流してはくれないが、きっとすぐに止む。旅人でもあったアルゴノゥトにはそれがわかった。

「城の外に、出れたのか……」

そう長くはない時間、だが先の見えない暗闇の中で無限にも思えた地下の放浪から解放されたアルゴノゥトは、しばし魂の抜け殻のように立ちつくした。

天を仰いでいた体がゆっくりとふらつき、右手にあった壁に力なく寄りかかる。

震えるように息を吸って、吐き、放心の状態から無理矢理脱したアルゴノゥトは、目を眇めながら辺りを見回した。現在地は恐らく王都の西区画。アリアドネを追手から護るため、散々走り回った場所。冷たい路地の造りと雰囲気から、そう推理する。

疲労の喘ぎ声が響く頭蓋の中に喝を入れ、思考を何度も空転させながら、歩み出す。

停滞は愚策。考えながら前へと進むべき。

打開の道にほど遠くとも、逃げなくてはならない。生き延びなくてはならない。

どんなに絶望が降りかかろうとも、アルゴノゥトは──。

「おい、聞いたか⁉　王女様が攫われたんだってよ！」

「！」

路地裏を進み、都の表通りに差しかかろうとした直前。

雨音の奥から、民の声が飛んできた。

「何でも『英雄候補』のアルゴノゥトってやつの仕業らしい！　王城の兵士達がお触れを出してるぜ！」

「私も見たわ。兵士達がすごい剣幕で探し回ってて……。王女様、可哀想……！」

「『英雄候補』ってことは都の外から来た余所者だろう？　とんでもねえ野郎だっ！」

怒りと悲しみが募る都の住民達の声を聞いて、アルゴノゥトは息をひそめざるをえなかった。

壁に身を寄せながら、聞き耳を立てれば、心臓が暴れ出す。

(兵士達が探し回っている……？　既に私が城下にいることは、筒抜けか……！)

下水道を使って王城を脱出したことはバレているのだろう。

城下町に通じる下水道の扉を洗いざらい調べられているに違いない。辺りにもう、追跡の影が迫ることだろう。

「おい、何かあったのか？」

「おお、あんた旅人か！　実はな、王女様を攫った極悪人がこの町に……」

ふらりと通りかかった只人に、顔馴染みがなかったのか、民の一人が説明しようとする。

だが振り返った彼は動きを止めた。

少しでも情報を得ようと、焦っていたアルゴノゥトのもとを――身をひそめている物陰をじっと凝視してきたのだ。

「……オイ、そこにいるヤツ……」

はっとするアルゴノゥトは弾かれたように壁から身を離し、その場からも離れた。

だが、遅かった。

急いで駆けつけてくる幾つもの足音が、逃げるアルゴノゥトの背を目撃してしまう。

「お触れの人相通りだ！　てめえ、アルゴノゥトだな！」

たちまち騒然となる雨の街角。

恐怖と興奮に支配されている民衆に、弁明も反論も届かない。

雨で煙る通りを駆けるアルゴノゥトの後ろ姿はまさに、悪事が露見した咎人のそれと何ら変わらなかった。

「アルゴノゥトだ、悪人のアルゴノゥトがいたぞぉー！」

「憲兵さん、こっち、こっちよぉ！」

「糞野郎！　王女様を返せぇ!!」

怒号と悲鳴が飛び交う。

石や腐った果実が投げつけられる。

何かがひっくり返る音が幾度となく鳴る。

手当たり次第に放たれる石に何度か体を打たれ、顔を歪めてよろめいては、血の粒を雨の中に隠してアルゴノゥトは逃げ続けた。

「はっはっはっ……！　ぐぅぅっ……!!」

最後の力を振り絞って、地面を蹴り、民衆を撒く。

頭の片隅が握り締める王都の地図の紙片を辿り、逃走経路を駆け抜け、水溜りを何度も踏み荒らした。

走って。

走って。

逃げ続けて。

やがて足音が小さくなっていき、数自体も減った頃、アルゴノゥトの両脚は完全に言うことを聞かなくなった。

「…………ぁ」

糸が切れた人形のように、全身から力が抜けた。

体が前に傾き、地面へと引き寄せられる。

雨の音だけが周囲を支配するようになり、アルゴノゥトの体から熱を奪っていく。

（……膝が折れた……手が地面から引き剝がせない……いったい、どれほど逃げ続けたのか……）

そんな青年を、物言わぬ精霊達の像が見下ろしていた。

そこは人工の泉。以前、王女と訪れた噴水広場。

空は晴れ、噴水が蒼く輝いていたあの日の光景は、今は雨と混ざって、氾濫した川のように色も音も冷たい。

（我を失い、罠にはまり……妹を犠牲にして、仲間に助けられ、最後は情けまでかけられて……）

そんな中で、アルゴノゥトはとても小さな、笑みを浮かべた。

それは、とても小さな、自嘲の笑み。

（嗚呼(ああ)、なんて――）

「哀れね、アルゴノゥト」

響き渡った少女の声が、自嘲の言葉を引き継ぐ。

「そして惨めで、無様」

「……オルナ」

アルゴノゥトが首だけを動かし、見上げると、そこに立っていたのは占い師の少女だった。

無表情に、無感動。

布を被ることもせず、衣(ころも)と褐色の肌を無数の雨粒で濡(ぬ)らしながら、オルナはこちらを冷たく見下ろしていた。

「人に騙され、王に利用され、多くの者の思惑に振り回され……全(すべ)てを失った。妹も、友情も、人権さえも」

「…………」

「『英雄』の器ですらないのに不相応な夢を見た、滑稽な男の末路」

行き着いたアルゴノゥトの物語を、オルナはその言葉をもって評する。

まるで予言者のごとく。

悲劇と惨劇の紡ぎ手のように。

「私は言ったわ。これ以上進めば必ず『破滅』すると。……いいザマね、いい気味よ」

「私を……笑いにきたのか？」

「ええ、そうよ。混乱している城から抜け出して、わざわざ来てあげたの」

無表情のまま嘲弄するオルナに、アルゴノゥトは、小さく笑った。

「そうか……私を、笑いにきてくれたのか」

「……何を笑っているの？」

白けた独白を重ねるだけで、聴衆など誰もいない自身の暗い舞台に、たった一人だけ来てくれた『観客』へ感謝を捧げるように。

その笑みを見て、オルナは静かに苛つき始めた。

「私、貴方が嫌いだった。何度も伝えたわね。特に、その『笑み』が大っ嫌いだった」

「……」

「何も知らない能天気な笑みが。何もかもわかった風なつもりでいる、愚者の笑みが」

「……」

「それが泣き喚いて、苦しんで、私みたいになると思っていたのに――――どうして、こんな状況で笑っていられるのよ⁉」

苛立ちは段々と増して、募り、渦を巻いて、激情へと変貌する。

箍(たが)が外れる少女の叫び声に、アルゴノゥトは今にも折れそうな顔を上げ、嘲るでもなく、皮肉るわけでもなく。

微笑んであげた。

「……君は、寂(さび)しかったんだな」

その笑みに。

オルナの怒りが、とうとう振り切れた。

「……っっ‼　ふざけないでよッ‼」

「ぐっ……⁉」

繰り出された靴先がアルゴノゥトの肩を蹴り上げる。

一瞬浮いた男の体がすぐに地面に戻るが、少女の憤激は収まらない。

「同情？　憐憫(れんびん)？　貴方が私を⁉　何も知らないくせに！」

「……ああ、何も知らない。でも君は、全てを知っていて……ずっと、苦しんでいたんだ」

ぼろぼろの体で、もう力は残されていないにもかかわらず、それでも頬(ほお)を地面から引き剥(は)がし、滑稽な道化は少女の誰(だれ)かのために立ち上がろうとする。

「何も、できなかったから………」

雨が隠している少女の誰(だれ)かの涙を拭うために。

「――じゃあ、どうすればよかったのよ‼」

　しかし、それは今のオルナにとって炎を爆(は)ぜさせる油にしかならない。

　無表情を貫いていた相貌は今や怒りの形相に変わり果て、溜め込(こ)んでいた鬱憤も悲愴も何もかも吐き出し、衝動の言いなりとなる。

「『生贄』を捧げなければ人が死ぬ、国が死ぬ！　一を切り捨てなければ百が、千が失われる！」

「がっっ……⁉」

「『鎖』の戒めを失ったミノタウロスは国を亡(ほろ)ぼすわ！　女子供は貪(むさぼ)られ、男達は戦斧(せんぷ)の餌(えさ)！」

　衝動はそのまま蹴りの雨へと転じた。

　まだヘラヘラと笑って立ち上がろうとする道化を叩き折るように、かつての無力(オルナ)を憎み殺すように、何度も蹴り上げた。

「ならあの王の、『醜悪な魔物』の言う通りにするしかないじゃない！　『生贄』を捧げて生き長らえるしか！」

　何度も、何度も、何度も。

「こんな国が『楽園』ですって⁉　笑わせないでよ！」

　暴力なんて振るったことのない子供のように。

「私は大っ嫌いよ！　この国も、こんな世界も、私自身も！　みんなみんな‼」

　泣くのをずっと我慢していた、哀れな娘(むすめ)のように。

「お前も、絶望してしまえぇぇぇぇぇぇぇぇぇぇ!!」

何度だって、蹴り続けた。

愚かな振る舞いで、衝動のはけ口となることを望んだ道化に向かって。

降りしきる雨をも震え上がらせていた激憤が、間もなく乱れる息とともに、千々に散っていく。後に残るのは深い後悔と惨めな忸怩（じくじ）だけ。

少女を哀れんだのは、真実天空（てんくう）の方だった。

雨脚が強まる。

全てを溶かして消すように、風と横殴りの雨が吹き付けていく。

亡骸（なきがら）のように倒れ伏した男の前で、肌に張り付く前髪に瞳（ひとみ）を隠しながら、少女が項垂（うなだ）れる。

できあがるのは、占い師の予言通り、酷薄な現実に打ちのめされた二つの絶望の残骸――

「それでも……」

――その筈だった。

屍（しかばね）と化していた男の手が、水溜りの中で拳（こぶし）を作る。

今にもかき消えそうな囁（ささや）き、それでも確かに聞こえた声に、少女がはっと顔を上げる。

「それでもっ――」

何度も騙され、何度も転び、何度も嗤われた道化が、何度だって舞台に上がる。

辿り着いた戯曲の結末が幕引きを迎えたというのなら、ぼろぼろに傷付いた拳が紐を掴み、再び幕を上げ、筋書きにない第二幕の鐘を鳴らす。

呆然とするのは少女。

唖然とするのは天空。

たった二つしか埋まっていない観客席を前に、男は、今度こそ立ち上がった。

傷付き果てた、みっともない衣装。

その足はもう踊れない。

今にも膝が砕けて地に墜ちてしまいそう。

しかし喉は動く。歌を唄える。意志を紡げる。ならば男の歌劇は終わっていない。

泣いているのは誰だ。

傷付いているのは誰だ。

この風雨の中にあって、咲かせなければいけない小輪は、どこだ？

哀れみは要らない。

慰めも必要ない。

今、この歌劇に必要なのは。

目の前の客席で、こちらを見上げる少女に届けなければいけないのは、たった一つ。

「『僕』は笑うよ」

「――――」

その『笑み』を映す少女の瞳が、大きく見開かれた。

「どんなに馬鹿にされたって、どんなに笑われたって……どんなに絶望したって、唇を曲げてやるんだ」

弓なりに曲がった深紅が、綻んだ唇と一緒に、少女の胸を叩く。

「じゃなきゃ精霊だって、運命の女神様だって、微笑んじゃくれないよ」

絶望なんて笑い飛ばしてしまうような。

腹を押さえて床に何度も転がってしまうような。

そんな、とびっきりの『喜劇』を届けたい。

そう笑いかける。

「……どうして」

動いた。

失望の雨に濡れ、自己嫌悪の沼に浸り、絶望の鎖に縛られていたオルナの心が。

どうしようもなく、揺れ動いた。

「どうしてっ、貴方は、そんなにっ……」

絞り出すように声を震わす少女に、道化が返す答えは一つ。

「だって……笑顔にしないといけない人が、目の前にいる」

「！」

「オルナ……僕は、君も助けたい」

少女達と出会ってから、王都に辿り着いてから――『アルゴノゥト』が始まった時から、何一つ変わっていない彼の想(おも)いを差し出す。

「君の、笑顔が見たい」

少女の目尻から、天の滴では隠せない涙が溢(あふ)れた。

雨が唸(うな)る。

風が騒ぎ立てる。

荒ぶる雷(いかずち)は雲の奥。

絶望に殺されてなお、希望を手放さない愚かな男を、天空(そら)は『英雄(どうけ)』と呼んだ。

「……なに言ってるのよ。そんなボロボロで、立ってるのもやっとのくせに、なにを……」

少女は泣いた。

雲が薄れ、驟雨の気配が遠のき、もはや小雨ではその滴を覆えなくなる中、怒るように、悔しがるように、殺していた感情が溢れ出してしまうかのように、涙を落とした。

「私なんかのために、なにをっ……！」

自分でも御することのできない言葉と思いの数々に、オルナが胸を手で押さえて必死に耐えていた、その時だった。

「いたぞっ、あそこだ！」

「「！」」

広場に通じる道から、二十に達する兵士達が雪崩れ込んできたのは。

「追い詰めたぞ、アルゴノゥト！　卑しい鼠め、ここで処罰してくれる！」

兵士長の男が鎧の列を割って、前に出る。

顔を覆う兜の中身が笑みを宿していることは、嗜虐的な声音からも明らかだった。

「待って……待ちなさい！　その男に手を出さないで！」

「オルナ様？　何故ここに！」

指で突くだけで倒れそうなアルゴノゥトを、咄嗟に背で庇うオルナに、兵士長の男は目を疑ったようだった。

腰もとの柄に手を伸ばし、勢いよく抜剣する。

「お下がりください！　この逆賊めを討つのは我等の仕事、既に王の許しは得ております！

城に持ち帰るのは、喋れなくなった『死体』で構わぬと！」

「……っ！　駄目よ、許さない！　この男の身柄は私が預かる！」

オルナはアルゴノゥトが見たことのないほど、必死になって王の処断を遠ざけようとしていた。周囲の兵士達がうろたえる中、兵士長だけは嘲るように鼻を鳴らす。

「何を言われているのですか。客人とはいえ、占い師の分際で。『おいた』が過ぎますと、寛大な王とて許しませんぞ？」

「……！」

舐めてかかる男に、オルナの顔が歪む。

次には兵士長が伸ばした手に捕まり、横手へ追いやられた。

「ここで終わりだ、アルゴノゥト！　行方知らずとなった王女ごと、貴様を闇に葬ってくれる！」

「ぐっ……！」

「はははは っ！　死ねェ!!」

これも予定調和。恐ろしい猛牛のことも生贄のことも知っている男は、高笑いを上げながらアルゴノゥトへと斬りかかった。

「――ぐぁぁ!?」

そして、紅い花が咲く。

アルゴノゥトの首、からではなく、兵士長の鎧の継ぎ目から。

「はぁ、はぁ……！」

ぐらりと倒れる兵士長の背後、血に濡れたナイフを持つのは、かたかたと手を震わし、肩で息をするオルナだった。

「兵士長ぉ⁉」

「懐刀（ふところがたな）……⁉　オルナ様、なんてことを！」

白刃を隠し持っていた少女に、兵士達が一斉に叫び散らしては動揺する最中（さなか）、アルゴノゥトもまた驚きをあらわにする。

「オルナ……！」

「仕方がないでしょう……！　体が動いてしまったんだから！」

少女は再びアルゴノゥトを背で庇い、怒鳴り返すように答えていた。

「貴方を死なせたくないと！　愚かな私は、そう思ってしまったのだから！」

兵士達を睨（にら）みつけながら、今も震える背中で自分を護ろうとするオルナの姿に、アルゴノゥトは言葉をなくす。同時に、すぐに歯を食い縛り、自らも腰からナイフを抜く。

力を振り絞るように。自らも少女を護るために。

「おのれ……！　お前達、二人まとめて取り押さえろ！」

副官の兵士が怒りの声を上げる。

抵抗の姿勢を見せる『二人の罪人』に兵士達ももはや容赦を捨てた。

ならず者のごとき凶暴な声を上げ、一斉に飛びかかる。

退路なき絶体絶命に、二人寄り添うアルゴノゥトとオルナが最後まで抵抗しようとした――

その時。


「やれ、精霊（ウルス）」


声が響いた。

次いで生まれるのは、『爆焔（ばくえん）』。

「ぐぁあああああああああああああああああああああ⁉」

凄（すさ）まじい紅の連なりが、兵士達をまとめて吹き飛ばす。

あたかもアルゴノゥト達を囲い、守るように地面から火輪（かりん）が発生し、四方から飛びかかっていた兵士達をまとめて吹き飛ばしたのである。

猛炎を被ったラクリオス兵達は背中や肩から地に突っ込み、例外なく意識を断って、ブスブスと焼き焦げる鎧から幾条もの煙を昇らせた。

「なっ……」

「炎の、魔法……？ いや、今のは……」

オルナが唖然とする横で、今日までフィーナと行動をともにしてきたアルゴノゥトにはわかった。

目の前に広がった炎海の光景は単なる妖精の魔法ではないと。

もっと上位の『奇跡』であると。

「よぉ、助けない方が良かったか？」

間もなく、疑問の答えが広場の外からやって来る。

炎の轟声が切っかけだったかのように、空から降っていた雨は完全に途絶えていた。

呆然とするオルナとアルゴノゥトの視線の先で、炎光を浴びて、暗闇を払い、真っ赤な髪を揺らしながら、毛皮の肩掛けらしきものを身に纏う『青年』が歩み出てくる。

「王女を攫った極悪人ってやつを見に来たんだが……連中の方が明らかに悪者に見えたんでな」

その声音に、アルゴノゥトは覚えがあった。

それもつい先程。民衆から逃げる最中、耳にしたそれ。

『おい、何かあったのか？』

『おお、あんた旅人か！』

自分と同じ、都の外からやって来た旅人。

『異邦人』たるその人物に、アルゴノゥトは目を見開く。

「君は……」

アルゴノゥト達を救った紅が躍る。

炯々と燃えていた焔が螺旋を描くように、なんと青年のもとに舞い戻っていく。

そこでアルゴノゥトも、オルナも気が付いた。

青年の肩、そこにかかるのは毛皮の肩掛けではなく、紅の化身であると。

燃え、揺らめき、人の輪郭を象る『精霊』が、幻想のように無数の火の粉となって、青年の背から浮かび上がる。

「俺か？　俺はクロッゾ。ただのクロッゾ」

携えるは赫灼たる光を帯びた大剣。

雨を凌いでいた外套を放り捨て、光り輝く剣を肩に担いだ『クロッゾ』は、にっと陽気な笑みを浮かべた。

「しがない鍛冶師だ」

道化の行進は終わらず。

さりとて悲劇の歯車も止まることなく。

ならば後は、男の喇叭(らっぱ)が一隻の船出を告げるだけ。

英雄は、自らの手で運命を紡ぐ。

役者は揃った。

これは私達が愛した喜劇――。

あとがき

本作『アルゴノゥト』はWright Flyer Studios様が制作されたアプリゲーム『ダンまち　メモリア・フレーゼ』にてリリースされた大型シナリオ、その書籍化作品となります。

『アストレア・レコード』に続く英雄譚シリーズ、その第二弾です。

こちらは本編主人公達が活躍する神時代(しんじだい)のお話ではなく、何千年も前の『古代』の物語となります。


この『アルゴノゥト』というお話は『埃(ほこり)を被っていた物語』です。

というのも、当初はアルゴノゥトにまつわる物語は公開する気はなく、あくまで『ダンまち』という作品の裏設定としてとどめておくつもりでした。それが『ダンまち　メモリア・フレーゼ』さんが展開する大型周年イベントという機会を頂いて、悩み抜いた末に、シナリオ化させて頂いた次第です。

ダンジョンに出会いを求めるのは間違っているだろうか、という作品の第一巻が世に出たのは２０１３年の1月。そして、宝箱の底に眠っていたアルゴノゥトの初期プロットの最終更新日は２０１１年の6月9日。

ダンまちという作品にとっても、私にとってもエピソード０のお話です。

とても特別で、大切な物語を、こうして書籍としても出せることを嬉しく思います。

ベルやティオナ達も知る英雄譚アルゴノゥトとは一体どんな物語なのか、現代に語り継がれている内容と違いがあるのは何故なのか、そしてベル達とどんな繋がりがあるのか。たくさんの秘密が隠された『喜劇』を、皆さんの目で確かめて頂けたなら幸いです。

それでは謝辞に移らせて頂きます。

担当の宇佐美様、豪華特装版含め数えきれないご尽力、誠に感謝しています。色々な案を出し合って、とうとうここまで来れましたね。イラストレーターのかかげ先生、アストレア・レコードに続き、カッコよかったり可愛かったり美しいアルゴノゥト達を描いてくださって、ありがとうございます。後章ではかかげ先生の手からどんな英雄やヒロイン達が生まれるのか、今からすごく楽しみにしています。アルゴノゥトという船に乗船して、お力を貸してくださったＷＦＳ様や関係者の皆様にも深くお礼を申し上げます。ここまで目を通してくださった読者の方々にも最大級の感謝を。

次回は後章『英雄運命』。

道化の踊る喜劇が一体どこに辿り着くのか、どうかご観劇ください。

大森藤ノ

ファンレター、作品の
ご感想をお待ちしています

〈あて先〉

〒106－0032
東京都港区六本木2－4－5
SBクリエイティブ（株）
GA文庫編集部 気付

「大森藤ノ先生」係
「かかげ先生」係

本書に関するご意見・ご感想は
右のQRコードよりお寄せください。

※アクセスの際や登録時に発生する通信費等はご負担ください。

https://ga.sbcr.jp/

アルゴノゥト前章　道化行進
ダンジョンに出会いを求めるのは間違っているだろうか　英雄譚

発　行　　2023年7月31日　初版第一刷発行

著　者　　大森藤ノ
発行人　　小川　淳

発行所　　SBクリエイティブ株式会社
〒106－0032
東京都港区六本木2－4－5
電話　03－5549－1201
03－5549－1167（編集）

装　丁　　FILTH

印刷・製本　中央精版印刷株式会社

乱丁本、落丁本はお取り替えいたします。

本書の内容を無断で複製・複写・放送・データ配信などをすることは、かたくお断りいたします。

定価はカバーに表示してあります。

©Fujino Omori
ISBN978-4-8156-1968-8

Printed in Japan　　GA 文庫

アストレア・レコード1 邪悪胎動 ダンジョンに出会いを求めるのは間違っているだろうか 英雄譚

著：大森藤ノ　画：かかげ

GA文庫

これは、少年が迷宮都市を訪れる約七年前──“最悪”とも呼ばれた時代の物語。

正義を司る女神アストレアのもと、自らの信じられる『正義』を探していたリュー・リオン。迷宮都市の暗黒期にあって常に明るさを失わない団長アリーゼや仲間に導かれ、未熟ながら己の信念を育みつつあった。

そこに現れた一柱の男神。

「『正義』って、なに？」

そして始まるは闇派閥との大抗争。しかしそれは、迷宮都市の崩壊を目論む『邪悪』の胎動そのものだった。

これは暗黒期を駆け抜けた、正義の眷族たちの星々の記憶──。

アストレア・レコード2 正義失墜 ダンジョンに出会いを求めるのは間違っているだろうか 英雄譚

著：大森藤ノ　画：かかげ

GA文庫

　後に『死の七日間』と呼ばれる、オラリオ最大の悪夢が訪れる――。

　闇派閥による大攻勢にさらされた迷宮都市。街を支配した『巨悪』に抗う冒険者たちだったが、悪辣な計略、終わりのない襲撃、更には守るべき存在である民衆にも非難され、次第に消耗していく。知己を失い、自らの正義が揺らぎつつあるリューも同じだった。そして、そこへ畳みかけられる『邪悪』からの問い。

「リオン、お前の『正義』とは？」

　崩れ落ちる妖精の少女は、黄昏の空の下で選択を迫られる。

　これは暗黒期を駆け抜けた、正義の眷族たちの星々の記憶――。

ダンジョンに出会いを求めるのは間違っているだろうか外伝　ソード・オラトリア14

著：大森藤ノ　画：はいむらきよたか

GA文庫

「フィン、リヴェリア、ガレス！　Lv.7到達おめや〜〜〜〜〜〜!!」

【ロキ・ファミリア】三首領、都市最高位に到達す――。激震とともに走り抜けた一報に、都市が、学区が、そしてアイズたち冒険者が驚きと歓喜に包まれる。更なるステージに上り詰めるフィン達に多くの者が祝福の声を上げ、希望の未来を夢見る中、彼等の主神は提案する。

「うちからのお願いや。後悔も喜びも思い出して、いったん、初心に戻らんか?」

それはパルゥムの冒険。それはハイエルフの旅立ち。それはドワーフの雄飛。【ロキ・ファミリア】を生んだ、始まりの三人の物語が今、明かされる。

これは、もう一つの眷族の物語、――【剣姫の神聖譚（ソード・オラトリア）】――

試読版は

こちら!

ダンジョンに出会いを求めるのは
間違っているだろうか　掌編集１
著：大森藤ノ　画：ニリツ

GA文庫

迷宮都市オラリオ――「ダンジョン」と通称される地下迷宮を保有する巨大都市。

夢を追ってやってきた少年が、一人の小さな「神様」と出会ってからの半年間に散らされた、小さな挿話（エピソード）の数々から振り返る、少年の冒険の軌跡。

「ダンまち」本編シリーズの店舗特典ショートストーリーや限定版収録の短編のほか、書き下ろし短編も収録した掌編集第１弾！

ダンジョンに出会いを求めるのは
間違っているだろうか　掌編集2
著：大森藤ノ　画：ニリツ
GA文庫

【剣姫】アイズ・ヴァレンシュタイン。

　最強と名高い女剣士は今日も仲間達（ロキ・ファミリア）とともに、広大な地下迷宮『ダンジョン』へと繰り出していく。

――そして訪れる少年との『出会い』

　迷宮都市オラリオの地で少女と少年の物語が交差する約半年間に描かれた小さな挿話（エピソード）。

「ダンまち」外伝ソード・オラトリア、ファミリアクロニクルシリーズの店舗特典ショートストーリーや限定版収録の短編のほか、書き下ろし短編も収録した掌編集第２弾！

ダンジョンに出会いを求めるのは間違っているだろうか　オラリオ・ストーリーズ

著：大森藤ノ　画：ニリツ

GA文庫

アポロン・ファミリアとの戦争遊戯(ウォーゲーム)、イシュタル・ファミリアとの抗争、そして、言葉を解するモンスター、異端児(ゼノス)との出会い……。

急成長する少年が巻き起こしてきた大騒動。その周囲で翻弄される人々との記録と記憶の数々——。

「英雄と娼婦」「異端児からの手紙」に加えてベルとリューが37階層に再び赴く書き下ろし小説を収録した短編集。

第16回 GA文庫大賞

GA文庫では10代~20代のライトノベル読者に向けた
魅力溢れるエンターテインメント作品を募集します！

物語が、華ひらく。

イラスト／風花風花

大賞賞金300万円+コミカライズ確約！

◆ 募集内容 ◆

広義のエンターテインメント小説（ファンタジー、ラブコメ、学園など）で、日本語で書かれた未発表のオリジナル作品を募集します。希望者全員に評価シートを送付します。

※入賞作は当社にて刊行いたします　詳しくは募集要項をご確認下さい

リニューアルで選考課程を一新!!!

応募の詳細はGA文庫公式ホームページにて

https://ga.sbcr.jp/